LA CADENA TRÓFICA

Obras de Rafael Reig en Maxi

Todo está perdonado
Lo que no está escrito
Un árbol caído
Señales de humo. Manual de literatura para caníbales I
La cadena trófica. Manual de literatura para caníbales II
Para morir iguales
Amor intempestivo

RAFAEL REIG
LA CADENA TRÓFICA
Manual de literatura para caníbales II

El papel utilizado para la impresión de este libro es cien por cien libre de cloro y está calificado como **papel ecológico**.

1.ª edición en colección Andanzas: noviembre de 2016
1.ª edición en colección Maxi: mayo de 2018
2.ª edición en colección Maxi: febrero de 2023

© Rafael Reig, 2016

Adaptación de la cubierta: Maxi Tusquets / Área Editorial Grupo Planeta

Ilustración de la cubierta: Realizada expresamente para esta edición por Patricia Bolinches. © Patricia Bolinches, 2016

Fotografía del autor: © Itziar Guzmán / Tusquets Editores

Diseño de la colección: Guillemot-Navares

Reservados todos los derechos de esta edición para
Tusquets Editores, S. A. - Avda. Diagonal, 662-664. 08034 Barcelona
www.maxitusquets.com

ISBN: 978-84-9066-526-8
Depósito legal: B. 7.002-2018
Impresión y encuadernación: QP Print
Printed in Spain - Impreso en España

Queda rigurosamente prohibida cualquier forma de reproducción, distribución, comunicación pública o transformación total o parcial de esta obra sin el permiso escrito de los titulares de los derechos de explotación.

Índice

Introducción 13

Tema 1. La sublevación de los ornitorrincos 15
Tema 2. La paciencia de los paquidermos 53
Tema 3. El albatros a pie 101
Tema 4. La estrategia de las termitas 153
Tema 5. La brevedad del alción 175
Tema 6. Cernícalos de rapiña 225
Tema 7. El abrazo de las anacondas 263
Tema 8. Las criaturas monstruosas 285

Para Anusca R.C.
Para Columna, Benito, Maite y Helena: gracias.
Y para los demás QSQ siempre.
Para Violeta.

A Aureliano Buendía no se le había ocurrido pensar hasta entonces que la literatura fuera el mejor juguete que se había inventado para burlarse de la gente.

GABRIEL GARCÍA MÁRQUEZ,
Cien años de soledad

Wenn ich Kultur höre... entsichere ich meinen Browning! (Cuando oigo «cultura»... ¡le quito el seguro a mi Browning!)

Atribuido a Göring, Hess y otros nazis, aunque proviene de *Schlageter*, de Hanns Johst, obra teatral que se estrenó en abril de 1933 para celebrar el cumpleaños de Hitler.

Se miente más de la cuenta
por falta de fantasía:
también la verdad se inventa.

ANTONIO MACHADO

Introducción

Pocos son los aspectos del canibalismo que no hayan recibido ya la atención de los especialistas. Los hábitos alimentarios de los caníbales se han divulgado a menudo, al igual que sus ritos funerarios, sus estructuras de parentesco, su folclore o sus creencias religiosas. Sobran en las librerías los estudios sobre su cultura funeraria (como el famoso *Digestión y trascendencia*, de Jesús Paniagua), las exposiciones de sus costumbres matrimoniales *(Cariño caníbal: el amor y la masticación*, de Violeta Fernández, sigue siendo el más completo), los recetarios (el ya clásico *Cocina caníbal: recetas para principiantes*, de Marisol de Mateo), los repertorios ilustrados de su artesanía (como el todavía útil *Vajilla y ajuar doméstico de los caníbales de Samoa*, de Carmen de Eusebio) y los tratados sobre sus conjeturas metafísicas (a partir del indispensable *Reason, Sense and Subjectivity in Cannibalism*, de Muhisim Alramli).

Por eso mismo resulta tanto más llamativa la prolongada ausencia de interés científico por los hábitos de lectura del caníbal.

El presente manual viene a intentar llenar ese vacío al menos en parte.

Los novelistas y poetas, ya sea por hábito histórico, por fatalidad invencible o por decisión propia, son siempre caníbales: se devoran unos a otros. En general, no leen los libros: se los comen (a menudo sin cocinarlos ni masticarlos). Sus digestiones son prolongadas y en ocasiones muy dolorosas. Este estudio expone de forma accesible la compleja cadena trófica del canibalismo literario, en el que cada especie tiene su propio depredador y, a su vez, se alimenta de otra especie aún más desvalida.

Ofrece así un panorama cronológico de la antropofagia cultural en los últimos dos siglos. No tiene, sin embargo, la pretensión de ser exhaustivo, sino más bien la de abrir un nuevo campo (sin duda fértil) para el aficionado a los estudios antropofágicos, así como la de ofrecer al profano y al estudiante un resumen divulgativo del panorama histórico de la literatura caníbal entre 1808 y 2008.

Cada unidad didáctica (salvo la última, por razones obvias) viene acompañada de los correspondientes ejercicios prácticos para el estudiante, así como de sugerencias de lectura. El presente volumen resultará por ello útil tanto para el canibalista profesional como para el lector curioso sin conocimientos previos de la materia, y, como es natural, para los propios caníbales.

El autor quiere manifestar la deuda contraída con el gran caníbal Antonio Orejudo, con quien compartió largos años de antropofagia insaciable. También quiere agradecer la colaboración inestimable de varios canibalistas de prestigio internacional, y excelentes caníbales todos ellos: Javier Azpeitia, Manuel Fernández Cuesta, Constantino Bértolo, Juan Cerezo y mi tío Ramiro Reig (bajo la misma *ombre magicienne*).

Tema 1
La sublevación de los ornitorrincos

> Pienso, cual tú, que una oda solo es buena
> de un billete de Banco al dorso escrita.
>
> GUSTAVO ADOLFO BÉCQUER,
> Rima XXVI

Encima de la mesa

Me llamo Benito Belinchón y soy el último de mi sangre sobre la tierra.

Mi madre me enseñó a leer a los cinco años. Después, durante mi vida embarcado, me eduqué por mi cuenta y me hice con multitud de lenguas, aunque la primera fue el indispensable *patois-sur-mer*, esa *lingua franca* en la que uno se puede entender en cualquier puerto del mundo. Luego adquirí el inglés corsario, el francés de Marsella, el lacónico alemán de los submarinos en inmersión y otros muchos idiomas.

Ahora, demasiado tarde, me arrepiento.

La maldición del alfabeto cayó sobre los Belinchones hacia 1820, cuando por primera vez en la historia un Belinchón, Agustín Belinchón Cerralbo, aprendió a leer y escribir. A partir de ahí, doscientos años de soledad, seis generaciones, dos siglos de escritura que ahora desembocan en mí: el resto será silencio.

Agustín Belinchón Cerralbo nació en 1817; el siglo XIX, en España, nació en 1808, gracias a la invasión francesa. Los ejércitos de Napoleón impulsaron la sociedad burguesa y dieron forma a esas dos Españas que aún siguen enfrentadas: los que gritaban «¡Viva la Pepa!» y quienes respondían «¡Vivan las caenas!».

A los veinte años, en su casa le seguían llamando Tinín, y eso él no lo podía sufrir.

Corría el siglo XIX y sin embargo la existencia de Agustín se desplazaba al ralentí. ¡Tardaba tanto en transcurrir la juventud!

¡Oh, si él pudiese hacerse un hombre de golpe y porrazo! ¡Ah, si lograse alcanzar la mayoría de edad en un periquete! ¡Uh, si se desprendiera del estorbo de los años mozos como quien suelta lastre para ascender más deprisa! Oh, ah, uh, pero qué va: el insufrible ralentí belinchónico era como una carrera de sacos, en esa familia se iba pisando huevos desde el punto de vista intelectual-biográfico, y Agustín se desesperaba como un globo cautivo anclado al comercio de paños de la calle Mayor, a la mesa camilla y a las labores de costura.

Agustín Belinchón había vivido feliz mientras permaneció inmerso en esa fantasía que a menudo se apodera de los niños más optimistas: tenía la certeza de no ser de su familia.

Para él estaba claro que Casimiro Belinchón, el comerciante de paños, no podía ser su padre. Ni su mujer, Carolina Cerralbo, su madre. Que aquellas criaturas analfabetas le hubieran dado el ser, como ellos pretendían, era una imposibilidad tan manifiesta que le daba risa solo de pensarlo. Su auténtica personalidad, su ser-en-sí, no podía tener nada que ver con la tienda ni se merecía que le llamaran Tinín. ¿Tinín? ¡Tinín! ¡Hasta ahí podíamos llegar, hombre!

Esta situación había hecho incómoda su vida diaria. Le repercutía. Se trataba de un malentendido que no tardaría en aclararse, pero ¿y mientras tanto?

¡Paciencia y barajar! Algún día la niña Isabel sería reina de España y Agustín se reencontraría por fin con sus verdaderos orígenes. Mientras tanto, la nación se resignaba a la regencia de María Cristina; y Agustín, a llamar «padre» y «madre» a aquel amable y anodino matrimonio. Los trataba con cordialidad, aunque a prudente distancia, para evitarles sufrimientos el día que se descubriera la verdad.

Él la había descubierto en 1828, a los once años, la primera vez que se vio de espaldas usando dos espejos enfrentados. En su nalga derecha encontró una marca de color vino, un antojo en forma de media luna en cuarto menguante, como una letra ce. Estaba harto de leer casos parecidos en las novelas por entregas. Debía de ser el hijo de algún enigmático aristócrata que volvería para reclamarle: ¡y aquella señal serviría para reconocerle! «¡Oh, padre!», diría entonces. «¡Hijo mío!», respondería el elegante desconocido, quitándose de un manotazo ese antifaz que acaso llevaría puesto.

¿Por qué había sido entregado, de entre todos los posibles hogares adoptivos, a los Belinchón-Cerralbo? Agustín no se sentía capaz de soportar el trato con los clientes ni la trastienda, con la mesa camilla y la bujía encendida, donde su sedicente madre cosía y su sedicente padre fumaba y comentaba los últimos rumores de Gómez, el cabecilla carlista que mantenía en jaque al gobierno. ¿Qué le importaba a él Gómez? ¿Qué se le daban a él los ovillos de su madre, las agujas de tejer y aquel huevo de madera para zurcir calcetines?

Había decidido consagrar su vida a la literatura, ¡ahí quedaba eso!

Tenía sabañones y esperanzas, tenía ambiciones, hemorroides y orejas de soplillo; creía en la metempsicosis, en el matrimonio y en la reforma gradual de la sociedad; y pasaba mucho frío: más de una noche tuvo que ponerse sus inacabadas *Obras completas* entre la camisa y el cuerpo para conservar algo de calor.

Ignacio Corcuera era su mejor amigo, su hermano en la batalla por el Parnaso, su alma gemela.

Esa tarde de febrero paseaban por el Retiro. Ignacio le acababa de recitar su *Oda al caparazón de los insectos*. Agustín la había calificado de sublime.

—Aún digo más: es imperecedera, compañero —añadió.

Para celebrarlo bebieron otras dos rondas de aguardiente. Después, Ignacio le fue alejando del centro, andando a trompicones hacia el albañal de Cuatro Caminos.* Atravesaron calles oscuras y desempedradas hasta que dieron en una meseta con

---

* El Ensanche creó hacia 1860 el barrio de Cuatro Caminos. El eje central estaba constituido por el camino de Francia o carretera de Irún, hoy calle de Bravo Murillo. Antes de que llegaran las familias de obreros emigrantes estaba poblado por matuteros, conejeros de la caza furtiva de El Pardo y demás gente de la busca, por no mencionar a las mujeres de vida airada y a esos literatos que acudían para «capturar impresiones», según afirmaban.

arbustos y bancos de madera habilitados como dormitorios. Golpeó con los nudillos en la puerta de una cabaña.

—¿Quién vive? —Aquella voz arañaba la carne como el filo de un cuchillo.

—Gente de paz.

El oscuro interior parecía una cavidad bucal saqueada de dientes. Había media docena de mesas de madera y un cochambroso mostrador con un anaquel de botillería. Dos mujeres jóvenes se embriagaban con terquedad de herbívoros, acodadas en una mesa, sentadas en taburetes cojos. En otra mesa había unos individuos que parecían flamenquistas o mozos de espadas, con patillas de boca de hacha y sombrero cordobés. La tabernera trajo una frasca de aguardiente y los dos amigos brindaron por la inmediata comparecencia del porvenir.

—Que venga hoy mismo el día de mañana —reclamó Belinchón.

—¡Que suceda nuestra gloria! —suplicó Corcuera.

—¿Hasta cuándo vamos a seguir esperando lo que no se nos debe?

Por retazos que escucharon de la conversación de la otra mesa, se dieron cuenta de que aquellos maleantes imitaban el acento andaluz.

¿Qué clase de seres humanos, sus semejantes, podían perder hasta tal punto el propio respeto como para intentar parecer andaluces sin serlo siquiera?

—¿Estamos en los bajos fondos, Ignacio? —preguntó Agustín atemorizado.

—Cabal. Esto que ves ante ti es el pueblo, ese pueblo al que vamos a llevar la luz de la Razón por medio de nuestras obras inmortales. Míralos, míralos: he aquí esos ciudadanos felices y benéficos.

—Parecen un tanto cuanto embrutecidos. Será el oscurantismo.

Ignacio y Agustín era *ilustrados*, herederos de la tradición de los enciclopedistas franceses. Formaban parte de un proyecto gigantesco, formidable, heroico. Sus predecesores se habían dedicado a acumular información y a ordenarla para que revelara su sentido y su organización interior. Habían hecho inventario de la realidad para que se volviera inteligible y así explicarla a la luz de la Razón. El emblema de aquella titánica empresa era la Enciclopedia: el mundo entero puesto en orden alfabético.

Durante todo el siglo anterior, el xviii, los ilustrados habían recorrido el planeta coleccionando objetos y noticias, desde fósiles a papiros, desde monedas a sarcófagos, semillas, huesos o utensilios domésticos. Habían aprendido lenguas muertas y pintorescas y luego habían elaborado gramáticas y diccionarios. Lo habían ordenado todo en anaqueles de bibliotecas, vitrinas de museos, tratados de botánica, historia natural y astronomía, y así iban a conseguir dar una explicación exhaustiva y organizada de la naturaleza, la historia y la sociedad. El universo pasado a limpio con buena letra.

La literatura estaba llamada a desempeñar una función de utilidad social decisiva: ilustraría a las masas, les revelaría la verdad y el sentido último de sus existencias. ¿Cómo? Pues sin ir más lejos, gracias a esa *Oda a los beneficios de la agricultura* que Belinchón tenía a medio escribir. Una vez terminada, el vulgo aplaudiría boquiabierto. Aún decía más: se retorcerían de gratitud. Los labradores escucharían absortos, embelesados, con admiración y reverencia, comprendiendo por fin, gracias a Tinín Belinchón, el sentido verdadero de sus propias y humildes tareas cotidianas. Agustín recorrería entonces pueblos y aldeas para recibir la ovación de rústicos atónitos, así como la de los más cultos, pues su obra cumplía todos los mandatos de la preceptiva clásica.

De pronto, precedidos por un estrépito que sobresaltó a los dos amigos, entraron en la negra garganta de aquella botillería varios hombres con pelo largo y pantalones ajustados. Venían ya bastante borrachos. Uno de ellos, con el cabello endrino y peinado con raya al medio, se movía a saltitos, como un gorrión cuando anda sobre el suelo.

—¡Es Espronceda! ¡Es el Poeta! —le reconocieron las obstinadas bebedoras.

—¡La Partida del Trueno! —anunció uno de los fraudulentos cordobeses.

Se refería a la pandilla que reunía a Espronceda y otros, entre ellos Ros de Olano o el general Fernández de Córdoba,* en el Parnasillo.** Allí calentaban motores y después se iban a recorrer Madrid para enredarse en sus «desenfrenados placeres y crapulosos festines».

Las bebedoras obcecadas se sentaron a la mesa de los jóvenes amigos ilustrados, para estar más cerca de Espronceda. Una dijo llamarse Esperanza Navascués; la otra, Isabel Gómez. Ambas dijeron ser costureras y, por encima de todo, honradas.

—Como la que más —precisó Esperanza.

—Más honradas que un tapete de hule —confirmó Isabel.

—A mí se me puede llamar Esperancita. Este joven poeta, Espronceda, ha visto el cadáver de la mujer que amaba —explicó Esperancita.

—¿Besó sus labios? ¿La tocó? ¿La hizo suya en estado fiambre? —preguntó Corcuera.

—¡Quia! Pero qué borrico eres —le regañó Agustín.

—Pues se dice que Cadalso sí que lo hizo. Desenterró a su amada y se coitó el cadáver —informó Corcuera.

—¡Barástolis, qué hotentote! —se escandalizó Belinchón.

—¡Qué romántico! —se entusiasmó Esperancita Navascués—. Eso sí que es pasión.

—Igual que Espronceda. —Isabel se palmoteó los muslos.

Corcuera recitó un fragmento de las *Noches lúgubres* de Cadalso:

---

* Militares españoles. Durante la primera mitad del siglo XIX, en España, los militares solían ser liberales. En las novelas, siempre que aparecía un militar o un ingeniero, era progresista. Los curas en cambio representaban (igual que ahora) a las tenebrosas fuerzas del oscurantismo.

** Así se llamaba a la tertulia romántica que se reunía en el Café del Príncipe, anejo al Teatro del Príncipe (luego Español). Los realistas se reunían en el llamado «Bilis Club», en la Cervecería Escocesa de la Carrera de San Jerónimo. En los años ochenta del siglo XX hubo otro Parnasillo en Madrid, en la calle San Andrés, al que acudían los plumíferos nacidos en los sesenta (Orejudo, Azpeitia, Reig y otros) a capturar impresiones y a saciar lo que Keynes llamaría su (acentuada) «preferencia por la liquidez».

Pronto volveré a tu tumba, te llevaré a mi casa, descansarás en un lecho junto al mío: morirá mi cuerpo junto a ti, cadáver adorado, y expirando incendiaré mi domicilio, y tú y yo nos volveremos ceniza en medio de las de la casa.

—Pues bonito panorama —se asombró Belinchón.
—A mí me parece muy romántico —aplaudió Esperanza—. ¡Amor! ¡Muerte! ¡Fuego! ¡Destrucción! ¿Qué más se puede pedir?
—Es casi Espronceda: ¡Oh, sepulcros! ¡Ah, cementerios! ¡Ay, fatalidad amada!

Agustín Belinchón se escandalizaba. ¿Espronceda? ¿Quién era ese individuo? ¿Un ornitorrinco acaso? ¿Por qué le hacían tanto caso a semejante saltimbanqui? ¿Qué nueva majadería era eso del Romanticismo?

«Yo nací *en route*», le gustaba repetir a Pepe Espronceda cuando le daba por hacerse el cosmopolita, aunque la verdad era bastante menos exótica: su madre se había puesto de parto camino de Badajoz, en un lugar llamado Pajares de la Vega. Al niño lo bautizaron en Almendralejo.

Cuando ejecutaron a Riego, Espronceda tenía quince años y sentía los mismos deseos que cualquier niño a esa edad: formar parte de un club sin que se enteraran los mayores, tener un carnet con foto y ver de cerca a una mujer desnuda.

A su debido tiempo lo consiguió casi todo* y se convirtió en el cabecilla de los románticos: era un hombre con suerte, siempre navegó con viento de popa, como decimos los marinos.

A los quince años decidió vengar la muerte de Riego y para ello fundó una sociedad secreta, Los Numantinos. Había nacido de pie, porque logró incluso que le encarcelaran, que es a lo máximo a lo que aspira cualquier chaval a esa edad.

Su padre le sacó enseguida del convento de Guadalajara en que le habían confinado y donde el chico había aprovechado para escribir un poema épico y soporífero titulado *Pelayo*.

---

* Salvo el carnet, que no obtuvo ni siquiera con un daguerrotipo.

—No podemos seguir así —les anunció a sus amigos al volver a Madrid—. Por este camino no vamos a ninguna parte. Ojo a lo que os aviso, yo me voy a hacer romántico ahora mismo, como Lord Byron.*

—Tú has estudiado en el colegio de la calle Valverde, Pepe, no es lo mismo: el cojo inglés era Lord, no sé si te das cuenta.

—Tiempo al tiempo.

Y dicho y hecho. Se exilió, luchó en París en las barricadas de julio de 1830, al lado de su amigo Balbino Cortés. Balbino fue herido, se quedó cojo y recibió una pensión vitalicia del Gobierno francés. Espronceda en cambio siguió con su buena estrella: intentó derrocar al tirano Fernando VII con la expedición del coronel De Pablo, al que llamaban «Chapalangarra». Cruzaron la frontera y entraron en combate. Chapalangarra perdió la vida en la incursión, pero Espronceda volvió a las andadas con viento portante.

Tras la amnistía del 32, regresó a Madrid. Se fue a vivir con su madre, en la calle San Miguel, y le puso piso a su amante, Teresa Mancha, en la misma calle, dos portales más abajo.

—Pepe, chavalote, qué desfachatez, menudo cuajo tienes —le dijeron sus amigos (tal vez con otras palabras).

El padre de Espronceda había muerto poco antes ese mismo año, porque, de no ser así, jamás le hubiera consentido a su hijo una cosa semejante.

Todo le salía a pedir de boca: se hizo guardia de corps, pero consiguió que le expulsaran por leer unas décimas en un banquete, ¡toda una hazaña! Cada poco tiempo lograba que le desterraran o le encarcelaran. En el año 34 tuvo una hija con Teresa Mancha y fundó el periódico *El Siglo,* con una declaración de principios romántica:

---

* Lord Byron (George Gordon, 1788-1824) fue el poeta romántico inglés más representativo. Estudió en Harrow y Cambridge y heredó una fortuna y un título nobiliario. Se le acusó de acostarse con su hermana, y puede que lo hiciera. En 1923 se unió a la lucha de los griegos por su independencia de los turcos. Murió al año siguiente, al parecer de un enfriamiento producido por una mojadura y agravado por las sangrías con las que los médicos trataban sus ataques epilépticos.

Opuestos a las heladas doctrinas del siglo XVIII, que, reduciendo el hombre moral a una máquina regida por leyes positivas y matemáticas, tienden a degradar la imaginación y a ridiculizar las pasiones nobles del ser humano, creemos que los sentimientos de los hombres son superiores a sus intereses, sus deseos a sus necesidades, su imaginación a la realidad.

Seguía teniendo suerte. Se las arregló para que le censuraran algo en todos los números del periódico y, al final, pudo llevar a cabo su gran ocurrencia: editarlo un día con todas las páginas censuradas en blanco. Larra escribió entonces su famoso artículo «El siglo en blanco». Llevaron a la redacción a los tribunales y Espronceda se hizo famoso de la noche a la mañana.

Con tantas sublevaciones, prisiones, destierros, incursiones armadas y pasiones repentinas por damas de rumbo o ninfas de arroyo, Pepe Espronceda apenas paraba en casa, de manera que Teresa acabó abandonándole y le dejó a la niña, Blanca. Luego Teresa murió, como era su obligación de amada romántica, y el poeta, al parecer, vio su cadáver, dicen que a través de una ventana enrejada, lo que le inspiró el *Canto a Teresa*.

Cuando Espronceda murió de difteria, a los treinta y cuatro años, era ya diputado y, de haber vivido lo suficiente, se habría vuelto una persona de orden. No le dio tiempo.

Cinco años antes de su muerte, cuando irrumpió en la oscura humedad de aquella garganta de Cuatro Caminos, llevaba encima demasiadas copas. Se subió a una mesa y recitó una poesía dedicada a los cosacos.

> ¡Hurra, cosacos del desierto!
> Desgarraremos la vencida Europa
> cual tigres que devoran su ración;
> en sangre empaparemos nuestra ropa
> cual rojo manto de imperial señor.

—¿Y esa majadería? —le preguntó Belinchón a Corcuera—. ¿Qué se supone que quiere decir? Menudo ornitorrinco. Aún digo más: ¿ilustra acaso al pueblo, proporciona enseñanzas o placer estético? ¿Qué narices pintan aquí esos cosacos? Seamos serios, ¿de qué vale violentar doncellas y degollar inocentes al galope?

—Y luego empezará con las odaliscas y las orgías. Dale que te pego. Es el Romanticismo, chico.

—¿El Romanticismo? Eso no cuajará, no lo veo, no le interesa a nadie.

—A nosotras sí —protestaron las honradas costureras bebedoras.

—Mira, Esperancita, la poesía no es rimar sandeces con palabras rimbombantes —le aclaró Belinchón—. Es conocimiento, precisión, claridad.

—La poesía es Espronceda —protestó Isabel—. Misterio, indefinible esencia, temblor secreto.

Agustín Belinchón se mantuvo en sus trece: aquello no iba a funcionar. Las masas populares rechazarían de plano las jeremiadas románticas. Al tal Pepe Espronceda le importaba un comino la poesía, ¡él solo quería expresarse a sí mismo! No tenía el más mínimo interés en explicar el universo ni en ilustrar las sencillas mentes de los trabajadores. Se le daba un ardite la belleza, era pura truculencia. ¿Para eso se había sacrificado toda una generación? ¿Para que ahora llegara ese buscarruidos y se pusiera a escribir sobre piratas, orgías y reos de muerte? Ni hablar, hombre. ¿Espronceda? Él se zampaba a Espronceda con patatas.

Espronceda se había quedado dormido y las tambaleantes bebedoras se llevaron un dedo a los labios.

—Respetemos el descanso del genio —pidió Esperancita.

—Somos honradas, pero románticas por los cuatro costados —declaró Isabel.

—Amamos lo fúnebre, nos fatiga la vida, solo la nada es eterna y el único amor verdadero es el amor imposible.

—No fastidies, Esperancita, no me lo puedo explicar —se lamentó Agustín.

Él no se había enterado, pero se trataba del *mal du siècle:* cientos de jóvenes para quienes la existencia se había convertido en una carga insoportable; y el mundo, en un lugar inhóspito en el que no tenían acomodo, como si fueran extraterrestres aterrizados a bordo de platillos volantes.

—Somos los Martínez y venimos de Marte —podrían haber dicho.

—Llevadme ante vuestro jefe —les habría pedido sin duda Mendizábal, el ministro de Hacienda, y le habrían conducido a la presencia de Espronceda, que seguía durmiendo a pierna suelta con su gloria intacta.

Nuestros dos amigos salieron de aquel tugurio con las honradas señoritas románticas colgadas del brazo.

A Belinchón le tocó en suerte Esperancita. Tendría poco más de veinte años, cabello castaño, ojos zarcos y un cuerpo cuya contemplación ató a Agustín un nudo en la garganta, como si de pronto tuviera las anginas muy inflamadas. La cara, en cambio, le hacía tiritar. Tenía las encías inflamadas y una corona de pústulas rojizas en la frente.

Tomaron asiento en un banco desocupado, mientras Ignacio Corcuera e Isabel se perdían detrás de un árbol.

—Se me puede palpar por encima de la ropa —sugirió Esperancita.

Belinchón pasó la mano por su escote.

—Empuja, corazón —recomendó la joven.

Apretó uno de aquellos abultados hemisferios contra las líneas de su destino, en la palma de la mano, y tuvo miedo de que se las borrara o las torciera.

Esperancita, a través del pantalón, cerró la mano alrededor del miembro de Agustín. Cuando este quiso darse cuenta, le había desabotonado y lo había expuesto a la intemperie. Luego lo apretó en su puño.

—¿Te escurriste ya? —preguntó Esperancita.

—No es eso. Qué va. Una pequeña emulsión involuntaria.

—Muy romántico. Como quien vuelca el alma en unos versos... ¡Pssssst! —se entusiasmó la joven.

Esperancita se arrodilló a los pies de Belinchón. Agustín cerró los ojos y se puso a pensar en las tinieblas del interior de la boca de esa mujer, en el tacto de sus encías y en el cielo de su paladar.

Entonces fue cuando oyó el acento andaluz falsificado.

—¡Ozú! ¡Hojtia! ¿Qué le hase el zeñorito a mi prometía?

—Un malentendido. Eso es, un malentendido

—¿Se pué haser lo que se quiera con la mujé del obrero?

—Ni mucho menos. Acepte mis disculpas.

Esperanza, antes de separarse de él, le susurró al oído una dirección: calle Amaniel, 24, segundo piso.*

Tras la corteza del árbol apareció Corcuera, escoltado por el otro andaluz fingido.

—¡Salud! —dijo—. No sucede nada: aquí todos somos trabajadores. Queríamos hacer una donación para la Caja de Resistencia, por si hubiera que ir a la huelga. ¿A que sí, Agustín?

Asintió Belinchón, sacó la billetera y el cordobés de mentira se apoderó de ella.

—Nos ha merengao con tanta salud —se despidieron los impostores, ahora con inequívoco acento madrileño.

Desvalijados y aterrorizados por el miedo a un mortal contagio sifilítico, echaron a andar los dos amigos.

—No hay dinero mejor empleado que el que se gasta en la causa del pueblo, te lo aseguro, Tinín —se consoló Corcuera—. Con esas monedas, estos elementos trabajadores adquirirán instrucción y cultura.

—No me llames Tinín.

—Se me ha escapado.

Para reponerse, compraron dos botellas y siguieron andando y bebiendo, alejándose del muladar de Cuatro Caminos.

—¿Dónde estamos? —preguntó Corcuera.

—No tengo ni córcholis.

Atravesaban un descampado rodeado de carrizales y caía una

---

* Según Mesonero Romanos: «En dicha calle Amaniel, al número 11, está el hospital de *mujeres incurables*, precioso establecimiento de beneficencia, fundado por la Condesa viuda de Lerena en 1803. Estuvo en diversos sitios hasta que, en 1824, fue trasladado a este edificio, que sirvió anteriormente al colegio de niñas huérfanas, fundado por Felipe V, y era conocido por el de Monterrey, a causa de haber pertenecido la casa al Conde de ese título, a quien la compró Su Majestad. Este precioso hospital sufrió considerablemente en el horroroso incendio ocurrido el día 8 de julio de 1851, en que quedaron reducidas a cenizas diez y siete casas en las cuatro manzanas que dan a dicha calle y las del Portillo, del Cristo, del Limón y del Conde-Duque».

niebla cada vez más densa, casi inverosímil, como si la hubieran fabricado de encargo para alguna novela de Walter Scott.* ¿Dónde estaban? ¿Por dónde se llegaría a la Puerta del Sol? ¿De dónde había salido un fenómeno atmosférico tan insólito?

—No se ve ni torta —constató Belinchón.

Corcuera no respondió.

Había jirones de niebla que azotaban el rostro de Belinchón como bayetas o trapos mojados. Se oyó el tañido de una campana. El suelo era pegajoso y Agustín chapoteaba como si estuviera en un tremedal, con agua hasta los tobillos.

—¿Qué estaremos pisando? —quiso saber Belinchón.

Corcuera seguía sin responder.

Se hizo la oscuridad. La campana tocaba a muerto. Agustín ya no se veía las manos ni las botas. Se oyeron, a lo lejos, ladridos.

—Parecen lobos, Ignacio, ¿a que sí?

Por tercera vez, Corcuera no dijo ni palabra.

—¡Ignacio! ¿Estás ahí, compañero? —tanteaba nervioso moviendo las manos en la oscuridad—. ¡Por tus gónadas, Ignacio, no me gusta que me des estas bromas!

Al borde de las lágrimas, admitió que le había dejado solo, encerrado en una niebla tan opaca que no le permitía ver ni la punta de sus botas ni los dedos de sus manos. Siguió andando sin rumbo y sin parar de oír aullidos. ¿Serían perros apaleados? ¿Hombres hambrientos? ¿Mujeres maltratadas? ¿Almas en pena?

En el horizonte descubrió una sombra piramidal de un tamaño inquietante, tal y como se imaginaba Agustín que debían de ser los zigurats de Mesopotamia. Pero aquello parecía de cristal y además ¿cómo no lo había visto nunca en pleno Madrid?

Tropezó con una piedra plana y decidió sentarse sobre ella. Estaba tan fría que le hizo pensar en sus dolorosas almorranas.

Oyó una voz con acento teatral y peruano que iba diciendo, como una letanía:

---

* El escritor escocés Walter Scott (1771-1832) es famoso por su concepción tradicionalista de la novela histórica romántica *(Rob Roy, Ivanhoe*, etcétera). Era cojo, como Byron, aunque a consecuencia de una polio infantil. Fue nombrado Sir (como John Lennon, sin ir más lejos).

—Parado en una piedra, desocupado, astroso, espeluznante...
—¿Quién vive? —preguntó Belinchón muy asustado.
—Qué extraña manera de estarse muertos. Quienquiera diría no lo estáis. Pero, en verdad, estáis muertos.
—¿Cómo se llama usted?
—César Vallejo.

Belinchón tendió la mano e intentó tocar el bulto de aquella voz, pero el otro se apartó asustado, como si ya solo esperara recibir un puñetazo.

—Agustín Belinchón, encantado de saludarle. ¿Sabría indicarme por dónde se va a Madrid?
—César Vallejo ha muerto —confesó César Vallejo—. Le pegaban todos sin que él les haga nada.
—¿Qué está ocurriendo aquí?
—Otro poco de calma, camarada —recomendó Vallejo—. ¿No reclamabas tú el porvenir?

Belinchón recordó su brindis con Ignacio Corcuera y sintió un escalofrío. ¿Era el señor Vallejo un espectro del porvenir? ¿Acaso le rodeaban fantasmas venidos del futuro? ¿El día de mañana había llegado hoy, en esta noche de niebla sobrenatural?

—Las personas mayores ¿a qué hora volverán? —preguntó Vallejo—. Ya está muy oscuro... No me vayan a haber dejado solo.
—Yo soy metempsicótico —reveló Belinchón—. Tengo el convencimiento de que las almas transmigran, ¿sabe usted?

Vallejo, haciendo bocina con las manos, se puso a llamar a sus hermanos muertos con voz temblorosa:

—¿Aguedita? ¿Nativa? ¿Miguel?

Y desapareció en las tinieblas, tal vez buscando niños perdidos en un bosque o en el recuerdo.

Belinchón se levantó y volvió a andar, hasta que entre la niebla distinguió a un joven haciendo volatines. Andaba con las manos, daba volteretas y hacía cabriolas, y llevaba en la cabeza una caperuza encarnada con seis o siete cascabeles. En una de sus acrobacias se cayó de culo y se quedó sentado en el suelo. Agustín oyó unas risas que se acercaban. Eran dos hombres mayores que comenzaron a pasar la gorra:

—*Pour l'artiste, s'il vous plaît. Pour l'artiste. Donnez un sou pour le jeune écrivain plein d'avenir.* La voluntad para el joven Marías, por amor de Dios.

Belinchón sintió un topetazo.

—Usted disculpe —dijo el otro, pero más bien como si le acusara de algo, con marcada antipatía.

—¿Quién es usted? —se asombró Belinchón.

—Juan Benet,* ingeniero de caminos, canales y puertos.

La niebla se atenuó lo suficiente como para que Belinchón pudiera apreciar su extraordinario aspecto. Llevaba unos pantalones mal cortados y una levita sin faldones y de un tejido a cuadros. Lo más sorprendente era su pañuelo, semejante a una cinta de mujer y con un nudo tan apretado en la garganta que parecía malévolo. Como nunca había visto a nadie vestido así, dedujo que debía de ser otro ornitorrinco.

—¿Es usted un romántico? —preguntó.

—¿Por quién me toma, mentecato? Yo soy un clásico —aseguró Benet—. ¿No sabe que yo he creado en español un *grand style*? ¿Ignora que poseo un territorio mítico, tan mítico como Yoknapatawpha? ¿Acaso no sabe que escribí una novela en un rollo de papel continuo de ochenta metros de longitud? Figúrese que, para leer aquello, tuvieron que construir mi legendario andarivel portarrollos para narrativa continua, ¿qué le parece?

Saltaba a la vista que a aquel individuo alto y con cara de pájaro le faltaba un tornillo, de modo que decidió seguirle la corriente.

—De categoría. Me parece de categoría. Aún digo más: estoy deseando leer su obra.

—Pues no se lo aconsejo, amigo mío. Yo escribo para muy pocos. En una novela mía yo «contaré solo lo que le conviene saber de la parte que a mí me conviene contar: entre ambas conve-

---

* Se trata de un escritor del siglo xx que llegó incluso a ser finalista del Premio Planeta en 1980. El acróbata debía de ser Javier Marías, otro escritor al que Benet y Juan García Hortelano habían amaestrado para obligarle a hacer volatines por el paseo de Recoletos. A veces lo llevaban de gira por los pueblos, con una furgoneta en la que exhibían a Rosa Montero desnuda.

niencias tal vez se quedará fuera lo más sustancial del relato —que solo conoce un tercero imaginario que ni narra ni escucha».*

—Corriente, pues no faltaba más. Así da gusto leer —afirmó Belinchón y le preguntó cómo llegar al centro de la ciudad.

—¿Es que no ve usted ahí la Puerta de Europa? —Benet señaló la misteriosa sombra piramidal.

—¿Se refiere al zigurat?

—¡Las torres KIO, zangolotino! —le espetó Benet con brusquedad, y se alejó tras añadir—: Tenga cuidado con don Benito el Garbancero. Ese es el peligro: el costumbrismo, la novelística, en pocas palabras: ¡la berza, la berza hervida y el pan con chocolate!

—Abur, señor de Benet.

Siguió andando y la niebla hizo desaparecer del horizonte la pirámide. Agustín oyó un ladrido apacible. Guiado por un perro lazarillo, venía hacia él un anciano alto que parecía ciego.

—¿Voy bien para Madrid? —preguntó Belinchón.

—Madrid no tiene pérdida. Y de Madrid al cielo.

—¿Ha visto al Garbancero?

—Ver, lo que se dice ver, ya no veo nada. Ni falta que me hace. La realidad es como un reloj. Lo que da la hora no son las manecillas que vemos, sino la maquinaria interior que no vemos y que es la que las hace moverse. El mecanismo interno de la realidad social, de eso tratan mis novelas.

—Así que usted también escribe. Pues estamos apañados.

—Benito Pérez Galdós, para servirle. ¿De qué garbanzos me habla usted?

—No tiene importancia, es que me acabo de encontrar a un chiflado.

—Hay muchos más fuera que dentro de Leganés** —dijo Galdós y cogió el portante.

---

* Juan Benet, *En la penumbra*.
** El célebre manicomio de Leganés se inauguró con el nombre de Casa de Dementes de Santa Isabel en 1851. Su degradación fue muy rápida, no tuvo abastecimiento de agua potable hasta 1912, y Eduardo Viota, que fue administrador del centro desde 1884 a 1896, llegó a escribir: «Si los mismos locos lo trazaran y los construyeran a su antojo, no lo concibieran en tan abigarrada deformidad». Las últimas palabras de *Fortunata y Jacinta*, de Galdós, las pronuncia en el interior de este

Agustín Belinchón siguió su camino en aquella niebla en la que aparecían y desaparecían escritores del porvenir desconocidos para él. Vio a Rubén Darío, muy borracho, con uniforme de diplomático y descalzo; vio a García Márquez, que gritaba: «¡Carajo, es la nieve!» y «¡Ya no mamen gallo!»; vio a Juan Carlos Onetti montado en una cama de hospital con ruedas, empujada por Antonio Muñoz Molina. Vio también a Camilo José Cela absorbiendo un litro de agua por el ano. Después el premio Nobel se comió doce huevos fritos y soltó una ventosidad atronadora. Vio a Luis García Montero y Almudena Grandes abrazados y cantando: «Benet y vamos todos con flores a Marías».

Entre tanta perdida gente, Agustín distinguió de pronto a un hombre lúgubre, envuelto en un aura triste, con una mirada asiática que parecía conocer el otro lado de las cosas.

—Soy Melquíades —afirmó aquel prodigioso individuo—.* He sobrevivido a la pelagra en Persia, al escorbuto en el archipiélago de Malasia, a la lepra en Alejandría, al beriberi en Japón, a la peste bubónica en Madagascar, al terremoto de Sicilia y a un naufragio multitudinario en el estrecho de Magallanes. Después me morí, como es costumbre, pero ahora acabo de regresar desde la muerte. Tú te preguntarás por qué. ¿Con qué finalidad he vuelto desde el más allá? En primer lugar, porque me aburría. Estar muerto es un soberano aburrimiento. Esto no se dice a menudo, no interesa que se sepa, pero es así, te lo garantizo. Hay otra razón: tengo que entregarte esto. Aquí está toda tu verdad.

Y le tendió unos voluminosos pergaminos escritos en caracteres indescifrables.

—Se lo agradezco, señor Melquíades —respondió Belinchón—. ¿No me sabría indicar el camino hacia la Puerta del Sol?

---

manicomio Maximiliano Rubín: «¡Se creerán estos tontos que me engañan! Esto es Leganés. Lo acepto, lo acepto y me callo en prueba de la sumisión absoluta de mi voluntad a lo que el mundo quiera hacer de mi persona. No encerrarán entre murallas mi pensamiento. Resido en las estrellas. Pongan al llamado Maximiliano Rubín en un palacio o en un muladar... lo mismo da». Así termina la mejor novela española.

* Era el mismo Melquíades que García Márquez describió en *Cien años de soledad*. En esa novela le entrega a José Arcadio Buendía unos pergaminos que permanecen en la familia, sin descifrar, durante seis generaciones.

No hubo respuesta: al hombre lúgubre se lo tragó la niebla y Agustín se quedó solo con aquellos papeles en la mano.

Como si lo tuviera delante ahora mismo, veo a Agustín Belinchón, el primero de mi sangre que aprendió a leer, andando a tientas entre la niebla, hacia el centro de la ciudad y el resto de su vida, con los pergaminos de Melquíades en la mano: esa escritura que él no sabía leer.

La controversia del ornitorrinco

«Ornitorrincos», así llamaban Tinín Belinchón y sus amigos a los románticos.

Todo empezó una mañana de 1797, cuando el doctor George Shaw abrió un paquete en su despacho del Departamento de Historia Natural del Museo Británico. Lo enviaba desde Australia el capitán John Hunter y contenía la piel de un ornitorrinco, la primera que llegó a Europa.

¿Un animal con piel de topo, patas de rana, cola de castor, pico de pato y además con dientes? En cuanto lo vio, Shaw se dio cuenta de que aquello solo podía ser un fraude. Arqueó una ceja, carraspeó y, tijeras en mano, se dispuso a descubrir las costuras disimuladas. A él no se le engañaba con tanta facilidad.

Como todos sus colegas, Shaw sabía que los taxidermistas chinos eran virtuosos de la falsificación de animales imaginarios: dragones, monstruos, basiliscos, incluso alguna que otra ave fénix. Era lo que los europeos querían, y los astutos orientales se lo iban suministrando sin escrúpulos. A estos adefesios se los conocía como *Jenny Anvers*, nombre derivado del puerto de Amberes, que centralizaba entonces el tráfico de criaturas fabulosas.

Shaw no encontró rastros de costura ni indicio alguno de falsificación. Se quedó atónito. No era otra Jenny. ¿Qué estaba ocurriendo? ¿Qué era entonces aquello? ¡Por los clavos de Cristo!

Hacía pocos años, en 1755, Linneo había establecido su Sistema Natural, en el que bajo ningún concepto había sitio para semejantes extravagancias.

Los ornitorrincos, no contentos con tener pico de pato y dientes, tenían también veneno y, entre otras rarezas, no sabían volar ni andar (solo nadaban, los muy idiotas). La cuestión crucial era, por supuesto su forma de reproducción. Para general sorpresa, tenían mamas. *Ergo* eran mamíferos, es decir, vivíparos. Sí, pero también ponían huevos. *Ergo* eran ovíparos. ¿En qué quedábamos? ¿Acaso alguien estaba intentando jugar con el orden natural? ¿Sabotaje? ¿Superchería? ¿Provocación? ¿Una broma de mal gusto?

Parecía que aquellos miserables bichos hubieran estudiado a fondo a Linneo con el único propósito de burlarse de él. ¿Que el gran clasificador decía que los mamíferos eran vivíparos? Pues, venga, a poner huevos como descosidos, solo por fastidiar. ¿Que los animales con pico vuelan? Pues no se hable más, a quedarse chapoteando en el agua. ¿Que si se tiene pico no se tienen dientes? Pues dicho y hecho, a desarrollar dentaduras, y encima de leche, para más inri.

No es sorprendente que Shaw y sus colegas, al mismo tiempo que una gran curiosidad, acabaran por sentir un odio implacable hacia aquellas «malditas criaturas» *(bloody creatures)*, como las llamaban en privado.

Para clasificar a los ornitorrincos, no hubo más remedio que inventar un nuevo orden: el de los monotremas. Fue entonces cuando dio comienzo la legendaria «controversia del ornitorrinco», que ocupó a los naturalistas durante casi todo el siglo XIX, hasta 1884. ¿Amamantaban a sus crías los ornitorrincos? ¿Incubaban huevos? ¿Acaso mantenían entre sí contacto sexual los monotremas? ¿Eran un abominable error de la naturaleza? ¿Constituían tal vez la prueba visible de la caprichosa voluntad del Creador y la refutación, por tanto, de las ideas racionalistas de Darwin?

Charles Darwin vio un ornitorrinco en 1836 y anotó en su diario: «Alguien que no crea en nada más allá de su razón podría sin duda exclamar que esto es el resultado de la labor de dos Dioses Creadores».

Por fin, en 1884, William Caldwell, un estudiante de doctorado que acampaba cerca del río Burnet, en el norte de Queensland, vio a una hembra de ornitorrinco poniendo un huevo. De inmediato corrió a la oficina de telégrafos más cercana para enviar un mensaje urgente a Londres:

MALDITAS CRIATURAS PONEN HUEVOS STOP SIGUE CARTA

Todos los naturalistas del planeta suspiraron aliviados. La pesadilla había terminado: los monotremas se convirtieron desde entonces en los únicos mamíferos que ponen huevos. Asunto concluido.

Algo semejante sucedió con ese Romanticismo que Agustín Belinchón no comprendía. El misterioso ornitorrinco apareció en Europa con el firme propósito de impugnar la clasificación de Linneo. Con su originalidad, su individualidad radical y su disparatada creatividad anatómica, el ornitorrinco contradecía el Sistema Natural dibujado con tiralíneas por los ilustrados. Hubo que tenderle la trampa del monotrema para incorporarlo al orden zoológico racionalista.

Como Linneo, los escritores ilustrados habían logrado consolidar un Sistema Literario blindado, en el que no había lugar para la caprichosa excentricidad de los ornitorrincos románticos.

Los jóvenes románticos no irrumpieron en la Historia de la Literatura como un elefante en una cacharrería, sino más bien como una sublevación de ornitorrincos, dispuestos a derribar la sólida arquitectura de la preceptiva neoclásica. Durante buena parte del siglo XIX, los románticos formularon una sola pregunta a los ilustrados: «¿De qué se trata, que me opongo?».

La polémica del Romanticismo se saldó como la controversia del ornitorrinco: las malditas criaturas ponían huevos, a pesar de ser mamíferos; y los jóvenes airados acabaron convertidos en clásicos con su propia preceptiva literaria, por muy románticos que fueran. Se les hizo sitio en el Sistema Literario, con una trampa parecida a la del monotrema.

Desde entonces, esta ha sido la aporía de todas las vanguardias: la ruptura con la tradición ya forma parte de la tradición, como explicó Octavio Paz, un escritor mexicano galardonado con varios premios literarios.*

Debajo de la mesa

¿Existiría una pluralidad de mundos habitados? ¿Transmigrarían las almas? ¿Habría contraído ayer la sífilis? Agustín Belinchón sentía las inquietudes características de cualquier muchacho de su edad. Él, sin embargo, creía en la Literatura. Creía así: con mayúsculas, a pies juntillas y con la fe del carbonero. La Literatura era la única salvación. ¿Y de qué tenía que salvarse? ¡Pues de la vida misma, caballeros! De la vida en general y, en particular, de la mesa camilla en la trastienda y de sus sedicentes padres, de esa existencia anónima, lentificada y belinchónica, sin el reconocimiento debido a sus méritos literarios.

Se había despertado a las diez de la mañana, tiritando de frío. Otra vez con heridas en los dedos, sin pañuelo, turbios los ojos. Otra vez sin dinero en los bolsillos, con dolor de cabeza, inflamadas las encías. Otra vez con sangre en las manos, amoratados los nudillos, sin botones.

Y otra vez con la misma pregunta: «¿Qué hice anoche?».

No lograba recordarlo. Veía a Espronceda roncando sobre la mesa, veía a Esperancita empuñando su masculinidad a cielo raso, veía a los falsos andaluces patibularios... ¡y ya no recordaba más!

Le inquietaban los papeles que había descubierto al pie de su cama. Estaban escritos en un alfabeto indescifrable, como si fueran un jeroglífico. ¿Qué serían esos legajos con una escritura imposible? ¿De dónde habían salido? ¿Qué lengua era aquella?

Metió los pergaminos en una caja de madera y la cerró con una llave que se colgó al cuello de una cadena.

---

* Entre ellos el Premio Nobel. Paz hizo famosa la paradoja de «la tradición de la ruptura». Léase, por ejemplo, *Los hijos del limo*.

Se miró las manos. Los pechos de Esperancita no le habían borrado las líneas del destino, pero las notaba diferentes, unas desviadas, otras más profundas. ¡Se las había cambiado por otras, la muy... romántica! ¿Habría corregido su destino? ¿Lo habría destruido sin piedad? ¿Lo habría pasado a limpio a su capricho?

Comprobó con un espejo que la señal salvadora seguía en su nalga derecha.

De aquel primer encuentro con el sexo opuesto no logró extraer Agustín ninguna conclusión.

Solo le quedó el recuerdo de Espronceda encima de la mesa, con los ojos cerrados, y una marcada antipatía a que le tocaran el miembro con las manos.

No podía soportarlo.

Corría el año 1837. Era el 13 de febrero y en el Madrid mesetario hacía un frío esquimal. A las seis de la tarde oyó Agustín la detonación. Se asomó a la ventana. Un hombre corría cuesta arriba; dos pájaros echaron a volar hacia el oeste, atravesando nubes que se deshilachaban como los flecos de un mantón; una mujer tosió al otro lado de la pared. ¿Qué había sido? No eran horas de andar batiéndose en duelo, esas cosas se hacían al alba y en el campo del honor, que suele ser un descampado y está a las afueras, no a tiro de piedra de la Puerta del Sol.

Se calzó las botas, se encasquetó el sombrero, se puso la levita y se echó a la calle.

Esa misma noche lo oyó en los corrillos: Mariano José de Larra se había matado. El joven literato contaba veintisiete años. Se había sentado frente al espejo y se había disparado en la sien derecha a cañón tocante. La bala salió por el lado izquierdo de la cabeza, atravesó una puerta vidriera y quedó incrustada en la pared de la otra habitación. La sangre salpicó una página (la veintiocho, según parece) de un libro abierto: su *Macías*, la obra que Larra dedicó al santo patrono de los amores adúlteros.

Una hija de *Fígaro* (como se hacía llamar, además de *El pobrecito hablador*), Adela, de seis años, encontró el cadáver y se puso a gritar:

—¡Papá está debajo de la mesa! ¡Papá está debajo de la mesa! ¡Debajo de la mesa!

A las voces acudió un torero que pasaba por la calle, llamado Mirandilla.

—Murió el joven literato, calló *el pobrecito hablador* —repetían, reverenciales, los corrillos—. ¡Murió de tener razón...!

—Hoy ha muerto media España... ¡Murió de la otra media!

Agustín Belinchón tenía veinte años y seguía vivo: agotado de no tener razón.

¡Larra! ¡Menudo petimetre! Cuántas veces no se había cruzado Agustín en la calle Mayor con el joven literato, más estirado que si se hubiera tragado una escoba, embutido en chalecos de fantasía y patéticas casacas de corte francés, siempre atareado en arrugar la nariz y levantar la barbilla para mirar por encima del hombro la vida alrededor. «Escribir en Madrid es llorar», decía el pisaverde. Sí, claro, pero el muy fantoche había ganado el año pasado cincuenta mil reales, a trescientos por artículo.* Qué lástima tan grande le daba a Belinchón..., ¡si es que se le saltaban las lágrimas! Y el muy caradura publicaba en todos los periódicos, cada vez que le daba la gana. ¿Qué sabría el gabacho lo que era llorar de verdad, morderse los puños, atragantarse de envidia y seguir adelante sin caer en la tentación, sin atajos, sin recurrir a la ley del mínimo esfuerzo, es decir, sin pegarse un tiro frente al espejo?

Esa noche, Belinchón revolvió múltiples y acalorados pensamientos en su fuero interno y se figuró en su imaginación sus obras completas: resmas de papel garrapateado con tinta indeleble y obcecada, cuartetas inmortales sobre las que no se había posado todavía ningún ojo humano, la baba del caracol que iba dejando tras de sí en su tortuoso arrastrarse hacia el Parnaso.

En cambio, Larra, *el pobrecito hablador,* se había dado pasaporte a la gloria de un solo disparo, en su propio domicilio de la

---

* Larra fue sin duda el periodista mejor pagado de su tiempo y, según cálculos de Alfredo Amestoy, quizá de todos los tiempos. El año antes de su muerte ganó cincuenta mil reales, el equivalente a unos cien mil euros de ahora.

calle Santa Clara, número 3, segundo piso: una casa de doscientos metros que estrenó él.

Mientras tanto, ahí seguía Agustín Belinchón, con su inconclusa *Oda a los beneficios de la agricultura*.

Era ahora o nunca.

Pasó la noche en vela, aferrado a la péndola como un náufrago a su tablón.

Si abría la ventana, oía elogios del aborrecido *pobrecito hablador*. Nadie recordaba ya que era hijo de un afrancesado, un traidor, un médico del ejército de Napoleón. Él mismo era francés perdido: tuvo que aprender el español cuando su padre volvió del exilio. ¿Y su vida privada? Un escándalo. A los veinte años se casó pronto y mal con María Josefa Wetoret, a la que él llamaba «mi difunta» y sus propios hijos llamaban Pepita. Y desde el día de su boda no había parado de mancillar la institución matrimonial con todas las faldas que se le ponían por delante. Y por partida doble, ya que, no contento con adulterar él, se lió con una casada, Dolores Armijo, señora de Cambronero. Las últimas líneas que se conservan de la mano de Larra están dirigidas a ella y dicen:

He recibido tu carta. Gracias por todo. Me parece que si pudiesen ustedes venir, tu amiga y tú, esta noche hablaríamos y acaso sería posible convenirnos. En este momento no sé qué hacer. Estoy aburrido y no puedo resistir la calumnia y la infamia. Tuyo.

Y fueron su amiga y ella. Hay vecinos que oyeron los gritos. Al parecer, Dolores Armijo solo quería recuperar sus cartas. Le abandonaba para seguir a su marido, que acababa de ser nombrado secretario de la Capitanía General de Filipinas.

Según bajaba Dolores la escalera, empuñaba Larra la pistola.

Al entierro del joven literato, el día 15, iba a acudir «el todo Madrid».

El cortejo salió a las cuatro de la tarde hacia el cementerio de Fuencarral (cerca de donde hoy está la glorieta de Quevedo). Tardaron una hora en llegar.

Belinchón tenía fiebre, temblaba, los ojos le brillaban como pavesas desprendidas de la hoguera en que ardía su alma. Pero estaba decidido. Iba a dar la campanada. Apretaba en el bolsillo de la levita su oda: diez cuartillas escritas con letra temblorosa y diminuta, pero con intención firme.

Anochecía y se rezaba el último responso a pie de fosa.

Era el momento. Belinchón carraspeó, enderezó el cuerpo y se dispuso a dar un paso al frente. ¡Ahora o nunca!

En ese mismo instante, sin embargo, vio a un joven escuchimizado que avanzaba en línea recta hacia la sepultura, arrastrando los pies. Llevaba unas cuartillas en la mano.

Hubo cuchicheos y codazos, pero el mozalbete rompió a declamar con voz estridente:

> Este vago rumor que rasga el viento
> es la voz funeral de una campana:
> vano remedo del postrer lamento
> de un cadáver sombrío y macilento
> que en sucio polvo dormirá mañana...

Y todo Madrid, «el todo Madrid», como auténticos pasmarotes: ¡Ooooooooh! ¡Aaaaaaah! ¡Eeeeeeepa!... Y así hasta que aquel quídam acabó con ampulosos ademanes de teatro:

> Poeta, si en el no ser
> hay un recuerdo de ayer,
> una vida como aquí
> detrás de ese firmamento...
> Conságrame un pensamiento
> como el que tengo de ti.

Agustín Belinchón sintió la necesidad de llorar, de masticar vidrio, de arañar bloques de granito, de triturarse los dientes apretando las mandíbulas. Lo que fuera. Los sabañones le escocían más que nunca, las almorranas se habían vuelto de fuego.

«A freír espárragos», se repetía en su fuero interno. «Aún digo más: a hacer gárgaras.»

Todo se había ido a freír espárragos solo por no dar un paso adelante más deprisa que aquel fulano.

—Es José Zorrilla —oyó murmurar.

—¡Zorrilla! —repetía la multitud como si fuera un conjuro mágico.

Había que fastidiarse: todo a hacer gárgaras por culpa de aquel ornitorrinco con apellido de pestilente mofeta.

Zorrilla, esa misma noche, ya era famoso. Aquella multitud a la que Belinchón se proponía ilustrar llevó a Zorrilla a hombros hasta la Puerta del Sol, como si fuera un torero.

Fue la primera gran operación de marketing de la historia literaria española. El propio Zorrilla la recordaría más tarde con fingida vergüenza:

> Broté como una yerba corrompida
> al borde de la tumba de un malvado,
> y mi primer cantar fue a un suicida:
> ¡agüero fue, por Dios, bien desdichado!
>
> Al eco de este cántico precito*
> dijo el mundo escuchándome: «Veamos»,
> y sentose a mirarme de hito en hito:
> y el mundo y yo, por mi primer delito,
> desde entonces mirándonos estamos.

Agustín Belinchón regresó cabizbajo al comercio de paños de la calle Mayor.

No había nadie en el mostrador. Apartó la cortina y entró en la trastienda.

Su madre estaba sobre la mesa camilla, con la falda subida hasta la cintura. A la luz de la bujía, vio las nalgas de su padre, que tenía los pantalones por los tobillos y se movía como un émbolo.

«¡Encima de la mesa!», se asombró Tinín. Parecían caníbales.

Lo distinguió de inmediato: don Casimiro Belinchón tenía la misma señal en forma de media luna en la nalga derecha.

---

* Los precitos son los condenados a las penas del infierno.

—¡Padre! —susurró emocionado—. ¡Madre mía!

Salió de puntillas.

El cráneo agujereado del joven literato quedó bajo tierra en el cementerio de Fuencarral. Más tarde fue trasladado al de San Nicolás, entre Atocha y Delicias. Ahora se encuentra en la Sacramental de San Justo, al lado del estadio Vicente Calderón.

Dolores Armijo naufragó en un barco mercante, cerca del cabo de Buena Esperanza, y nunca se encontró su cadáver. Como todo el mundo sabe, el comportamiento de un cadáver bajo el agua es impredecible.

Los tres hijos de Larra salieron adelante. Luis Mariano fue libretista de zarzuelas, autor de la inmortal *El barberillo de Lavapiés*. Adela, la que encontró su cadáver debajo de la mesa, fue amante de Amadeo de Saboya. Baldomera, que tenía cuatro años cuando Larra se mató, acabó casándose con un médico que la abandonó con hijos pequeños. Entonces creó la Caja de Imposiciones o Banco de los Pobres, quizá el primer chiringuito financiero de la historia de España, la clásica estafa piramidal. Acabó en la cárcel, y cuando salió se hizo llamar Antonia y se fue a América. Murió en Buenos Aires a principios del siglo xx.

A Agustín su padre le regaló un reloj de bolsillo, un Longines de oro, el mecanismo giratorio más perfecto hasta entonces conocido.

En su habitación, Agustín se miró al espejo y no tuvo valor para pegarse un tiro, como Fígaro. El resto de su vida fue cuesta abajo a partir de aquella indecisión. Por cosas como esa se abre una vía de agua en los mejores buques. Se encontraba solo en el universo, como una estrella apagada, un pedrusco helado que rueda hacia el olvido y la oscuridad. Se sentía vacío, como una caja de cartón arrumbada, el recipiente de un sueño soñado por otro, soñado por alguien que quizá él fue algún día, pero que ya había desaparecido. Fue a visitar a Esperancita, en la calle Amaniel número 24. Conservó los pergaminos indescifrables guardados bajo llave y le pidió una sola cosa a Esperancita Navascués.

—Prométeme que nunca me tocarás la berenjena con las manos. Aún digo más: júramelo, amor mío.

Esperancita hizo el juramento y se casaron. Agustín perdió algunos dientes y ganó mucho dinero. Dejó de inquietarse por la vida en otros planetas y por la reforma paulatina de la maquinaria social. Quemó sus inacabadas *Obras completas*. Isabel II fue considerada mayor de edad a los trece años y por consiguiente reina de España. Corcuera, el gran amigo de Belinchón, reapareció, publicó su *Oda al caparazón de los insectos*, que fue recibida con carcajadas y desinterés, colgó la pluma y se marchó a Filipinas, donde murió de tifus en el año 1878. Esperancita abandonó el Romanticismo y las malas compañías y se convirtió en una mujer asustadiza y de acendrada piedad. El comercio de paños prosperó, y Agustín, sentado a la mesa camilla, separaba los brazos para sujetar con las manos la lana y que Esperancita pudiera hacer ovillos.

El de 1848 fue un año importante para la familia Belinchón y para el resto del mundo: hubo movimientos revolucionarios en Francia y en gran parte de Europa, se inauguró la línea férrea Barcelona-Mataró, se publicó el *Manifiesto comunista* y Esperancita dio a luz a su hijo Alfonso Belinchón Navascués, mi tatarabuelo.

Lo primero que hizo Agustín fue quitarle los pañales para comprobar si tenía en la nalga derecha la marca en forma de ce.

La tenía: era un Belinchón legítimo.

La misma ce minúscula que hay grabada en mi nalga.

En mí desemboca la marea belinchónica. Pienso en Agustín y en mí: el primer Belinchón que supo leer y escribir, y el último Belinchón que vivirá sobre el planeta.

Al final del recorrido hay un muro. Al otro lado está el vacío, la nada, el silencio en la oscuridad. Lo he visto demasiadas veces: antes de irse, antes de caer al otro lado de la tapia, cada uno quiere dejar escrito su nombre en la madera de la puerta, una fecha en la corteza de un árbol, una inscripción arañando con las uñas la cal de la pared. Eso es el arte, nada más, desde Altamira a Apollinaire, igual que una pintada en la cal de una pared, un corazón dibujado con los dedos, una mano, un nombre, una fecha: «Agustín Belinchón estuvo aquí».

Carrera de relevos

La revolución burguesa pasó a limpio el Antiguo Régimen mediante sucesivas enmiendas, tachaduras y correcciones: revolución política, constitucional, jurídica, industrial, colonial... No solo decidió por votación guillotinar a un rey, sino que también puso el arte patas arriba. ¿A quién le importa un soneto manuscrito comparado con la fábrica de alfileres de Adam Smith? ¿Qué sitio ocupa el artista en la nueva división del trabajo? ¿Cuál es la función social de una égloga frente a la mano invisible del mercado? O, como se preguntaba Larra, el joven literato, el pobrecito hablador: ¿quién es el público y dónde se le encuentra?

Hasta entonces, los artistas habían tenido su butaca numerada en el teatro de los poderosos. Hacían de bufones o de adorno, no cabe duda, como don Quijote en el palacio de los duques, pero recibían a cambio sus ínsulas de Barataria, sus monedas, sus becas, sus viáticos y sus modestos pesebres.

—¿Y ahora qué hacemos, en pleno siglo XIX? —se preguntaban los plumíferos.

Tras la invención de la lanzadera volante, de la máquina de vapor, del ferrocarril, de los parlamentos y de las nacionalidades, comenzaba a movérseles el suelo bajo los pies. Se sentían desolados, cabizbajos, perplejos y balbucientes.

—Seamos sinceros, señores: así no vamos a ninguna parte —les repetía a sus amigos Espronceda, el hombre que nació de pie.

Al fin y al cabo, la literatura no es más que un tipo que está en su casa y se pone a escribir en pijama. Este individuo obstinado escribe y escribe, sin parar, hasta que consigue terminar un libro. Después otro sujeto lo imprime, otro lo distribuye y, al final del recorrido, siempre aparece otro, también en su casa, que se pone a leer sin zapatos, con los pies encima de la mesa. Esto es el *fenómeno literario*. Pare usted de contar. Tipos cansados, con ojeras, que escriben en pijama. Mujeres adormiladas en un vagón de tren. Hombres que se descalzan para leer más cómodos. Niños absortos en un rincón del patio durante todo el recreo.

—Insisto, compañeros: así no vamos a ninguna parte —insistían los atribulados pendolistas del XIX—. Todo esto, en realidad, ¿a quién le importa?

—El busilis —aventuró uno— radica en convertir la literatura en un *acontecimiento*.

—Bien visto: ¡ahí está todo el quid de la cuestión! —aplaudieron los demás.

Ese era el toque: un auténtico acontecimiento social. Había que negar la evidencia, por lo tanto. Ya no se trataría del testarudo calígrafo con el pijama puesto, ni de la mujer pensativa, ni del lector descalzo, ni del niño arrinconado que saca la punta de la lengua para leer con los ojos pegados a la página. Esa oscura gente podía irse a freír espárragos: iban a convertirse en la punta del iceberg (por utilizar una expresión tan detestable como ellos mismos). Lo decisivo era convertir la literatura en un acontecimiento, en la expresión de un estado social, incluso de la sensibilidad de toda una generación... Ya puestos, ¿por qué no? Algo que todo el mundo tuviera que conocer para poder salir a la calle con la cabeza muy alta.

—¿Un movimiento literario, te refieres?

—¡Equilicuá!

—Seamos románticos, entonces, mandemos a dormir a la Razón y creemos monstruos. ¡Hagamos el ornitorrinco, amigos!

¡Bingo! Aquel fue su eureka. Por fin habían encontrado la solución. A partir de ese momento, la historia de la literatura se convertirá en la historia de los movimientos literarios: una carrera de relevos que se disputan los equipos ciclistas de la Vuelta a España: los románticos, los naturalistas, los modernistas, los surrealistas, los novísimos y así sucesivamente, cada uno con su estrategia, su director técnico y su coche escoba para recoger a los rezagados.

Igual que en las competiciones ciclistas, al final solo gana uno, hay que admitirlo. Un corredor es el que sube en solitario al podio para recibir el beso de la bella señorita y abrir la botella de espumoso. Solo uno se viste el legendario *maillot* amarillo (¿tal vez el antecitado y testarudo sujeto que escribe durante toda la noche con el pijama puesto?). Los demás son arropadores, gregarios, domésticos, lanzadores..., honrados ciclistas del pelotón, al servicio del líder, del mejor clasificado en la general. En el equipo Generación del 27, por ejemplo, el líder indiscutido, García Lorca, contó con gregarios de lujo como Altolaguirre o Villalón y con el mejor director técnico disponible en aquellos momentos: Ortega *und* Gasset, formado en Alemania con disciplina teutona. García Lorca subió al podio, sí, pero muchos otros se llevaron trofeos.

Como en las carreras ciclistas, casi todos tienen la oportunidad de ganar una meta volante (Pedro Salinas, por ejemplo, o Dámaso Alonso), o de vestir el *maillot* a lunares de Rey de la Montaña (como hizo Rafael Alberti), o de protagonizar una espectacular escapada en solitario (la de Miguel Hernández o la de Luis Cernuda), o de ganar una contrarreloj (Vicente Aleixandre), o de llevarse ese premio a la Regularidad (mortecino, opaco galardón que le fue concedido a Jorge Guillén). Tiene que haber de todo: escaladores natos y *sprinters*, como hay tipos que manufacturan sonetos y otros que solo escriben novelas policiacas.

Ya había habido intentos precursores, por supuesto. Berceo preparó a su equipo del mester de clerecía para enfrentarse al equipo rival, el mester de juglaría; los humanistas formaron un conjunto imbatible bajo la dirección técnica de Erasmo de Rotterdam; Lope de Vega se sacó de la manga su «arte nuevo de hacer comedias», etcétera.

Sin embargo, es a partir del Romanticismo cuando el asunto empieza por fin a organizarse en serio, de una forma deliberada, con preparador físico, masajista, patrocinadores, ruedas de aleación y esos cascos que parecen melones cortados por la mitad.

El Romanticismo es el primer movimiento literario en sentido moderno.

¿Cómo se les ocurrió a Espronceda y Cía.?

Según Mesonero Romanos, hacia 1811 vino a España un

chaval francés, hijo de un general de Napoleón, y se instaló en la calle de la Reina, muy cerca del Chicote, donde se reuniría, más de un siglo después, «la crema de la intelectualidad». Tras su estancia en el Seminario de Nobles, el mozalbete regresó a su país con un baúl repleto de artículos de contrabando: abanicos, Calderón, bandoleros con trabuco, gitanillas con sus panderetas y esos ojos ardiendo como ascuas, castillos medievales, los inevitables capuces y una gran cantidad de cementerios a la luz de la luna. Esa materia prima estratégica que sacó de matute la cocinó luego a la francesa, con enfáticas salsas engordadas a base de harina y retórica, y con la legendaria *grandeur* y pedantería de los gabachos.

Por fin, un buen día, el joven Víctor, el hijo del general Hugo, se puso de pie en París y se presentó a voces como el mesías redentor, el que iba a liberar a la literatura de la tiranía de las reglas que le había impuesto el Neoclasicismo de los ilustrados. Media Europa comulgó con aquel emplasto que otros *chefs* ya estaban preparando en sus fogones con sus propias recetas: Heine, Byron, Schiller, Leopardi, etcétera.

Y mira tú por dónde, al cabo de los años aquel condumio volvió a Madrid, de donde había salido en la maleta del hijo del general francés. El plato estaba irreconocible, desfigurado, hecho una caricatura, pero se sirvió a la mesa de los más jóvenes, los Espronceda y Cía., que devoraron la *omelette* francesa a dos carrillos, sin darse cuenta de que no era más que una tortilla de patatas recalentada.

En 1837, cuando Larra se disparó en la cabeza, la cosa ya no tenía remedio. Agustín Belinchón y su amigo Corcuera no se habían enterado de nada.

De pronto todos los escritores jóvenes eran románticos. Eso no era lo más grave. Lo peor era que los jóvenes empleados del comercio también eran románticos, lo mismo que las costureras, los tintoreros y hasta las doncellitas andantes como Esperancita Navascués.

Esa era la guinda que le faltaba al pastel: la *generación*. Hay que admitirlo: los románticos lo inventaron todo. En primer lugar, se trataba de convertir la literatura en un acontecimiento social. En segundo lugar, había que darle carácter generacional. Un movimiento literario estaba bien, sí, cómo no, faltaría más; pero el toque maestro estaba en transformarlo en la expresión de una *nueva generación*. Desde entonces, todos los movimientos artísticos han sido siempre movimientos juveniles, rebeliones contra los señores papás, desde el surrealismo a los punkis.

Hacia mediados del XIX, igual que en el siglo XXI, los jóvenes expresaban su romanticismo con los medios que habitualmente tiene a su disposición la juventud: la indumentaria y el cabello. Prescindieron del frac, se pusieron chalecos amarillos, se dejaron crecer el pelo y se anudaron al cuello pañuelos negros. Fueron también, por lo tanto, los románticos los inventores de los uniformes juveniles, los que primero impulsaron la noción de que un escritor, además de escribir, tiene que tener pinta de escritor. «Hacerse una cabeza», como decían ellos. Desde entonces, la señal que hace posible la detección precoz de un movimiento literario o artístico es la repentina aparición de mozalbetes con insólitos peinados y atuendos llamativos.

La literatura, así, había dejado por fin de ser solo eso, literatura: daba voz a toda una generación. Se convertía en un auténtico acontecimiento social. La juventud, soliviantada contra sus señores padres, se hacía romántica, fúnebre, apasionada, sublime y volcánica. Luego encontraban un empleo y se les pasaba el sarampión. Sentaban cabeza, pero podían seguir «comprendiendo» a la juventud que viniera detrás, el siguiente relevo, puesto que ellos también habían sido jóvenes, románticos, idealistas, revolucionarios..., y a su debido tiempo se habían plegado al «principio de la realidad», el gran invento de la burguesía.

Este mecanismo ideado por los románticos ha seguido funcionando como un reloj hasta ahora mismo, hoy jueves por la tarde, momento histórico en que cualquier consejero delegado, promotor inmobiliario o dependiente de ultramarinos de mediana edad puede afirmar con tono de cínica lucidez: «El que a los veinte años no es comunista no tiene corazón. El que es comunista después de los cuarenta no tiene cabeza».

¿Y los señores padres de los chavales románticos?

A los cabezas de familia, capitanes de empresa, terratenientes o militares condecorados, el Romanticismo les pareció de perlas. Mientras ellos se entregaban a la agotadora acumulación de capital y a mover la mano invisible de la economía de mercado, los plumíferos imberbes ponían la música de fondo, los versos sonoros que les ayudaban a convencerse de que ellos también se encontraban en posesión de un alma sensible. En el siglo XIX, igual que hoy, a todos los depredadores les entusiasmaba considerarse buenas personas, tal vez incluso (en el fondo) unos sentimentales. Así, por ejemplo, mientras el futuro conde del Páramo amasaba su fortuna en Cuba con el tráfico de esclavos negros, podía tararear la *Canción del pirata,* de Espronceda, alegre en su popa, convertido en un auténtico aventurero emprendedor, un creador de riqueza y un patriota.

En definitiva, la chiquillería romántica le iba suministrando a sus señores papás buenos y nobles ideales a la carta: individualismo, destino singular, patriotismo, tradición nacional..., lo que les apeteciera, todo a pedir de boca, ni hecho de encargo.

El asunto funcionó. A mediados del XIX levantabas una piedra y salían románticos a patadas, atareados como insectos en su sentimiento trágico, su pasión desenfrenada y su persecución de la libertad.

EJERCICIOS PRÁCTICOS

1. Trácese una línea que una ciertos artículos de Larra («Modos de vivir que no dan de vivir», por ejemplo) con novelas de Galdós *(La desheredada* o *Misericordia).* Continúese la línea recta hasta llegar a Baroja *(La busca).* Si siguiéramos la línea con la misma trayectoria, ¿hasta dónde llegaría? Pistas: ¿Ignacio Aldecoa? ¿Armando López Salinas? ¿Miguel Delibes?
2. Señálense en la obra de Larra los estragos del conflicto entre románticos e ilustrados. Contraponga el alumno sus ideas políticas (ilustradas) y su práctica estilística (romántica las más de las veces). Explíquese su desesperación final y su suicidio en estos términos.
3. Resúmase en medio folio el hilo argumental de *El diablo mundo,* de Espronceda. Si los ilustrados creían en la bondad natural del hombre y su inocencia fundamental (Rousseau), explique el estudiante cómo llegaron los románticos (y por qué) a adoptar el lema: el mal también es natural. Complete la línea de puntos, ¿ve a Nietzsche a pocos pasos? Siga adelante.
4. Si la novela característica del Romanticismo es la novela histórica (por lo común sobre el glorioso pasado nacional), ¿cómo se explica la actual boga de la novela histórica (por lo común de tramas secretas)? Pista: destino (romántico) frente a conspiración (contemporáneo).
5. Compárese *El estudiante de Salamanca,* de Espronceda, con el *Don Juan Tenorio,* de Zorrilla. Explíquese el éxito prolongado y multitudinario del segundo y el relativo fracaso del primero.

PARA SABER MÁS

El teatro romántico es, en general legible y a veces hilarante en su truculencia: *El estudiante de Salamanca, Don Álvaro o la fuerza del sino, Don Juan Tenorio*, etcétera. La poesía de Espronceda debe leerse con atención, así como la de Gustavo Adolfo Bécquer. De este último escritor no se lean las *Leyendas,* si ya se ha hecho la primera comunión. Evítese cualquier novela romántica histórica (y sobre todo de Larra) y la mayoría de la poesía de la época. Léase *La gaviota,* de Fernán Caballero (Cecilia Böhl de Faber), una divertida novela que representa la bisagra entre lo romántico y lo realista, entre el cuadro de costumbres y lo novelesco, entre la construcción de tipos y la de personajes.

Tema 2
La paciencia de los paquidermos

> Hija de mi alma, hay que ponerse en la realidad. Hay dos mundos, el que se ve y el que no se ve. La sociedad no se gobierna con las ideas puras. Buenos andaríamos.
>
> BENITO PÉREZ GALDÓS, *Fortunata y Jacinta*,
> Parte primera, V, VII

Son plátimas de familia[*]

Enfático, vestido con calzas y espada a la cintura, con aquella tripa y las piernas que parecían un compás abierto, estaba muy ridículo y entraban ganas de mandarle a su casa a cuidar de su familia, si es que la tenía y si allí aún le aguantaban. Además debía de estar acatarrado, porque hablaba con estridente voz nasal.

—Llamé al cielo —explicó levantando la vista hacia el tejado— y no me oyó. Y pues sus puertas me cierra, de mis pasos en la tierra...

A modo de ejemplo, arrastró los pies hacia las bambalinas, contuvo un estornudo, se sorbió los mocos con disimulo y luego hizo una prolongada pausa antes de gritar a voz en cuello, mirando de nuevo el techo de escayola:

—Responda el cielo... ¡y no yo!

Agustín Belinchón bostezó. Se le cerraban los ojos de sueño.

A Fonsito no le entraba en la cabeza. Su padre carecía de paladar para lo sublime. Las cosas como son: don Agustín entendía de sublimidad como de herrar mosquitos. Y precisamente la sublimidad era el único alimento que toleraba Fonsito. Te-

---

[*] Se trata, por supuesto, de los versos consabidos del *Don Juan* de Zorrilla:

> Son pláticas de familia
> de las que nunca hice caso.

Lo dice don Juan en la escena XIII del primer acto, con referencia a la «homilía» que le acaba de echar su padre.

nía un paladar exigente y delicado, la prosa de la vida diaria se le atragantaba, lo cotidiano le provocaba náuseas. A su padre, en cambio, cuanto más inmortales, más sueño le daban los versos. ¿Cómo se podía ser tan berzotas?

Aparte de aquella mancha en la nalga que don Agustín se había empeñado en que viera su hijo, ¿que compartían su padre y él? ¿Qué tenían en común? ¿En qué se parecían? ¡Como un huevo a una castaña! Su padre había llamado a Zorrilla mequetrefe, escuchimizado y pelafustán y había llegado a decir que Espronceda, el inmortal, el poeta por antonomasia, el Gran Ausente, le daba demasiado al frasco. ¿Espronceda ajumado? ¿Cómo podía, el muy merluzo de su progenitor, confundir la embriaguez de las musas con una vulgar melopea, una tajada prosaica, una de esas cotidianas curdas que se ven a diario en los arrabales?

Al llegar a casa, después de ver el *Tenorio*, su padre tomó asiento en su mecedora, junto a la mesa camilla, que era el único y desvencijado mueble hereditario en aquella vivienda donde todo era nuevo, caro y demasiado lujoso para ser elegante.

—¡Bonito está el país! Las acciones a ciento treinta y seis... ¡Y el consolidado a quince! ¿Hasta dónde vamos a llegar? —decía nuestro hombre cuando leía el periódico, llevándose las manos a la cabeza.

—Anda, Tinín, que voy a hacer una madeja —le interrumpía a menudo Esperancita, que así le llamaba cariñosamente y que no tenía más ocupación que la costura, las predicciones meteorológicas y la asistencia a espectáculos públicos.

Encima de la mesa camilla tenía su padre una caja de madera cerrada con una llave que llevaba colgada al cuello. Fonsito nunca había sabido qué contenía, aunque sospechaba que serían sus acciones de compañías ultramarinas. ¿Qué otra posesión podría atesorar el besugo de su padre?

Don Agustín se mecía con deliberación y solemnidad, como si estuviera cumpliendo una misión sagrada y de la que acaso dependiera la órbita del planeta o la regulación de las mareas. A su hijo a menudo le daba consejos que este nunca acaba de comprender del todo:

—Huye de la niebla, Fonsito. Tú no toques los licores y que a ti no te toquen nunca la berenjena con las manos. ¡El resto es silencio! Aún digo más: el resto es la obra del tiempo.

—Pues va a empeorar —intercalaba Esperancita—. Hay que abrigarse, mañana lloverá, el burrito barómetro no miente y a mí me lo dice el corazón.

Fonsito Belinchón miró sin misericordia a aquel apacible matrimonio. ¿Hasta cuándo tendría que seguir aguantando la prosa belinchónica, él, que tan repleto estaba de poesía que se sentía a punto de reventar, cual una vejiga hinchada o cual un odre de vino?

Fonsito Belinchón

Fonsito, como le llamaba todo el mundo, fue el primer Belinchón que pisó las aulas universitarias. El nieto de Casimiro Belinchón, el tendero analfabeto, se licenció en dos facultades. Allí se hizo gran amigo de Zalamero, Joaquinito Pez, Alejandro Miquis, Benito Pérez Galdós y, sobre todo, inseparable de Juanito Santa Cruz: eran como hermanos. No estudiaban todos el mismo año ni tenían el mismo grado de aplicación. Zalamero, por ejemplo, era de los que se ponen en la primera fila de bancos y dan cabezazos de asentimiento a lo que dice el profesor. En cambio, Belinchón y Santa Cruz se sentaban siempre en la grada más alta, envueltos en sus capas y más parecidos a conspiradores que a estudiantes. Allí pasaban el rato charlando con disimulo, leyendo novelas por entregas, dibujando mujeres sin ropa y sin cabeza o soplándose uno al otro la lección cuando el catedrático les preguntaba. Junto a ellos se sentaban Pérez Galdós y Villalonga, que llevaron un día una sartén (no sé si a la clase de Novar o a la de Uribe, que explicaba metafísica) y frieron un par de huevos. Todos ellos, a excepción de Miquis, que se murió el 64 soñando con la gloria de Schiller, metieron infernal bulla en el célebre alboroto de la noche de San Daniel del año 1865.

El asunto fue que Emilio Castelar había publicado en *La Democracia* el artículo «¿De quién es el Patrimonio Real?», y a los cuatro días otro, titulado «El rasgo», criticando a la reina Isabel II, por si se quedaba ella con lo que sacara Hacienda de vender el patrimonio real. Bueno está lo bueno, pero, como es natural, Narváez no podía consentir tanta insolencia con la soberana. Castelar era profesor, así que le abrieron expediente, pero el rector, Montalbán, se negó a expulsarle. Inconcebible, ¿no es cierto? El 7 de abril, por Real Orden, destituyeron a Montalbán y nombraron rector al marqués de Zafra. Al día siguiente se convocó una serenata en honor de Montalbán, a la puerta de su casa, calle Santa Clara, número 3, el mismo inmueble en el que una tarde fría de febrero de 1837 se había pegado Mariano José de Larra un tiro sin dejar de mirarse al espejo.

Ese día no pasó nada grave, los mozalbetes dieron su serenata y los guardias los dispersaron. Corriente y moliente: cada uno cumplió con su obligación y después todos se volvieron a sus casas tan campantes.

El día 10, festividad de San Daniel, cuando tomó posesión de su cargo el marqués de Zafra, fue cuando se armó «el célebre alboroto». Los universitarios y otros que no lo eran tanto, sino maleantes, agitadores e incluso obreros, se pasaron el día con silbatos, matracas y hasta matasuegras frente al Ministerio de la Gobernación, calentándoles las orejas a los guardias, venga pitidos, venga cuchufletas, venga chirigotas y don Nicanor tocando el tambor. Al fin, la Veterana* perdió la paciencia, cargó, repar-

---

* La Guardia Veterana fue organizada en 1858, dentro de la Guardia Civil, para el mantenimiento del orden público en Madrid y sus alrededores. Según Ángel Fernández de los Ríos, la Veterana fue:

> Un cuerpo policial, aliado de la tiranía y elemento insolente de vejación para el ciudadano. Centinela político que intentaba evitar lo que pudiera molestar al ministro en funciones. Lo restante de su función era secundario, mero pretexto para desempeñar el papel de esbirro.

Galdós, en *Prim,* da una visión semejante de este cuerpo armado:

> Centauros, que no jinetes, parecían los guardias: esgrimían el sable con rabiosa gallardía [...]. No contentos con hacer retroceder a la gente, metían los caballos en las aceras, y al desgraciado que se descuidaba le sacudían de plano tremendos estacazos.

tió mandobles con el sable plano y hasta hubo algún disparo, y aunque fueron al aire (como es natural), sin saber por qué se produjeron varios muertos y cientos de heridos, los cuales tampoco resultaron estudiantes, por cierto, como se comprobó después con exactitud, sino en gran parte zapateros, carpinteros, albañiles, herreros, carreteros y dos de ellos mozos de cuadra.

Hacia la esquina de la calle de la Aduana vio Alfonso Belinchón a una mujer joven descalabrada, tendida en el suelo, empapando de sangre el empedrado, con las piernas al aire y las faldas subidas hasta la cintura. Entre sus muslos se movía una sombra fugitiva que tenía algo de cardumen que avanza bajo el agua. Ya estaba muerta y se había quedado con los ojos abiertos, inmóviles y vidriosos. Fonsito Belinchón creyó que le miraba. Sintió ganas de besarla en la boca, pero tuvo miedo. Sin darse cuenta, pisó el charco de sangre con la bota derecha y retrocedió asustado.

Luego se averiguó que era lavandera. Tenía diecinueve años, le gustaba cantar durante el trabajo y se llamaba Andrea Isidra de Diego.

A Villalonga le tocó recibir un sablazo de un guardia veterano, pero Belinchón y Santa Cruz lo pasaron peor. Los cogieron junto a la esquina del Teatro Real y se los llevaron a la prevención en una cuerda de presos. A la sombra tuvieron más de veinte horas a Fonsito Belinchón, hasta que acudió a rescatarle a primera hora de la mañana del 11 su papá, persona decente y muy bien relacionada.

El susto que se llevaron don Agustín Belinchón y doña Esperancita Navascués no es para contado. ¡Qué noche de angustia la del 10 al 11! Fonsito volvió a casa pálido y hambriento, con ojeras, la bota derecha manchada de sangre de mujer, la ropita llena de sietes, y «oliendo a pueblo», como expresó con acierto su mamá.

Tras una juventud turbulenta en la que había pretendido disipar las tinieblas con la luz de la Razón y escribir odas inmortales, don Agustín se había dejado de bernardinas y había logrado enriquecerse en el comercio de paños y con las contratas de vestuario para el Ejército y la Milicia Nacional, pero no quería por nada del mundo que su hijo fuera comerciante, ni había para qué, pues él tampoco lo era ya. Acababa de vender su almacén en el 64 y disfrutaba de una renta de veinticinco mil pesos, parte de alquileres de sus casas, parte de acciones del Banco de España, más una participación importante en empresas de ultramar, entre ellas un ingenio azucarero llamado La Generosa, en Matanzas, en la isla de Cuba.

Vivían en una casa de la calle Pontejos,* a tiro de piedra de la finca de los Santa Cruz. Era un luminoso principal con seis balcones a la plaza y allí habría estado Fonsito tan a gusto, si no fuera porque dio en la flor de querer ser poeta. Y de añadidura: poeta romántico.

En opinión de Fonsito, para hacerse poeta y campeón del Romanticismo le sería de más utilidad un zaquizamí sórdido en el que tiritar y garabatear cuartetas a la luz de la bujía, o si acaso alguna buhardilla en la que sus amadas exhalaran sus últimos (o postreros) suspiros (o hálitos) en sus brazos. Se proponía cumplir el deseo que le había dado miedo en la calle de la Aduana: besaría los yertos labios del cadáver antes de verter su corazón a borbotones en algún que otro poema inmortal.

¡Pues menudo programa! Su padre, como es natural, puso el grito en el cielo.

—La literatura es la mayor calamidad, Fonsito: ten juicio. Tu abuelo Casimiro, sin saber leer, fue más feliz que todos nosotros juntos. Aún digo más: no escribas ni un renglón. ¿Es que acaso vas a comportarte como un ornitorrinco? Tú prepárate a conciencia y luego te facturo a Cuba, de intendente de La Generosa, y te me haces un hombre de provecho.

¡Un hombre de provecho! ¡En eso estaba pensando Fonsito! «¡Amos, anda!», le contestaba en su fuero interno a su pro-

---

* A un paso de la Puerta del Sol, esta calle da a la plaza de Pontejos, donde había una fuente coronada por la estatua del marqués de Pontejos. El agua era del Abroñigal y allí llenaban sus cubos los aguadores asturianos, después de haber sido expulsados de la Puerta del Sol (a causa de una sonada reyerta con los ropavejeros extremeños).

genitor, al que (en ese mismo lugar protegido, su fuero interno) motejaba sin cesar de «buen burgués», «persona de orden» y «gente respetable», todo dicho con cierto impertinente retintín, para zaherir. Fonsito no tenía más ambición que hacerse un buscarruidos, como Espronceda: la pesadilla de los tiranos y el favorito de las musas, ese iba a ser Alfonso Belinchón, coronado de laurel y embellecido por una muerte trágica y prematura, tal vez incluso estrangulado por la difteria como el Gran Ausente.

¿Y por qué le llamaba todo el mundo Fonsito? Esto sí que no lo sé. Hay en Madrid muchos casos de esta aplicación del diminutivo o de la fórmula familiar del nombre, aun tratándose de personas que han entrado en la madurez de la vida. Al autor cien veces ilustre de *Pepita Jiménez* le llamaban sus amigos, y los que no lo eran, Juanito Valera.* Pérez Galdós solía decir que «esta familiaridad democrática demuestra la llaneza del carácter español».

La verdad, lo dudo mucho.

Mi vida a bordo me ha enseñado a desconfiar siempre del contramaestre que tutea a un grumete. En alta mar, cuando llega la galerna, uno aprende a conocer el metal del que están hechos los hombres: no todos somos iguales y hay que actuar en consecuencia. Cuando el barco se va a pique, ¿será el que tutea el que arriesgará su propia vida para tender un cabo al náufrago?

Crecimiento y desarrollo de los plantígrados

A la semana siguiente, como si acabaran de volver de una expedición polar o de la batalla de las Termópilas, los revoltosos

---

* Juan Valera fue diplomático y escritor de novelas de un costumbrismo muy idealizado y conservador, y orientadas hacia la introspección psicológica (o más bien el examen de conciencia), como la muy popular *Pepita Jiménez* (1847), donde analiza las tribulaciones (y el autoengaño) de un seminarista que intenta convencerse de que no siente atracción erótica por una viuda de buen ver. Al final se casan, claro, en lugar de abrasarse.

de la noche de San Daniel se reunieron en el café de Occidente, en la calle del Colmillo, con muchas más vendas de las necesarias, los rostros por demás desencajados y ademanes furtivos de facinerosos perseguidos por la policía secreta.

—Buena la armamos, ¡buena! —comentó Zalamero—. ¡Flojilla cosa fue: el gobierno se tambalea, caballeros!

—La reina pierde pie.... —aseguró Santa Cruz, y luego le preguntó a Pérez Galdós—: ¿Y tú dónde te metiste, Benito?

—¿Yo? Por aquí y por allí —respondió el canario, evasivo, como era su costumbre—. Yendo y viniendo. Con unos y con otros...

Era su especialidad: nadar y guardar la ropa. A pesar de su aventajada estatura, pasaba inadvertido por su discreción. Solía repetir que no había que significarse. Se decía que tenía innumerables líos de faldas, pero siempre de tapadillo, con el más escrupuloso respeto a las conveniencias y sin incurrir en locuras, desbarajustes y en general esos romanticismos que todo lo sacan de quicio.

Su lema era: no hay bromas con la realidad.

—Sin descomponerse, se puede hacer todo lo que se quiere —solía repetir.

Al final, sí que perdió pie la reina; llegó la revolución de 1868, los Borbones salieron de estampía, como de costumbre, y nuevos aires de libertad ventilaron una nación que ya empezaba a oler a cerrado.

A pesar del torbellino, los dos amigos, Belinchón y Santa Cruz, lograron terminar la carrera de Derecho, y la de Filosofía y Letras de añadidura.

Por aquellos años, para gran disgusto de sus mamás, los dos mozalbetes iban aflamencados, como matachines o mozos de espadas. Vestían capa de esclavina corta con mucho ribete, mucha trencilla y pasamanería. Se ponían sombrero redondo, botas de caña larga y pantalones ajustados. En el mundo de las ideas no era menor su dislocada afectación. Juanito Santa Cruz, la víctima del presidio, el mártir de la libertad, desde aquella noche de San Daniel se volvió furibundo republicano.

—Te lo digo en una sola palabra —exclamaba como si fuera Prim—.* Los Borbones en España... jamás, jamás, jamás.

Luego se hizo federalista, cantonalista, anarquista y todos los «istas» que le fueron poniendo por delante. Se los devoraba, pin, pan, pin, pan, uno detrás de otro, a mandíbula batiente. Y cada una de las sucesivas convicciones que iba adquiriendo Juanito era definitiva y permanente. Todas tenían, además, tal fuerza y vitalidad que se desplegaban no solo hacia el porvenir, sino también hacia atrás: eran convicciones, por así decir, retrospectivas. Se volvía nuestro hombre republicano, por ejemplo, pero con tal ímpetu que su nueva idea le arrastraba con la misma fuerza hacia el futuro que hacia el pasado y se convencía de que, tal vez sin que los demás supieran verlo, él había sido republicano desde hacía muchos años, acaso desde la misma cuna, y al repasar su existencia iba encontrando por doquier indicios precoces de republicanismo, profecías y confusos anuncios del futuro advenimiento de la última idea mesiánica que le poseía. Cada nueva creencia actuaba en Juanito marcha atrás y pasaba a limpio el borrador que había sido hasta entonces su vida, realizaba las enmiendas o tachaduras que fueran necesarias hasta lograr una versión definitiva de sí mismo, con todos los actos de su pasado ordenados apuntando a la nueva idea, igual que las limaduras de hierro se alinean hacia el imán.

En fin, tenían los chicos tal desbarajuste que hasta comenzaron a imitar aposta el acento andaluz: con eso está dicho todo. Habían perdido ya por entero el respeto que a su buena crianza debían.

Ambos se equiparon con esa arma mortífera que los sietemesinos seductores utilizaban para asaltar honras a cielo raso, igual que los bandoleros sus trabucos: la palabra de casamiento con reserva mental de no cumplirla.

---

* Cuando se debatía en las Cortes la posibilidad de que los Borbones volvieran a reinar, Juan Prim expresó su opinión de forma contundente con una sola palabra repetida tres veces: «Mientras yo viva, los Borbones en España... ¡jamás, jamás, jamás!». Prim consiguió que Amadeo de Saboya, italiano, aceptara la Corona de España. El 27 de diciembre de 1870 dispararon contra Prim en la calle del Turco. El 30 llegó Amadeo a Cartagena, donde se enteró de la noticia de la muerte de su valedor: no empezaba con buen pie su reinado.

En manos de Santa Cruz era fulminante. Fonsito Belinchón, sin embargo, no conseguía nada, prometiera lo que prometiese. Era un joven demasiado delgado y las articulaciones de los huesos le crujían al andar igual que las patas de los muebles cuando alguien los arrastra por el pasillo.

Tantas tropelías cometió Santa Cruz que al final decidieron sus señores papás casarlo con su prima Jacinta, la tercera de las hijas de Gumersindo Arnaiz, una joven hermosa y bien educada.

La boda tuvo lugar cuando los dos amigos terminaron sus estudios.

Entonces, convertidos ambos en pozos de sabiduría y agotado ya el caudal de lo que en las aulas podían aprender, comenzaron a frecuentar esas otras universidades tan españolas: las tertulias de los cafés.

Había en aquellos años en Madrid cientos, tal vez miles de cafés, con y sin piano, en los que se mantenían tertulias de todas las clases: poéticas, de militares de complemento, científicas, filosóficas, de chalequeras y planchadoras, astronómicas o de elementos forasteros procedentes de la misma y remota provincia; así, por ejemplo, la legendaria tertulia de ilicitanos (en el Levante), la de los extremeños (en la Oriental de la calle de la Palma) o la de conspiradores turolenses (en el reservado del Acmé, calle Velarde, de madrugada, y a la que se accedía con el santo y seña «Teruel también existe»).

En las tertulias se hablaba siempre de dos asuntos fijos: las mujeres y la política. Y un tercer asunto de añadidura que era el que etiquetaba a la tertulia como científica, literaria, jurídica o lo que fuera en cada caso.

En aquellos años revueltos, Belinchón y Santa Cruz peregrinaron por tertulias teológicas, científicas, heráldicas y de egiptólogos, sin encontrar acomodo definitivo en ninguna, pues sus voraces inteligencias necesitaban cada pocas semanas la ingesta de ideas nuevas, las cuales masticaban y deglutían en el acto, y expulsaban sin dilación ni digestión, quedando así aún más hambrientos de nuevas sabidurías.

Una noche se encontraban ambos en Fornos, en la calle de

Alcalá, cuando oyeron en la mesa de al lado a un individuo que afirmaba:

—Lo que es yo, la metempsicosis sí que te la puedo admitir según la entendían los egipcios y los caldeos, pero por la telequinesia no paso, caballeros: ¿mover objetos pesados sin usar las manos? Bah, bah, bah... Música, música, música... ¡Pues bonito estaría que a la fuerza psíquica ahora la convirtiéramos en un mozo de cuerda!

Belinchón se entusiasmó y se sumaron a aquella tertulia, que resultó ser de espiritistas y capitaneada por el carlista a ultranza don Nicolás Navalón, que aseguraba haber sido sucesivamente, en vidas pasadas, una emperatriz egipcia, el conquistador Lope de Aguirre, Goya y, en los últimos tiempos, y bastante a disgusto por cierto, nada menos que el difunto general Narváez, el Espadón de Loja.*

A Navalón le parecía lo más corriente que viniera Nabucodonosor para comunicarse con él a través de una taza puesta boca abajo y un abecedario pintado en una cartulina, pero en cambio negaba con rotundidad que fuera a venir jamás el príncipe Alfonso. Sobrevino lo de Sagunto** y Navalón se multiplicó para desmentir toda noticia a medida que se conocía en el café. Ni el príncipe había llegado a Marsella, ni se había embarcado para Barcelona en la fragata *Navas de Tolosa*, ni volverían los Borbones a España... jamás, jamás, jamás.

La lentitud de los paquidermos

La revolución burguesa había descolocado a los escritores, que habían tenido que buscarse un nuevo sitio empujando con los codos. «¿Qué hacer, compañeros?», se habían preguntado

---

* Ramón María Narváez había muerto en abril de 1868; era famoso por su encarnizada lucha contra los carlistas, además de por su mano dura, que le había hecho acreedor al sobrenombre de Espadón de Loja (el lugar de Granada donde nació).
** El 29 de diciembre de 1874 el general Martínez Campos proclamó a Alfonso XII rey en Sagunto.

unos a otros. Los románticos habían dado en el clavo: se inventaron un movimiento literario. Como un solo hombre, todos se pusieron a hacer el ornitorrinco. El Romanticismo avanzó así al paso de la burguesía liberal, se convirtió en su música de fondo. Pero ahora, una vez que la burguesía ya estaba instalada en el poder, ¿para qué narices servía el Romanticismo? ¿Para qué querían los capitanes de empresa más odaliscas, más cosacos, más orgías y más periplos, ahora que ya tenían a su disposición un país entero, con todos sus enseres y paisajes?

Fue entonces cuando a Pérez Galdós y Cía. se les ocurrió la gran idea: la literatura realista y sus lentas novelas paquidérmicas y catastrales.

Lo que la burguesía necesitaba era explicarse el mundo, levantar un plano de sus posesiones y, sobre todo, crear su propia conciencia de clase.

Por eso se ha llegado a hablar de un *print-capitalism*:* en el Antiguo Régimen, un noble analfabeto seguía siendo un noble, igual que este jueves por la tarde. La cohesión y el sentido de la propia identidad de la nobleza estaba garantizado sin necesidad de la imprenta. La burguesía, en cambio, no contaba todavía con los mismos elementos, porque acababan de llegar apenas hace cinco minutos. Hacia la mitad del siglo XIX, un industrial de Barcelona y uno de Bilbao no tenían por qué conocerse, sus hijos aún no se casaban entre sí ni se heredaban el uno al otro. Fue gracias a la imprenta como pudieron empezar a verse como una clase unida y, lo que es más importante, como los nuevos protagonistas de esa comunidad nacional que estaban imaginando. Fueron los periódicos y las novelas los que hicieron ese trabajo: inventaron la «clase media», como a ellos les gustaba llamarse.

Benito Pérez Galdós lo tenía claro:

> Era la época en que la clase media entraba de lleno en el ejercicio de sus funciones, apandando todos los empleos creados por el

---

* La de comunidad imaginada y el *print-capitalism* es una idea que desarrolla Benedict Anderson en su libro *Imagined Communities*, Verso, Londres, 1983.

nuevo sistema político y administrativo, comprando a plazos todas las fincas que habían sido de la Iglesia, constituyéndose en propietaria del suelo y en usufructuaria del presupuesto, absorbiendo en fin todos los despojos del absolutismo y el clero.*

Galdós escribió un programa literario que obtuvo la aprobación de esa nueva clase dominante, la burguesía (que se complacía en llamarse a sí misma «clase media»).

La clase media es el gran modelo, la fuente inagotable. Ella es hoy la base del orden social; ella asume por su iniciativa y por su inteligencia la soberanía de las naciones. [...] La novela moderna de costumbres ha de ser la expresión de cuanto bueno y malo existe en el fondo de esa clase, de la incesante agitación que la elabora, de ese empeño que manifiesta por encontrar ciertos ideales y resolver ciertos problemas que preocupan a todos, y conocer el origen y el remedio de ciertos males que turban a las familias. La grande aspiración del arte literario en nuestro tiempo es dar forma a todo esto.**

En pocas palabras: se trataba de crear la realidad, inventarse una realidad de corte y confección, a la medida de la nueva clase que se consideraba protagonista de la Historia, ofrecerles un *tour de propriétaire* que les mostrara sus dominios y que fijara de una vez por todas los límites de la realidad, lo aceptable, lo razonable, lo que es de sentido común, lo natural, lo «hacedero», como solía decir Cánovas.***

«Hay que ser realistas» pasó a convertirse en el santo y seña de la burguesía conservadora, una vez que consiguieron definir la realidad en sus propios términos.

«No hay bromas con la realidad», repetía Benito Pérez Galdós.

---

* *Fortunata y Jacinta*, Parte primera, II, V.
** «Observaciones sobre la novela contemporánea en España», en *Ensayos de crítica literaria,* Península, Barcelona, 1972.
*** Antonio Cánovas del Castillo es la figura señera del conservadurismo español. Fue el artífice de la restauración borbónica y de la Constitución de 1876. Era partidario de «lo hacedero» y acabó montando un sistema político basado en el turno de partidos y el caciquismo: un auténtico «tinglado» o «farsa», como lo calificaron los escritores de la época, al que solo pondría fin la Segunda República.

¿La realidad? ¿Escribir sobre la prosa de la vida que todos conocemos? A Fonsito aquello le parecía una insensatez tan grande que casi prefería el trato con los espíritus incorpóreos de Navalón.

Fonsito, mi tatarabuelo, lo tenía claro: el realismo no iba a cuajar. Lo que el lector necesitaba, reclamaba, exigía y lo único que estaba dispuesto a aplaudir era la poesía del alma, no la prosa de lo cotidiano. Leer era un medio de locomoción, igual que las botas, la diligencia o el ferrocarril, y el lector quería versos sublimes que le transportaran, como por arte de birlibirloque, al misterio, a lugares lejanos, pasiones prohibidas y paisajes sobrecogedores, al borde mismo del precipicio, para sentir la atracción fatal de ese abismo interior que caracteriza a los poetas.

Él, sin ir más lejos, estaba escribiendo un largo poema para inmortalizar sus fúnebres amores con el cadáver de una virgen, que tendrían lugar sobre la lápida de su propia tumba convertida en lecho nupcial. Al menos en endecasílabos sí se proponía cumplir su deseo de la calle de la Aduana.

Epitafios de nuestros cuerpos se iba a llamar su obra inmortal.

—¿Una poesía? ¡Quia! —negaba Galdós—. Ahora lo que pita es la novela. Esa novela que refleje las costumbres contemporáneas, te lo digo yo: no hay bromas con la realidad. Hay que mostrar la fuerza de esta burguesía que está construyendo el país, amiguito, esta nueva clase tan dinámica y emprendedora.

Fonsito admitía, si acaso, las novelas históricas a lo Walter Scott, las grandes epopeyas nacionales, con su misteriosa Edad Media y una provisión abundante de capuces, pero ¿a quién le interesaba leer lo que podía ver con sus propios ojos?

—El arte es la expresión del genio del artista —declaró Belinchón.

—Ni hablar del peluquín —respondió Pérez Galdós—. El arte es el reflejo del mundo, una reproducción a escala de la realidad, como ese espejo a lo largo del camino.*

---

* Ese manoseado espejo que el autor pasea a lo largo de un camino es la descripción clásica de la novela realista. Stendhal abre el capítulo XIII de su novela *Le Rouge*

—¿Y el alma del creador? ¿Y el drama humano? ¿Y el abismo interior? ¿Eh?

Benito bebió un sorbo de café, fumó y dijo en un murmullo, con el rostro borroso por el humo:

—El alma también está fuera, no solo dentro de las personas.

Resulta que los jóvenes escritores paquidermos se habían vuelto materialistas. Pensaban que no se podía separar a la persona de su ambiente, de su medio social, de las condiciones materiales de su existencia. El alma era también la forma de vestirse, el sueldo mensual, el color que cada uno elegía para sus cortinas, los zapatos, el tamaño de la vivienda y el conjunto de sus relaciones sociales, laborales y familiares. Elefantes, hipopótamos, rinocerontes..., los paquidermos se preguntaban a menudo: ¿qué nos enseña más sobre una persona, qué nos acerca más a su verdad? ¿Sus ideas sobre la belleza o lo que ha comido esa semana? ¿Sus opiniones sobre el más allá o sus deudas? ¿Sus metáforas o los remiendos de su chaleco?

Para escribir esas novelas con las que soñaban ahora los jóvenes realistas ya no valían los ornitorrincos: se necesitaba la paciencia de los paquidermos, su lentitud, su capacidad de observación, su atención a los detalles, su memoria legendaria y esa fuerza para desarraigar árboles con la trompa y comerse las hojas tiernas de las ramas más inaccesibles.

—El arte es la sensibilidad —insistía Belinchón—. El arte es lo sublime.

—A veces conviene tener la piel más resistente,[*] Fonsito —le aconsejó Galdós—. La realidad no solo es sublime, ni pastelera falta que le hace. Recuerda que todos los paquidermos terrestres se dan a diario un baño de barro. ¿No tienen sensibilidad? Todo lo contrario: el fango les protege de las picaduras de los tábanos, que son un martirio para su exquisita sensibilidad.

Belinchón cabeceaba con disgusto. ¿Cieno y barro? ¿La avi-

---

et le Noir con una cita de Saint-Réal como epígrafe: «*Un roman: c'est un miroir qu'on promène le long d'un chemin*». Lo habitual es atribuir la frase al propio Stendhal.

[*] Debe de referirse Pérez Galdós a la etimología de paquidermo, de παυχξ («duro, resistente») y δερμα («piel»).

lantez y la suciedad de la vida cotidiana? ¿Los personajes sin heroísmo ni secretos trágicos, tipos normales y corrientes? Y lo peor de todo: el alma por fuera. ¿En qué cabeza cabía? Eso solo le podría suceder, si acaso, a individuos muy rudimentarios, como su propio padre, don Agustín. A Fonsito le dio por preguntarse dónde pondría su padre el alma, si la tuviera fuera de sí mismo. ¿En las zapatillas de andar por casa, en las botas de cuero, en el reloj de oro Longines?

Qué va.

Fonsito decidió que su padre tendría el alma encerrada en la caja de madera, en forma de acciones, bonos del Tesoro y títulos de propiedad. Por eso debía de llevar siempre la llave al cuello: para evitar sustracciones y remordimientos.

Belinchón se decepcionó enseguida del realismo que propugnaba Benito Pérez Galdós. Aquello no tenía ningún futuro: los lectores lo rechazarían de plano.

Juanito Santa Cruz, por su parte, se decepcionó a gran velocidad del carlismo espiritista de Navalón.

—Eso no se lo tragan ya ni los adoquines, chico —le comentó un día a Fonsito.

—Pues a mí no me sorprende tanto que las almas transmigren...

—Pero ¿qué almas dices? En quien no creen ya ni los niños de teta es en don Carlos —aclaró Juanito, que ahora estaba comenzando a considerar lo que él llamaba «la idea alfonsina».*

—Ah, yo de eso ni córcholis. Pero ¿por qué no van a viajar las almas a través del tiempo?

—Hombre, ¿te figuras tú que Navalón haya podido ser una emperatriz con tetas?

—No, claro..., visto así.

La amistad entre ellos era más fuerte que cualquier diferencia de opinión, era un lazo sagrado, un nudo ciego, imposible de desatar. Por consiguiente, como viera Santa Cruz que Fonsito se tragaba de buena voluntad todas aquellas paparruchas de Nava-

* Se refiere a la restauración borbónica con Alfonso XII.

lón, decidió no burlarse de los devaneos espirituales de su amigo con espíritus incorpóreos ni de sus soñados amoríos a pie de tumba. A su vez, Belinchón respetaba los devaneos materialistas y carnales de Juanito Santa Cruz.

Porque correrla, lo que es correrla, Juanito, estando ya casado, la corría por todo lo alto, siempre armado de la mortífera palabra de casamiento con reserva mental.

En el periodo revolucionario y republicano había multiplicado las aventuras con esas chulapas que pescaban a los hombres por la calle, enredando los flecos de su mantón con los botones del chaleco de los incautos, de los que tironeaban igual que si estuvieran sacando peces del agua con una red.

Fonsito, por el contrario, debía de haber recibido un trabuco sin pólvora, porque llevaba varios años a verlas venir, en dique seco: pasó la Revolución, llegó un rey extranjero, se proclamó y cayó una República y, a pesar de todo, con unos y con otros, Belinchón no había logrado todavía echar a rodar ninguna virtud, por más que ahora mantuviera coloquios semanales con Napoleón, Cleopatra, el santo Job y otros escogidos difuntos que movían la taza de café desde el más allá.

—¿Qué? ¿Te has estrenado, chico? —le preguntaba Juanito cada tanto.

—Aquí sigo: *in albis*.

—¿Y esa chubasca que te presenté, la prima de Charito? Esa toma varas, te lo digo yo —le sugirió un día que estaban con Pérez Galdós en La Fontana de Oro.

—Le prometí de rodillas casarme con ella y hacerla una señora decente...

—¡Tú estás mal del piso alto, Fonsito! ¿Cómo se te ocurre? —se escandalizó Santa Cruz.

—... pero hice reserva mental de no cumplir la promesa —se disculpó Fonsito—. La ninfa se me carcajeó en las nasales. ¿Sabes lo que me dijo? Me dijo: «Sí, hombre, sí: ¡pal chasco!», y luego va y me pide dinero.

—¡Habérselo dado! ¡Se paga y san se acabó!

—Todo se puede conseguir sin descomponerse —sugirió Galdós—. La realidad es como es y no como nos gustaría que fuera: hay que adaptarse a ella. No hay bromas con la realidad.

—¡Tú siempre con tu molinillo, Benito! ¡Ya te vale! Mira, Fonsito, con el pueblo hay que ir al bulto, sin rodeos. No son como nosotros: no gastan remilgos ni prolegómenos, se abalanzan como los niños sobre el objeto de su capricho: aquí te apetezco, aquí te zampo, ¡plas!

—Porque carecen de sentido de la realidad —ratificó Pérez Galdós—. Yo solo os digo que tengáis cuidado los dos, y sobre todo tú, Juanito, que eres hombre casado y te vas a meter en un lío del que no te va a poder sacar tu papá, como la noche de San Daniel, y entonces ¿qué? Cuando truene, ¿nos acordaremos de santa Bárbara?

A cierra ojos, sin medir las consecuencias, Juanito se había liado en el 73 con una tarasca cantonal de las de rompe y rasga, Charito la Morlaca, que así la llamaban porque verla entrar en una habitación ponía más espanto en los hombres que recibir un toro a porta gayola.

—Cuidadito, que esa te va a empitonar —le había advertido Galdós, el prudente canario.*

—¿Cuál es su signo del zodiaco? —preguntó Fonsito.

—Ni la más remota, chico... ¿Qué se me da a mí el zodiaco?

—¿Y cómo puedes fiarte de alguien de quien no conoces ni su signo? Tú veras, compañero, tú verás...

—Mucha Morlaca es esa, Juanito. Anda con ojo o te llevarás una cornada.

Benito era la voz misma de lo razonable con un dulce resto de acento del archipiélago.

Entró en Madrid Alfonso XII a caballo, con traje militar de campaña y saludando ros en mano a la multitud, y Belinchón seguía en trabajosos coloquios letra a letra con los espíritus de capitanes, gladiadores y emperatrices.

---

* Ya observó Plinio lo cautos que son los paquidermos. Los elefantes, por ejemplo, no suben a una embarcación hasta que el capitán les promete que volverán a casa. Por otra parte, son tímidos, y se ocultan para copular en secreto durante cinco días seguidos.

—¿Y no podríamos convocar a Espronceda, o por lo menos a Garcilaso o a Calderón de la Barca? —le preguntaba a Navalón.

—Es que los escritores tienen muy poca paciencia, sufren mal el deletreo con la taza boca abajo. Si te empecinas, lo intentaremos.

Lograron que se manifestaran los espíritus de algunos difuntos: un tal Juan Benet, un tal Neruda y uno que dijo llamarse Baroja.

—Ni córcholis —se asombró Belinchón—. Es que no tengo ni córcholis. ¿Quiénes son esos tipos?

—Vendrán del futuro —se le ocurrió a Navalón.

—¿Difuntos? ¿O estarán aún vivos allí en el futuro?

—Difuntos es lo corriente. Serán los escritores muertos del día de mañana.

—¿Los muertos del futuro? No diga usted bobadas, Navalón: esos ya somos nosotros.

Fonsito empezaba a cansarse de aquella intimidad con los espíritus incorpóreos y de las prédicas carlistas del irredento Navalón.

Un día aportó Juanito por el café pavoneándose del final de su propia república y la restauración del orden familiar: le había dado pasaporte a Charito y, si te he visto, no me acuerdo.

—¡Chico, ya no se podía aguantar más! Era demasiado honrada: ni siquiera valía para querida. No conoce los refinamientos franceses, ya sabéis a qué me refiero.

Él, por cierto, no es que fuera partidario ahora de la Restauración: lo había sido siempre. Sí, quizá en algunos momentos tuvo que apretar los dientes y disimular, sonreír por fuera y ocultar la rabia que sentía por dentro, aparentar conformidad con opiniones que en su fuero interno le descomponían. Corriente. Pero él había defendido antes que nadie a don Alfonso, acaso de forma tácita, elíptica o parentética, pero con devoción y lealtad probadas y antiguas. Él era, había sido siempre, realista, partidario, como Cánovas, de «lo hacedero», enemigo de quimeras revolucionarias y romanticismos políticos.

Lo hacedero

A Juanito Santa Cruz y Fonsito Belinchón comenzaba a pasárseles entonces el flamenquismo y ese sarampión oratorio que les había tenido deambulando por los cafés y empeñados en averiguar si la conciencia era «la intimidad del ser consigo mismo» (como creía a pies juntillas Santa Cruz) o «la mismidad de lo íntimo en su objetividad subjetiva» (como sostenía con furia no menos obcecada Belinchón).

No extrañará a nadie que un chico guapo como Santa Cruz, hijo único de padres ricos, inteligente, instruido y brillante, considerara ocioso y hasta ridículo meterse a averiguar si hubo o no un idioma único primitivo, si Egipto fue una colonia brahmánica o si hay un infinito que pueda ser de mayor tamaño que otro infinito cualquiera. A Juanito Santa Cruz ahora le tenía sin cuidado y pensaba que lo que él no averiguase otro lo averiguaría... «Y por último», se decía, «pongamos que no se averigüe nunca. ¿Y qué...?»

Volvieron a vestirse como personas y a hablar pronunciando todas las consonantes, sin aquella repugnante afectación de deje andaluz.

A Fonsito, por su parte, comenzó a parecerle algo insensato que esas almas ambulantes se pasaran la eternidad yendo y viniendo por distintos cuerpos, como quien va cambiando sin parar de pensión y, total, ¿para qué?, ¿para seguir cenando la misma sopa y las mismas empanadillas cocinadas por distinta patrona? Y también se le antojaba algo chusco que los espíritus de difuntos tan célebres le hicieran a Nicolás Navalón las revelaciones más banales a través de una taza puesta boca abajo sobre una cartulina. ¿Morirse uno para luego tener que manifestarse mediante la vajilla a un berzotas como Navalón? Chico, francamente, no valía la pena.

A Juanito los discutibles encantos de las chulapas ya le habían estragado. Ahora miraba a su mujer como si fuese la de otro, y Jacinta y él comenzaron a vivir una segunda luna de miel.

La energía que Santa Cruz había desperdiciado en pisotear

con brío la institución matrimonial, casi zapateando sobre ella a lo flamenco, la dirigió entonces a la política, y empezó a frecuentar las tertulias partidarias de «la situación».

A Belinchón el furor metempsicótico se le transformó en una fiebre poética alarmante. Necesitaba acabar sin pérdida de tiempo ese largo poema que ahora se llamaba *Los pechos lápidas* y que le abriría de par en par las puertas del Parnaso. Como tantos otros jóvenes del momento, perseguía la gloria de las Letras. Esos eran los estragos del maremoto o *tsunami* del Romanticismo, que convirtió a los poetas en celebridades y en los más envidiados azotalechos de la época.*

Fonsito mantenía tratos asiduos e inconfesables con las musas, sentía un bullicio en el interior de su cráneo, un «desorden sagrado» que se había propuesto volcar en versos inmortales, ¡pssssst!, como si fuera una emulsión involuntaria. Leía sin parar a Espronceda, a Bécquer, a Núñez de Arce y a otros grandes campeones del Romanticismo, y comenzó a acudir al café del Pespunte, en la calle Ancha de San Bernardo,** mientras que Juanito tenía su asiento reservado en Fornos y ya se hablaba a menudo de «sacarle» diputado.

A su inalterable y fraternal amistad rendían culto en La Fontana de Oro, donde seguían encontrándose todos los jueves, y donde también acudía a veces Pérez Galdós. Allí fue donde apareció una noche Santa Cruz cariacontecido, pálido y con el gesto de quien acaba de sufrir una contrariedad intolerable.

—La Morlaca está cambrí de cinco meses —anunció con voz funeral.

—¡Que me aspen! —se asustó Fonsito Belinchón.

—¿A ti? A mí sí que me van a crucificar, chico. Como se entere Jacinta..., ¡me crucifica en aspa y boca abajo!

---

* Ese prestigio de los plumíferos duró un siglo casi exacto, desde el Romanticismo hasta la aparición del rock and roll, que abrió un nuevo ciclo: después de Elvis Presley, los chavales, en lugar de escribir versos, ya solo querían ser cantantes, igual que este jueves por la tarde.

** Según Mesonero Romanos: «La hermosa y espléndida calle Ancha de San Bernardo, llamada en un principio "de los Convalecientes", por el hospital que estuvo situado en ella y había fundado, en 1579, el venerable hermano Bernardino de Obregón, es una de las primeras y más importantes vías del Madrid moderno, por su extensión de 3.228 pies, por su anchura, y por la importancia de sus edificios públicos y particulares, algunos de los cuales han desaparecido en nuestros días, y otros levantándose de nuevo».

—Todo tiene arreglo en esta vida —aseguró Benito Pérez Galdós—. Esto es cuestión de una cantidad. Tienes que hablar con su tío y darle algo razonable. Hay que ser realistas.

—¿Su tío Joaquín? —se sorprendió Santa Cruz—. ¿Es que acaso tú la conoces de algo, Benito?

—¿Yo? ¡Qué voy a conocer yo! Habré oído algo. Me dijeron no sé qué de su tío..., por aquí y por allí..., no recuerdo dónde ni quién... —se evadió Benito, ruborizado.

El tal tío Joaquín era un hombretón que frisaba en los cincuenta, con manos del tamaño y la consistencia de rocas de granito, y a quien Santa Cruz conocía de sobra, e incluso llamaba a menudo Quinito, porque en los años cantonales y desaforados se había pasado más de una y más de cien noches con él y sus amigos de juerga flamenca hasta el amanecer, por ventorros y aguaduchos, bebiendo a gollete, dando palmas y contemplando atónitos la salida del sol por Antequera, tras un celaje de nubes con arañazos rojizos, cuajarones de sangre y pájaros en vuelo.

Como Galdós se quitó de en medio con múltiples y vagas excusas, según su costumbre, se comprometió Fonsito a acompañar a su amigo en la delicada gestión.

Otra visita al cuarto estado*

Vivía la chubasca en la calle Humilladero, en la tienda de aves y huevos en la que se había criado. Cuando llegaron a la casa, había en el portal dos mujeres dándole de comer a unas

---

* Benito Pérez Galdós, años después, tergiversó y falsificó a su gusto la historia de Juanito Santa Cruz y Charito la Morlaca, a la que él llama Fortunata en su novela *Fortunata y Jacinta*. Allí figura un capítulo semejante que se titula «Una visita al cuarto estado» (IX de la Parte primera). La expresión «cuarto estado» alude a la Revolución francesa. Como se sabe, el tercer estado (la burguesía) se sublevó contra los otros dos: nobleza y clero. El pensador fundamental al respecto fue Emmanuel-Joseph Sieyès, con su obra *¿Qué es el tercer estado?*, donde argumenta que el tercer estado constituye la nación completa. Una vez instalada la burguesía en el poder, en tiempos de Galdós, parece razonable hablar de un cuarto estado, el proletariado y el bajo pueblo, enfrentados ahora a la burguesía (tercer estado, otrora revolucionario).

gallinas. Para entrar, los dos amigos tuvieron que pisar sangre, plumas y cáscaras. A la izquierda había cajones llenos de huevos. A la derecha, el patíbulo: una silla de anea con una palangana a los pies. Allí era donde el tío de la Morlaca ajusticiaba sin misericordia a las aves.

Hacia arriba vieron corredores con mucha ropa tendida. El patio era de tierra. Las mujeres iban en zapatillas; los niños, descalzos. En algunas puertas habían sacado esteras a que se orearan. Sentada en uno de los escalones de granito, una anciana le peinaba a una vecina joven las trenzas negras, relucientes de grasa, pero intrincadas como matorrales de malos pensamientos. Se oían chancleteos impacientes y amenazadores, portazos imprevistos, enérgicas jabonaduras de sábanas inservibles y mal sofocados sollozos. Por los pasillos había banastas de ropa y junto a las puertas estaban las artesas de lavar. En el interior de las viviendas, la indispensable cómoda con su hule, las estampas recortadas de los periódicos y la inevitable lámina del Cristo del Gran Poder acompañada de algunas fotografías de niños muertos.

Pasaron dos pilluelos persiguiéndose, con los dedos manchados de tinta negra.

—Quitarvos allá, desapartarse, gorrinos, que mancháis a los señoritos. Sois unos caníbales.

Juanito preguntó por la Morlaca. La única respuesta fue un grito desgarrador, como el del náufrago que divisa una vela en el horizonte:

—¡Charitoooooooó!

—¡Yiá voy!

Esperaron.

Fonsito vio avanzar a un ciego que iba dando furiosos palos contra las paredes. Pasó un hombre con un pan al hombro. Pasó una mujer contando con los dedos. Un cojo pasó dando el brazo a un niño. Pasaron dos lisiados y Fonsito Belinchón apretó la espalda contra el muro para dejarles más espacio.

Entonces la vio.

Llevaba un pañuelo azul claro en la cabeza y un mantón sobre los hombros, y bajaba la escalera de piedra comiéndose un huevo.

Fue como una aparición.

—¿Qué come usted, criatura? —no pudo evitar preguntarle Fonsito.

—¿Pues no lo ve usté? ¡Un huevo!

—¡Un huevo crudo!

La muchacha se llevó a la boca el huevo roto y dio otro sorbo; luego ofreció:

—¿Gusta usté?

—No, gracias.

Fonsito se quedó mirando cómo se escurrían aquellas babas gelatinosas y transparentes por sus dedos.

—Nena, ¿es que ya no saludas? —preguntó Juanito.

—Tú estás difunto porque te dio la gana, Juan. Para mí ya estás evaporado: ¡aire! ¡Puerta y aire!

Compareció el tío Joaquín, que venía de la calle, también arrastrando los pies, con su pan al hombro y con sus enormes manos, que parecía que no le pertenecieran, sino que fueran de otro y tuviera que transportarlas con gran esfuerzo, como paquetes muy pesados o un par de rocas de granito del Guadarrama.

—Apañarvos con mi tío; lo que él diga va a misa. No quiero verte nunca más, tú ya estás difunto perdido. ¡Aire, aire! —dijo Charito con los brazos en jarras.

Y dio media vuelta y se lanzó escaleras arriba, con paso elástico, sin acusar la preñez y enseñando sus hermosas piernas al vuelo de su falda.

Fonsito contempló el ascenso de aquellas nalgas por la escalera de piedra como si fueran la órbita de dos nuevos planetas recién aparecidos en la bóveda celeste.

Con voz ronca, habló el tío Joaquín:

—Ustedes disimulen: tengo faena. Vayan hablando, digan qué se les ofrece, y despachemos de una vez.

Se sentó en la patibularia silla, con la jaula de gallinas a su lado, un cuchillo a la cintura y la palangana entre los pies. Los animales se daban picotazos y de vez en cuando alguno asomaba la cabeza entre las cañas y cacareaba con desesperación.

Juanito comenzó por negar que el hijo fuera suyo.

—¡A saber quién será el padre de la criatura! —se chanceó.

El tío Joaquín miraba a Juanito mientras retorcía con las manos el pescuezo de una gallina.

—Tú ya lo sabes —dijo con solemnidad en el momento en que logró separar la cabeza del cuerpo del animal.

El aleteo del animal decapitado cubrió de plumas la ropa de los dos amigos. Parte de la sangre que el tío Joaquín escurría en la palangana salpicó a Belinchón en la bota derecha.

No pudo dejar de recordar a Andrea Isidra de Diego, lavandera, de diecinueve años, aquella mujer muerta a la que no se había atrevido a besar y cuya sangre aún le salpicaba las botas en sus sueños, como un río en el que no hacía pie.

—Mire usted, señor Joaquín, yo le voy a dar una cantidad para ayudar a criar a ese niño. Al hacer esto no admito ninguna responsabilidad: esto es misericordia... —dijo Juanito.

—Nada te ha pedido nadie —declaró el tío Joaquín, que comenzaba a desplumar el cadáver de la gallina.

—¡Bueno estaría! —protestó Juanito—. Mire usted, señor Joaquín, va a tomar la cantidad que le doy y no quiero volver a oír a hablar de usted ni de su sobrina en todos los días de mi vida. Tenga sentido común, señor Joaquín, seamos realistas.

Como si se dirigiera al animal decapitado, en un susurro y sin levantar la vista, el tío Joaquín dijo:

—Hay ciertas deudas que no se saldan con cuatro duros. Ni con cinco ni con diez.

—¡Déjate de paparruchas, Quinito! —le espetó Santa Cruz, resucitando el tuteo de las antiguas juergas flamencas—. Tú tomarás la cantidad y asunto concluido, ¿estamos? Hay que ser realistas, ¡qué barástolis! Con la realidad no hay bromas. Y métetelo en esa mollera: yo no me trago la bola de que es hijo mío. Conque abur, señor Joaquín. Que usted lo pase bien y dele mis expresiones a su sobrina.

Dicho esto, dejó en uno de los escalones de granito un sobre con la cantidad que traía ya prevenida y salió a la calle seguido de Fonsito Belinchón, que iba con los ojos en vilo, las manos temblorosas y las piernas flojas, como si estuviera ebrio o incubando una de esas pulmonías que trae el aire de Madrid, que mata a un hombre y no apaga un candil.

—¡Qué alivio, chico! —aspiró Santa Cruz el viento de la calle de Toledo y se sacudió algunas plumas que tenía prendidas en la levita—. No volver a poner un pie en esa cueva; no sabes qué alivio. Son gentuza, chico, esa es la triste realidad: el pueblo es así. Noble, sí, todo lo que tú quieras, pero a fin de cuentas son unos brutos. No tienen sentido de la realidad. ¿Qué se figuran? ¡Como si el mundo no fuera como es, sino a su gusto! Chico, no sabes cuánto te agradezco la compañía. Eres un hermano, igual que un hermano para mí.

Fonsito Belinchón, en cambio, volvió muchas veces a aquel portal y a aquella escalera de piedra, y subió y bajó muchas veces los noventa y dos escalones de granito.

Del niño, al que pusieron Juan, no volvió a saber nada Santa Cruz, pero Belinchón estuvo al lado de Charito cuando el chiquillo murió de viruela a los seis meses de nacer.

Otro angelito al cielo. Otra foto clavada en la cal de la pared. Otro recuerdo que se desvanecerá en el tiempo.

Los amores recreativos

De rodillas y de usted, con una sortija de plata y con gesto solemne, a trompicones y a media voz, sin reserva mental y sin elocuencia, le pidió Alfonso Belinchón la mano a Charito, a los pocos meses de conocerla.

—Ponte de pie, por Dios te lo pido.
—Jamás hasta que no me conceda usted una respuesta.
—No seas pasmarote y siéntate.
—Nunca sin su contestación de usted.

Así se estuvieron porfiando sus buenos diez minutos, hasta

que Charito, sin mirarle, con la cabeza vuelta hacia la ventana, le dijo:

—¡Ave María Purísima, como tú quieras, cabezota! Es que nones.

—¿Nones? ¿Cómo que nones? —preguntó aturdido Belinchón.

—Que no me caso contigo, ¿estamos? Ahora siéntate en el sillón, haz el favor.

Fonsito obedeció. Aún se sentía más perplejo que dolorido, como si acabara de recibir un puñetazo imprevisto o una patada en la espinilla. Pensó que el dolor vendría más tarde, en frío.

—No lo entiendo... ¿No te quieres casar? ¿Es que no quieres ser una mujer honrada? ¿Una señora?

Con gesto de abatimiento, Charito se dejó caer en el otro sillón, las palmas de las manos sobre los muslos, las rodillas pegadas y los tobillos muy separados uno del otro.

—Claro que quiero ser una señora, tonto. ¡No iba a querer! Pero no es posible. Yo soy de un hombre, Fonsito, y tú lo sabes. Si él me dice «ven aquí», pues cojo el mantón y le sigo sin preguntar, aunque me lleve al mismo infierno. ¿Cómo me voy a casar contigo, infeliz? Te quiero demasiado, Fonsito, no puedo hacerte una cosa así.

—¿Me quieres y por eso no te casas conmigo? Pues no lo entiendo, chica. ¿Cuál es la lógica?

—Déjate de tiologías, Fonsito.

Él le aseguró que Santa Cruz no la quería, que era un capricho, que sin duda volvería con ella, pero solo para volver a abandonarla. ¿Qué iba a hacer Charito entonces? ¿Regresar a la casa de doña Paquita, en la calle Mediodía Chica, a recibir visitas a deshoras? ¿Alquilarse a tanto alzado por el arrabal de Cuatro Caminos? ¿Morirse a gritos en el Hospital de Incurables, sin un solo amigo a la cabecera de la cama?

Charito apretó las manos sobre sus muslos y le miró a los ojos:

—Pero ¿tú crees que eso no lo sé yo de sobra? —le preguntó.

—¿Pues entonces?

—¿Entonces qué? ¡Entonces nada! Es mi hombre, eso es todo. Aunque me cueste la vida.

Lo dijo con voz ronca, con tal brillo en las pupilas y con tanta determinación que Fonsito sintió un escalofrío.

¿Era posible querer así? ¿Querer tan sin razón, tan sin remedio, con tantas fuerzas y con esperanzas tan frágiles?

Para Fonsito, esa mujer quería como las fieras, como se debían de querer los tigres o los caníbales, como los relámpagos o como las viudas de los hotentotes, que bailan sobre sus muertos, y gritan, y se arañan, y se hacen sangre, y se retuercen, y se arrancan el cabello, y así hasta morir agotadas y felices, abrazadas cadáver contra cadáver.

Seguía sentada con la espalda muy derecha y los dedos apretados contra los muslos. Para que él no le viera los ojos, volvió la cabeza hacia la mesa de pino. Fonsito también miraba la misma mesa con una pata coja, mientras oía su respiración como si fuera el murmullo de un incendio lejano.

Pensó en aquel amor fatal y feroz, que nada esperaba a cambio, y se estremeció. Había algo maquinal y fanático en esa pasión, algo oscuro y amenazador. Aquella mujer quería como siguen abiertos los ojos en una cabeza cortada. Amaba igual que continúan andando las gallinas decapitadas o como duelen todavía los miembros amputados.

Un amor como el de Charito no era realista, pensó Belinchón, no era de este mundo. ¿No sería acaso el Romanticismo de verdad o aquel espiritismo de Navalón, pero sin tazas boca abajo?

Fuera lo que fuese, a él le daba miedo.

Abandonó la casa y la vida de Charito sin volver la vista atrás.

Dejó de ver a su amigo Santa Cruz y se entregó de lleno a su libro de versos, que ahora se llamaba *Tumbas tálamos*.

A través del tío Joaquín le siguieron llegando noticias. Tal y como Fonsito había pronosticado, Santa Cruz volvió, le puso piso a Charito en la calle de Raimundo Lulio, la mantuvo allí un año y luego la abandonó otra vez sin contemplaciones y entregándole una cantidad razonable y calculada de antemano.

Desde entonces, dos meses llevaba el tío Joaquín sin hallar rastro de ella.

Los nenúfares gilipollas

En el café de las Palmeras, calle Ancha de San Bernardo, se reunía el grupo de jóvenes escritores realistas, mientras que los románticos lo hacían en la acera de enfrente, en el Pespunte.

Hacía bastante tiempo que el Romanticismo ya estaba mandado recoger, solo quedaban residuos, las migas sobre el mantel y esas copas vacías con manchas de grasa en el filo; pero Fonsito Belinchón no se había enterado y acudía al Pespunte boquiabierto a escuchar a viejos carcamales como Zorrilla y botarates rezagados como Núñez de Arce.

Estaban tan mayores que se habían vuelto patriotas y conservadores (además de cursis), y Zorrilla exclamaba:

> No aspiro a más laurel ni más hazaña
> que a una sonrisa de mi dulce España.

Fonsito seguía erre que erre con su funebridad, su hastío de la existencia y su persecución de imposibles, de amadas agonizantes, de quimeras y paraísos perdidos en el tiempo y el espacio.

La mayoría de los escritores románticos habían sido poetas, es decir, perezosos. Dejaban todos los renglones sin terminar y así tenían las tardes libres para gastarlas en el café o en pintorescos lances por el arrabal de Cuatro Caminos.

Durante buena parte del siglo estuvieron demasiado ocupados: ellos tenían su propia agenda. El romántico, en general, es que no paraba. Había algunos días, muy pocos, en que daba la casualidad de que el romántico no tenía previsto participar en asonadas callejeras, orgías, motines, periplos, huidas en el tiempo o en el espacio, recitales, autógrafos en el álbum de señoritas, funerales o banquetes homenaje. En ese caso, cuando se daba, puede que el romántico optara por quedarse toda una tarde en casa y así lograra terminar una oda a odaliscas imaginarias, una novela histórica ambientada en la Edad Media, un cuadro de costumbres o un drama de capa y espada con sus correspondientes capuces.

Sin embargo, lo más habitual era que el romántico tuviera un apretado programa diario de actividades recreativas y revolucionarias que le impedía acabar grandes obras literarias. Apenas le quedaba tiempo para volcar su sensibilidad en unas cuantas poesías, llámese «ramillete», «floresta», «versos volanderos» o «rimas al viento».

Otros románticos (románticos del tipo β, para entendernos) apenas salían de casa, pero se debía a que nunca se encontraban bien de salud, de modo que tampoco les apetecía demasiado ponerse a escribir durante varias horas. Enviaban cartas desesperadas o componían cuentos cortos, con fantasmas, leyendas y apariciones y con multitud de signos ortográficos, sobre todo exclamaciones y puntos suspensivos: «¡¡¡Silencio...!!!, ¡¡¡Soledad...!!!!, ¡Misterio!».

El romántico β se pasaba el día tosiendo, adelgazaba a ojos vista, se debilitaba, contraía deudas cuantiosas y barruntaba que su fin estaba próximo.

Por lo general acertaba.

El romántico no dura, es su característica. Si dura, se convierte en clásico, como el ornitorrinco, el único mamífero que pone huevos.

El romántico del tipo α coge el portante y se larga a combatir por la libertad de Grecia o lo que tenga más a mano, hasta conseguir que le den un tiro o le abran la cabeza de una pedrada, como a Garcilaso. El romántico β se extingue como un pajarito, en lóbregas mansardas y entre esputos sanguinolentos.

También hay un porcentaje equis de románticos que sigue las instrucciones al pie de la letra y se pega un tiro delante del espejo, como Larra.

Para 1879, cuando mi tatarabuelo Fonsito Belinchón acudía al Pespunte, la mayoría estaban ya criando malvas, quién de un disparo, quién de difteria, quién de hemoptisis: Larra, Espronceda, Bécquer, y así sucesivamente.

Solo quedaban ya restos de serie, los baqueteados carcamales que se habían vuelto tan clásicos como el monotrema y con más conchas que un galápago. Ponían sus huevos de poesías revolucionarias y sentimentales, pero se repantigaban sin sonrojo, como buenos mamíferos, en sus sillones académicos.

—La cosa marcha, caballeros. —Zorrilla se frotaba las manos al hacer arqueo de caja—. En los teatros se recauda..., ¡vaya que si se recauda! La Academia come en nuestra mano. El Ateneo, otro que tal baila. Los diarios, ídem de lienzo...

El autor de *Don Juan Tenorio* tenía un lobanillo muy visible en un lado de la cabeza, el filo de las uñas de color oscuro y la fastidiosa costumbre de escupir partículas de saliva hacia el interlocutor cada vez que se acaloraba durante una conversación.

—Nos estamos durmiendo en los laureles, Pepe —le advirtió Ramón de Campoamor, que era el único que se atrevía a contradecirle, pues tenían la misma y muy respetable edad, y habían sido amigos, aunque siguieran tratándose de usted.*

—¡De eso nada! El Romanticismo está como un roble, ¡qué coles! Somos el primer movimiento literario. Tenemos hasta nuestros mártires, como Espronceda o el pobre Gustavo Adolfo...

—Y Larra, no se olvide usted de Larra, don Pepe —interrumpió de nuevo Campoamor.

—¡Usted con su molinillo, Monchito! ¡Dele más al molinillo! Eso, dele, dele, que a usted no le duele.

A Pepe Zorrilla le repateaba que le recordaran la muerte de Larra y aquella gran operación de marketing que montó en su entierro para darse a conocer. Cuando se irritaba o se enardecía, el bulto de la frente le aumentaba de tamaño y adquiría una coloración rojiza.

---

* Ramón de Campoamor, poeta asturiano, nació el mismo año que Zorrilla (1817). Era tan monárquico que llegó a batirse en duelo con Topete. Tuvo una activa participación en la política y escribió una poesía insólita en España: coloquial, reflexiva y humorística. Casi parecía poesía inglesa, pero esto no extrañará tanto en un asturiano.

Campoamor se limpió con un pañuelo los abundantes perdigonazos de saliva con que le había obsequiado el autor del *Tenorio*.

—No hay que confiarse, Pepe, los tiempos cambian —intervino Echegaray, un tipo que había sido ministro de Fomento con Prim y luego de Hacienda, con Serrano, y que escribía unos melodramas infumables de un Romanticismo trasnochado.

—¡Más a mi favor! —se entusiasmó Zorrilla—. Hemos sabido adaptarnos a los tiempos. Vamos a ver, ¿alguno de nosotros tirita hoy tísico perdido en un zaquizamí? ¿Alguno se alimenta de boniatos, nabos, berzas y porquerías semejantes? Ni hablar del peluquín. Quien más quien menos comemos jamón y langostinos cuando nos viene en gana; todos somos académicos, diputados, duques, ministros, como usted mismo, Echegaray... ¡Gente bien, qué coles! Hoy en día, ¿alguno de nosotros se apuntaría a una revolución armada para que le peguen un tiro en la frente o aunque solo fuera una simple pedrada? Ni por pienso. Ahora somos personas de orden, se acabó el aventurerismo, abur a dar la campanada. Nosotros abrazamos la idea alfonsina cuando hubo que abrazarla, caballeros. ¿Quieren ver cómo se adapta el Romanticismo a los nuevos tiempos? Anda, Ventura, ¡haz la locomotora!

Y Ventura Ruiz Aguilera,* como cada vez que era requerido para ello, se puso de pie y recitó sus espectaculares ripios a la locomotora:

¡Paso a la rauda locomotora!
¡Paso, que es hora
de partir ya!
De fuego y humo
penacho airoso
ciñe al coloso
la frente audaz.

---

* Ventura Ruiz Aguilera fue progresista, escribió poesías, dramas históricos con capuces, poesía con elementos modernos (como el ferrocarril) y hasta una novela titulada *El beso de Judas*.

>   —¿Adónde irá?
>   —¡Más allá, más allá, más allá!

—Yendo en coche comiendo escabeche... ¡Hay que fastidiarse! —comentó Campoamor por lo bajo con gesto de irritación; luego añadió en voz alta—: Anda, Ventura, criatura, pídete lo que quieras en la barra.

Ramón de Campoamor detestaba el Romanticismo y llevaba décadas buscando una salida, otra forma de hacer poesía que no condujera por narices, impepinablemente, a los cementerios a la luz de la luna, las amantes cadavéricas y los adjetivos ornamentales y tan llamativos que el lector tropieza con ellos o le saltan a la vista como una mosca flotando en un tazón de leche.

Los románticos creían con convicción fanática que la poesía utilizaba un dialecto especial, un código secreto, un idioma conjetural, concebido con exclusividad para sus propósitos poéticos. Tales propósitos serían misteriosos, sí, pero limitados. El repertorio de asuntos permitidos en un poema casi se podía enumerar con los dedos de una mano: amadas muertas (por descontado) o vivas, pero imposibles de toda imposibilidad, presagios fúnebres, dramas históricos medievales, venganzas, bacanales, piratas, gestas, hastío de la existencia y pare usted de contar. No había autorización para escribir acerca de ninguna otra cosa, y mucho menos sobre la experiencia directa. Con esta finalidad habían desarrollado un lenguaje lo más alejado posible de los usos corrientes, pero repleto de nenúfares, sombras ominosas y esencias intangibles.

Cuentan que una vez, muchos años más tarde, iban paseando el poeta (cursi) don Amado Nervo y el (muy irritable) filósofo don Miguel de Unamuno.*

—¡Oh! —exclamó el poeta, pues los poetas (cursis) son muy dados a exclamar—. ¡Ah! ¡Qué flores tan lindas! Mmm..., caramba, caramba..., ¿y cómo rayos se llamarán?

---

* También se cuenta la misma anécdota protagonizada por Valle-Inclán en el lugar de Unamuno. Nunca se sabe. Amado Nervo fue un poeta mexicano. Cuando murió su mujer escribió un libro titulado *La amada inmóvil*. En París hizo gran amistad con Rubén Darío.

—¡Nenúfares, gilipollas! —le respondió iracundo el filósofo—. Y son precisamente eso que usted saca siempre en sus poemas.

Hacia el final del siglo XIX, los más jóvenes y algunos mayores como Campoamor estaban más que hartos del Romanticismo e intentaban crear una lengua literaria que tuviera la suficiente amplitud, naturalidad y expresividad como para incluir el lenguaje cotidiano. Habían colgado a la entrada del Parnaso un letrero en el que podía leerse: «Esto es poesía: aquí vale todo. No es un coto privado ni una finca particular. Garantizado el derecho de admisión. Se puede estacionar, arrojar desperdicios, utilizar palabras malsonantes, escupir aunque sea por motivos de higiene, pisar la hierba, fijar carteles y hacer aguas menores y mayores. También está permitido fumar o llevar el cigarrillo encendido, cantar en voz alta y dar de comer a los animales. Se puede escribir «sobaco», «palangana» o «felpudo». Vale hablar de catarros, remordimientos o de lo mal que le sienta a uno la ropa».

Por eso estaba tan amostazado Campoamor.

Cuando terminó el recitativo de la locomotora, Zorrilla sonrió de oreja a oreja.

—¿Qué tal, señores? ¿Estamos o no estamos los románticos en la plena y palpitante actualidad? —se pavoneó.

—Lo que usted diga, pero la juventud ya no nos sigue, y a ver si no escupimos tanto, Pepe, que ya está bien de perdigonazos.

—¡La juventud! ¡Vamos, anda! Si esos no saben ni hacer la o con un canuto. Mientras no tengan un movimiento, a nosotros plin. El quid está en fundar un movimiento, caballeros. Y como eso es imposible que lo haga la juventud, porque son unos auténticos alcornoques, pues aquí seguimos tan campantes hasta el día del Juicio Final por la tarde. Desengáñense, señores, los jóvenes de estas fechas son de merengue. A sus quince años, el Gran Ausente ya andaba conspirando en sociedades secretas... ¡Nosotros sí que teníamos cuajo! No como estos alfeñiques de hoy en día...

A Zorrilla ya se le había puesto de color encendido el lobanillo de la frente.

—Espronceda fue un caso singular, Pepe, no compare.

—Y usted no toque tanto las narices, ¿vale?

—Maestro, algunos jóvenes sí que estamos con el Romanticismo —se atrevió a decir Fonsito Belinchón.

—No quería ofenderle, admirable Belinchón, prometedor poeta, cuando acabe usted sus *Cuerpos cementerios* se sabrá su valía, joven amigo... —se disculpó Zorrilla.

—¿Y si de verdad estuvieran tramando algo? —preguntó inquieto Núñez de Arce.*

—Pero ¡qué van a tramar, Gaspar, alma de cántaro! Míralos, haciendo cuadritos de costumbres y esas novelas de cientos de páginas en las que salen sus propios vecinos con ropa de diario... —Lo dijo arrugando la nariz, como si se hubiera visto expuesto de repente al olor de un estercolero.

—Eso ya lo hizo mejor el joven literato Mariano José de Larra —apuntó Campoamor.

—¡Usted dele más al molinillo!

—Y si me apuran, hasta Mesonero Romanos y esa tarasca de Cecilia Böhl de Faber.

—Si traman algo, ahora nos lo contará Vargas, me parece que viene por ahí.

Arsenio Vargas era el averiguador privado que habían contratado los románticos. Se hacía llamar «detective», porque al parecer debía de detectar las cosas. Caracterizado de cesante, bajo la identidad fingida de Ramsés II, se pasaba las horas muertas pa-

---

* Gaspar Núñez de Arce, poeta, periodista y político. Es popular (y francamente divertido) su soneto dedicado a Voltaire (que él escribió, sin embargo, en serio):

> Eres ariete formidable: nada
> resiste a tu satánica ironía.
> Al través del sepulcro todavía
> resuena tu estridente carcajada.
> Cayó bajo tu sátira acerada
> cuanto la humana estupidez creía,
> y hoy la razón no más sirve de guía
> a la prole de Adán regenerada.
> Ya solo influye en su inmortal destino
> la libre religión de las ideas;
> ya la fe miserable a tierra vino;
> ya el Cristo se desploma; ya las teas
> alumbran los misterios del camino;
> ya venciste, Voltaire, ¡maldito seas!

pando moscas en el Palmeras, en la mesa de al lado de los nuevos literatos realistas. A última hora cruzaba San Bernardo y aportaba por el Pespunte para rendir un informe completo de las conversaciones de aquellos jóvenes paquidermos.

Como estipendio diario tenía asignados una frasca de vino, tres chuletas de cordero y pan a discreción; de postre, una taza de chocolate. Cuando el informe era de especial relevancia, se le recompensaba también con una copita de aguardiente.

Aquella noche fue recibido Vargas con singular expectación.

—Traigo noticias, caballeros —anunció—. ¡Fuertecilla viene la cosa! Pero permítanme probar un bocado, estoy desfallecido.

Le sirvieron su cena.

Zorrilla contemplaba de brazos cruzados la laboriosa deglución de las chuletas y se impacientaba. Empezó a tamborilear con los dedos sobre la mesa y el lobanillo se le inflamaba a intervalos regulares, como la luz de un faro.

—¡Arsenio, por lo que más quiera, mastique usted, que es para hoy! —estalló por fin Zorrilla.

—Venga, Vargas, termine de una vez, por vida de estos guantes —añadió Campoamor.

Arsenio Vargas puso cara de pájaro que hubiera recibido una pedrada en pleno vuelo. Tragó lo que le quedaba de la chuleta y con gesto de dignidad agraviada recitó su informe del día:

—Se han reunido los de siempre, a saber, los siguientes individuos: Pérez Galdós, el canario, Chema Pereda, Perico Alarcón, Marcelino Menéndez Pelayo, el inevitable Juanito Varela y un asturiano, me parece que es el señor de Alas, aunque se le llama en la tertulia Polín. A las 5.45 pm comparece la señora condesa de Pardo Bazán...

—¡La hipopótama! ¡Menudos hemisferios boreales! —comentó Moncho Campoamor, simulando con las dos manos unos pechos abultados.

—Pues de australes también va servida —añadió Núñez de Arce.

—Esa misma —prosiguió Arsenio Vargas—. Por cima del

velador de mármol, todo era circunspección, pero ¿a que no adivinan ustedes lo que pasaba por debajo de la mesa, a hurto de miradas indiscretas? Pues... ¡telégrafos secretos a pie descalzo, señores! ¡Ni más ni menos! ¡Y con dos a la vez! Con el pie izquierdo, sin bota, eh, sin bota, ¡ojo al dato!, doña Emilia le acariciaba las pantorrillas a don Marcelino Menéndez y Pelayo, académico de la Española...

—¡Un saltimbanqui!

—... y el pie derecho, también desnudo, lo depositó entre los muslos de Pérez Galdós, y allí se puso a mecerlo como en vaivén. ¿Se hacen ustedes cargo?

—Sí, hombre, Arsenio, sí, que se la cascó al canario sin sacarle el pajarito de la jaula. Nada del otro jueves: llevan liados la intemerata, lo sabe todo el mundo.*

—¿Y qué pasó? —preguntó Fonsito.

—Don Marcelino se puso a dar resoplidos. Se fue poniendo colorado, como una caldera cuando aumenta la presión. De pronto, cloqueó, dejó caer los brazos sobre el mármol, cerró los ojos y soltó un descomunal suspiro muy semejante a un relincho. Pérez Galdós, en cambio, siempre impertérrito. Sin mover un músculo, como si no fuera con él la cosa. A las 6.08 pm la condesa se calzó de nuevo. Botas de calidad, caballeros, lo tengo aquí apuntado. Y a las 6.17 pm cogió el portante. Tomó la palabra entonces el señor Valera y refirió algunos detalles de una enamorada suya...

—Serían detalles sutiles, alambicados... —se chanceó Campoamor—. Juanito Valera analiza el alma, no en vano ha escrito ya unas cuantas novelas psicológicas.

—Pues no sé qué decirle —confesó el cándido Arsenio consultando sus notas—. Refirió textualmente que su enamorada «es coñiancha», dijo que «su chomino es de la primera magnitud».

—Qué gran príncipe de nuestras Letras.

—Luego dirigió don Juanito Valera la conversación hacia el romanismo...

---

* Resulta divertida la lectura de la correspondencia (levemente) erótica de la Pardo Bazán a Galdós: *Cartas a Galdós,* Turner, Madrid, 1975.

—¡Acabáramos! ¡Ahí está, un nuevo movimiento literario! ¡Se lo advertí a ustedes! ¡Ya lo tenemos! —se asustó Campoamor.

—No sabría decirles, caballeros. —Vargas volvió a consultar sus notas—. Según lo definió el señor de Valera, consiste el romanismo en «estar dotada la mujer de una fuerza de atracción y decontracción poderosas para sorber lo líquido y apretar y contener lo sólido, con tan estupenda delicia que nos duele y nos enloquece y nos provoca a aullar y a morder como si fuéramos lobos». Añadió que en su Andalucía natal a la mujer romanista se le dice «que tiene chirrín de boca de ratonera».*

—Abrevie usted, Arsenio, por vida de esta levita. ¿Se leyeron acaso algunas poesías en la reunión?

—Una tengo anotada, señor de Zorrilla. Se titula «Madrigal futuro». De don Joaquín María Bartrina,** un joven de Reus, como el *vermouth*, según he podido averiguar. Doy paso al recitativo, señores:

> Juan, cabeza sin fósforo, con Juana
> paseaba una mañana
> (24 Reaumur,*** Viento N.E.
> Cielo con Cirrus) por un campo agreste.
> Iban los dos mamíferos hablando,
> cuando Juan se inclinó, con el deseo
> de ofrecer a su amada, suspirando,
> un *Dianthus caryophyllus*,**** de Linneo.
> La hembra aceptó, y a su emoción nerviosa
> en sus cardias la diástole y la sístole
> se hizo más presurosa,

---

* Se trata de citas literales de la correspondencia de Juan Valera con Serafín Estébanez Calderón, editada por Carlos Sáenz de Tejada: *Juan Valera. Serafín Estébanez Calderón. Crónica histórica y vital de Lisboa, Brasil, París y Dresde como coyunturas humanas a través de un diplomático intelectual,* Moneda y Crédito, Madrid, 1971. A pesar del estrambótico título (quizá puesto para no levantar sospechas, pues se publicó en vida de Franco), se trata de un libro delicioso y bastante subido de tono.

** Joaquín María Bartrina, poeta catalán, seguidor de Campoamor y muy interesado en la ciencia. Algunos versos suyos son memorables: «¿Y si luego resulta que no hay cielo?».

*** Así se miden los grados en el termómetro de alcohol inventado por Reaumur.

**** O sea, un clavel, en la clasificación de Linneo.

> los vasos capilares de las facies
> también se dilataron
> y al punto las membranas de su cutis
> sonrosado color transparentaron.

Hubo un silencio estupefacto que rompió la carcajada de Campoamor.

—¡Ja, ja, ja! Si se veía venir. Tanto Romanticismo ha empotrado la poesía en una vía muerta. No hay salida, señores. Están dando palos de ciego, claro que sí, pero es lo natural, porque entre todos hemos metido a la musa en camisa de once varas. La juventud ya está hasta las narices.

—¡Pues yo me zampo a la juventud! ¡Botarates! ¡Cabezas de chorlito! ¡Saltimbanquis! ¡Pintamonas!

El lobanillo frontal de Zorrilla se encendió como una baliza que avisara de un peligro inmediato en alta mar.

—Si es que así no vamos a ninguna parte, Pepe, tanto llamar a la luna «astro de luz»...

—¿Y se puede saber qué pasa con el «astro de luz», señor de Campoamor? —se amostazó Núñez de Arce, que no recordaba si habría usado la expresión en alguna de sus composiciones.*

—Pues pasa, Gasparcito, que la luna es un cuerpo opaco, eso lo saben hasta los niños de teta...

—¡Son licencias del lenguaje poético, Monchito! —gritó Núñez de Arce.

—¡Qué lenguaje poético ni qué ocho cuartos!

—Ah, muy bonito. ¿Así que ahora negamos el lenguaje poético, eh, Moncho? —rugió Zorrilla proyectando una catarata de saliva—. ¡Perfectamente! ¡Naturalmente! ¡Formidablemente...!

Y, sin más, Zorrilla se apoderó del azucarero y lo lanzó con gran violencia a la cabeza de Ramón de Campoamor.

Le dio en la mandíbula, rebotó, le cubrió la pechera de azúcar y cayó al suelo, donde se rompió con estrépito.

---

* Lo más probable es que sí, aunque ahora mismo no me voy a levantar para comprobarlo.

Campoamor, con agilidad sorprendente para su edad, se levantó y le arreó a Zorrilla un bastonazo en la cabeza.

El autor de *Don Juan Tenorio* comenzó a sangrar por el lobanillo reventado.

Los camareros tuvieron que sujetarles.

En ese momento entró en el café un hombre vestido de obrero, con unas manos del tamaño de dos sacos de harina. Se quedó de pie, inmóvil, a la puerta del café, girando la boina entre los dedos, hasta que Fonsito se acercó a él.

Hablaron en voz baja y salieron los dos juntos a paso rápido.

Fuego amigo

A Juanito Santa Cruz por fin le habían sacado diputado por una provincia en la que jamás había puesto un pie. Ese día salía del Congreso en compañía de Zalamero. Se dirigían al café de Fornos. Al doblar la esquina, le salió al paso Fonsito.

—Chico, te veo desmejorado —saludó Juanito.

Fonsito temblaba como si tuviera fiebre. Se abrió la levita y apuntó a su amigo con una pistola.

—Pero, chico, ¿te has vuelto loco?

—Hay deudas que no se pagan ni con tres ni con cuatro duros, Juan —pronunció Fonsito con voz solemne.

Luego disparó dos veces.

La sangre de su mejor amigo le salpicó la bota derecha, sobre la mancha, indeleble a su parecer, de la sangre de Andrea Isidra de Diego.

Tiró el arma al suelo y echó a correr.

Llegó a la calle Humilladero en un estado de agitación extrema.

Todo seguía igual: la casa, la escalera, los muebles; pero en el alero del tejado, en el granito, en la madera del aparador, ya reverberaba la tristeza de lo que no tiene remedio: allí no había nada más que hacer.

El cadáver estaba en su caja, encima de la mesa de pino con

la pata coja; tenía las muñecas y los tobillos atados y algodón en los agujeros de la nariz.

—Estaba de tres meses —afirmó el tío Joaquín—. Cuando el pollo Santa Cruz se enteró de lo que había, se esfumó. La pobre volvió a la calle, con la alquila levantada, como los simones, otra vez a la casa de doña Paquita y al arrabal de Cuatro Caminos. Se escapó del Hospital de Incurables. Cuando di con ella ya estaba agonizando, señor don Alfonso: no se pudo hacer nada.

—Nunca se pudo hacer nada.

—Charito tenía un corazón así de grande —afirmó el tío Joaquín—. Demasiado grande, no le cabía a un hombre como ese, que solo es medio hombre.

—Charito no sabía leer ni escribir. Tenía los ojos como dos estrellas, muy semejantes a los de la Virgen del Carmen que antes estaba en Santo Tomás y luego en San Ginés —comenzó a decir Fonsito Belinchón como si salmodiara una letanía—. Charito tenía las manos bastas de tanto trabajar, el corazón lleno de inocencia. No sabía pronunciar las palabras más corrientes: decía «cloquetas», «golver», «asín». No había fuerza humana que le hiciera decir «fragmento», «magnífico», «monstruo» o «enigma». No sabía lo que es un inmueble; al principio creía que debía de ser lo contrario de los muebles, pero cuando oyó hablar de una herencia de olivares y carrascales, sacó la conclusión de que inmuebles era lo mismo que decir árboles. Intentó aprender a leer, pero no pudo. Se estaba un rato enorme, estrábica ante la página, sacando las sílabas como quien saca el agua de un pozo, y luego no entendía ni jota de lo que había leído. Lo dejó y dijo que ya no estaba la Magdalena para tafetanes. Pasó su infancia cuidando gallinas. Criaba los palomos a sus pechos. Los tenía llenos de arañazos que le hacían con los garfios de sus patas. La llamaban la Morlaca porque daba miedo a los hombres. A mí también, señor Joaquín, se lo confieso. A mí me asustó. Ella no sabía lo que es el norte y el sur. Le sonaba a cosa de viento, pero nada más. No conocía la sucesión de los meses del año. Llamaba «tiologías» a todo lo que no entendía. Creía que un senador es algo del Ayuntamiento. Respecto del sol, la luna y todo lo demás del firmamento, sus nociones pertenecían al orden de los pueblos primitivos. No sabía quién fue Colón. Creía que era un general, así como O'Donnell o Prim. No sabía nada de doctrina cristiana. Comprendía a la Virgen, a Jesucristo y a san José; les tenía por buenas personas, pero nada más. Estaba convencida de que nada que se relacionase con el amor era pecado. Juanito la perdió. Los señoritos somos todos unos miserables, señor Joaquín. ¿Quién paga aquí las deudas? La dejó abandonada en medio de las calles. Su destino ha sido el destino de las perras...*

—Usted no tiene culpa de nada. No llore usted. Usted siempre la ha socorrido, señor Alfonso.

—¿Esta es la burguesía española? ¿Esta es esa clase tan dinámica que está construyendo una nación? ¿Son estos los que están protagonizando la Historia? ¿Y quién la sufre? ¿Y a costa de quién? ¿Sabe lo que le digo, señor Joaquín? Yo me largo. Deme un abrazo y tome, le dejo el dinero que tengo, para el entierro y lo que sea menester.

—Señor don Alfonso, no me dé nada. Le agradezco igual. ¿Adónde quiere irse usted?

—A un mundo nuevo. Abur a todo esto, amigo.

Entonces Alfonso Belinchón besó por fin los labios fríos del cadáver y le pasó las yemas de los dedos por la mejilla, bajo el pañuelo con el que le habían encajado las mandíbulas.

Algo le dijo al oído y después bajó por última vez en su vida los noventa y dos escalones de piedra.

Esa misma noche quemó el manuscrito de su obra inmortal, que ahora se llamaba *Ataúdes de carne*.

A la mañana siguiente le llegaron noticias tranquilizadoras: Juanito Santa Cruz estaba sano. Una bala no le había rozado y la otra solo le había arañado una clavícula.

A los cinco días se embarcó Fonsito para La Habana.

Mi tatarabuelo fue el primero de mi sangre que cruzó un

---

* Pérez Galdós reproduce un parlamento muy parecido a este en la citada novela *Fortunata y Jacinta*, donde cuenta a su manera la historia de Charito la Morlaca.

océano, el primero que asistió a la universidad y el primero que disparó un arma de fuego.

Asomado a la amura de estribor, Fonsito contemplaba absorto el mar, con la misma curiosidad con la que yo le contemplo a él ahora, mientras sigo leyendo y le veo ante mis ojos: aún joven, dispuesto a empezar de nuevo, tan delgado que daba lástima, al encuentro de un mundo nuevo, de la niña Griselda y del hijo que tuvieron los dos, José Nepomuceno Belinchón, que nacerá en año capicúa, 1881, en La Habana.

¡Ah, quién como él! ¡Quién tuviera un talento que malgastar, un sueño que corromper, una causa a la que traicionar! ¡Quién tuviera todavía un alma que vender o un derrotero en el que perder el rumbo y naufragar sin remedio!

EJERCICIOS PRÁCTICOS

1. Compárese la actitud del autor ante sus personajes en *Fortunata y Jacinta* y *La Regenta*. Explíquese el contraste entre la compasión de Galdós y la crueldad de Clarín. Pistas: ¿lo que va del humor al sarcasmo? ¿Lo que va del personaje individual al tipo genérico? ¿Lo que va de un rubio guapo, mujeriego y muy alto a un bajito, casi célibe y acomplejado?
2. Explique la imposibilidad de un «naturalismo católico». Vaya más lejos: explique la imposibilidad de añadir cualquier adjetivo (salvo zoliano) a la palabra «naturalismo».
3. Encuentre cinco argumentos para desmentir el sobrenombre dado a Galdós: «don Benito el Garbancero».
4. Encuentre un paralelo contemporáneo para los principales personajes de *Fortunata y Jacinta*. ¿Le ha costado esfuerzo? Repita la misma operación con *La Regenta*. ¿A que no le ha resultado tan sencillo? Explique la causa de esta dificultad.
5. Considere cualquier novela contemporánea y hágase estas preguntas: ¿de qué vive el protagonista? ¿Cuánto gana al mes? ¿Qué trabajo desempeña? ¿Con qué ahorros cuenta? Lea después a Galdós y explique por qué la literatura española dejó de ser realista para volverse experimental a partir de los planes de desarrollo del franquismo.

Fortunata y Jacinta es la mejor novela española de todos los tiempos (sí, a pesar de Cervantes). Léase de inmediato. Después debe leerse *La Regenta*, de Leopoldo Alas. La lectura de los *Episodios Nacionales*, de Galdós, requiere de unas largas vacaciones, una prolongada enfermedad o una estancia penitenciaria de cierta duración. Merece la pena en cualquiera de los casos. Galdós siempre sorprenderá al caníbal curioso. Evítese durante un tiempo la lectura de *Miau*, *Trafalgar* y otros clásicos escolares; léase, en cambio, al azar entre sus obras: *Lo prohibido* asombrará al caníbal; *Tristana* le dará energía; *Misericordia* le enternecerá a su pesar. A partir de los cuarenta años, lea completos los *Episodios Nacionales*.

Pueden leerse *Los pazos de Ulloa* y *La madre naturaleza*, de Emilia Pardo Bazán.

Conviene leer *La dama de las camelias*, de Dumas hijo, pues fue la obra más popular del siglo XIX. Para subir nota, se puede leer *Los misterios de París*, de Eugenio Sue, el gran folletín del siglo. Con ambas lecturas, el caníbal podrá disfrutar del inteligente análisis de Marx y Engels en *La sagrada familia*.

Tema 3
El albatros a pie

El caníbal codicia su tasajo
con roja encía y afilado diente.

Rubén Darío

Tuércele el cuello al cisne de engañoso
plumaje.

Enrique González Martínez

Tema 3
El albatros a pie

El poeta descuartizado

En el fortín de Acosasco disparan veintiún cañonazos, las campanas de la catedral y de la Merced tocan a muerto y el gobierno de Nicaragua declara ocho días de luto nacional.

«Siento en el bajo vientre como una placa de fuego», fueron las últimas palabras del príncipe de los poetas antes de caer en la inconsciencia.

Le extrajeron de una sola vez hasta catorce litros de líquido del abdomen, el obispo Pereira le administró la extremaunción y le practicaron punciones hepáticas, anestesiado con cocaína. Todo fue en vano: solo sirvió para prolongar su sufrimiento. Tras cuarenta y dos horas de agonía, aferrado al crucifijo de marfil que le había dado Amado Nervo y sin quitarse el reloj de pulsera Ingersoll, murió Rubén Darío a las diez y cuarto de la noche del 6 de febrero de 1916.

A las dos de la madrugada comenzó la autopsia. Le extrajeron el hígado. Era blanco, estaba duro y se había quedado reducido a menos de la mitad de su tamaño habitual.

—Cirrosis atrófica —confirmó Debayle, el médico.

—Qué vaina, el trago lo mató —afirmó Murillo, cuñado de Darío.

Murió de haber bebido y de haber vivido; murió de sed y de ser.

El corazón, del tamaño de un puño, lo metieron en un vaso de cristal. Los riñones y otras vísceras fueron enterradas, dentro de una caja de cartón, al lado de la tumba de su tía Bernarda Sarmiento, en el cementerio de Guadalupe.

Más tarde, el doctor Louis Henri Debayle, que aseguraba ser descendiente de Stendhal, decidió extraer el cerebro. Era seguidor de las teorías de Lombroso* y estaba empeñado en saber si pesaba más o menos que el de Victor Hugo.

Apartaron el cuero cabelludo y cortaron con una sierra la bóveda del cráneo. El órgano se guardó en un frasco con formalina y Debayle se apoderó de él.

El cuñado del poeta, Andrés Murillo, salió en su persecución.

Mientras tanto, el cadáver de Rubén Darío quedó tendido boca arriba, descuartizado, sin vísceras, con el pelo colgando por detrás de la cabeza.

En plena calle, a oscuras, se pusieron a pelearse por el cerebro del poeta, primero a voces y enseguida con los puños y a bastonazos.

—Pertenece a la Ciencia, ¡pendejo! —argumentaba Debayle.

—Es una reliquia de familia, ¡pelotudo! —oponía Murillo, que ya tenía apalabrada la venta del órgano a un museo de Buenos Aires.

Tuvo que intervenir la policía, que hizo varios disparos al aire. El frasco cayó y se rompió.

El cerebro de Rubén tocó el suelo de aquellas mismas calles de León en las que había transcurrido su infancia. Un buey lo vio y se detuvo, le echó encima el vaho cálido de su aliento y siguió su camino.

Debayle y Murillo se miraron en silencio.

En tierra, el órgano parecía una medusa, un estropajo de cocina, un albatros inmóvil o un enorme caracol sin concha, aplastado de un violento pisotón.

Una vez en el cuartelillo, mientras se aclaraban las cosas, fotografiaron el cerebro de frente y de perfil, quizá por la fuerza de

---

* Se le considera el fundador de la antropología criminal. Influido por las ideas darwinistas, desarrolló teorías acerca de las características anatómicas (deformidad del cráneo, orejas de gran tamaño, etcétera) de los criminales.

la costumbre. Una patrulla del United States Marine Corps se apoderó del órgano, pero esa misma noche fue robado de la Comandancia.

¿Qué sucedió después con el cerebro de Rubén Darío?

Hasta hoy mismo, su paradero es fuente de las especulaciones más disparatadas. Unos afirman que acabó en el burdel de La Caimana. Otros aseguran que el dictador Anastasio Somoza se lo comió crudo, para apoderarse así de su talento, como, según él decía, era costumbre entre los indígenas chorotegas. Somoza estaba casado con una de las hijas del médico Debayle, Salvadorita, y es posible que gracias a ella obtuviera el codiciado cerebro. Otros afirman que lo robaron los sandinistas durante el asalto a la casa de doña Emelina Tercero de Debayle, en 1979, y que luego lo destruyeron en un acto de exorcismo revolucionario. Por otra parte, la esposa del presidente sandinista Daniel Ortega reclamó el órgano basándose en su parentesco con la mujer de Rubén Darío, Rosario Murillo, la «garza morena».

Es posible que en estos mismos momentos alguien tenga un cerebro humano sumergido en glicerina, en un tarro de cristal, sin saber que se trata de... ¡el cerebro de Darío, el príncipe de los poetas!

Todo es posible, desde luego, aunque cabe preguntarse: ¿cuántas personas están en posesión de órganos humanos de procedencia desconocida? O también: ¿quién hay que conozca el auténtico valor del encéfalo de un poeta alcohólico nicaragüense fallecido hace más de cien años?

Mi capitán Zancajo, en su camarote, a bordo del *Irréversibilité*, atesoraba tres botes de cristal con cierre hermético que contenían tres corazones humanos, todos de mujer, según me parecieron, a juzgar por su tamaño.

—«El caracol la forma tiene de un corazón» —recitaba a menudo Zancajo, y acercaba la cabeza a los botes de cristal, en cuyo interior él creía sentir un profundo oleaje y el misterioso viento del poema de Darío.

Por una cabeza

Cuando mi tatarabuelo Alfonso Belinchón desembarcó en La Habana aún no tenía cuarenta años y ya no esperaba nada: había dejado de escribir poemas románticos, había disparado contra su mejor amigo y había besado los labios del cadáver de la mujer que amaba.

A los pocos meses ya no se reconocía. Era otro. Incluso había cambiado de aspecto: estaba moreno, mucho más fuerte, ya no parecía aquel manojo de huesos a punto de desarmarse. Ahora todo el mundo le llamaba Alfonso e incluso don Alfonso.

La Literatura, a la que Fonsito había entregado su vida, le importaba un comino a Alfonso; menos que medio maracuyá, como decían en la isla.

Desde que entregó al fuego su obra inmortal, *Ataúdes de carne*, Fonsito había desaparecido, se sentía como un envase, un estuche, el recipiente del sueño de otro, como si de verdad fuera posible la metempsicosis que predicaba el carlista Navalón.

Era otro, sí, pero ¿quién?

A veces sentía miedo de sí mismo.

De la vida que había vivido en España no le quedaba casi nada: el Longines de oro de su padre; los sueños en los que seguía corriendo la sangre de Andrea Isidra de Diego, la joven lavandera descalabrada en la calle de la Aduana; la impresión indeleble, en sus labios, de los labios fríos de Charito.

Muy pronto descubrió que los asuntos de la Generosa, en Matanzas, le ocupaban poco tiempo, y comenzó a alternar con la alta sociedad habanera, donde conoció al famoso coronel Cipriano Alberola, el amigo de Weyler* y, como él, un hombre rígido, de aspecto imponente y voz de trueno.

---

* Valeriano Weyler (1838-1930), militar español. Fue enviado en 1896 a Cuba para «resolver» el problema (insurrecciones independentistas). Asoló la isla. Creó campos de concentración, destruyó las viviendas, prohibió la zafra, etcétera. También estuvo en Filipinas y en Barcelona, durante la Semana Trágica y más adelante, en lucha contra el terrorismo urbano. Es cierto que sufrió una campaña de difamación por parte de Estados Unidos (dirigida por Hearst) y que los norteamericanos contribuyeron a multiplicar su (merecida) leyenda negra. Le llamaban «carnicero» y

Alberola era viudo y de Zaragoza; dormía en un catre de campaña, bebía en cantimplora y se decía que había degollado con sus propias manos a un pretendiente de su hija, la niña Griselda. Como buen militarote baturro, detestaba levitas y sotanas, lo que le hizo simpatizar de inmediato con Belinchón.

—La burguesía española son unos pinchaúvas, unos pelafustanes, unos pisaverdes y, en definitiva, como se dice acá, un hatajo de mariconzones.

—Puro estiércol, mi coronel —confirmaba Belinchón—. Son bosta, son heces, son menos que el guano.

—Lo mismo que los curas.

—Sí, mi coronel.

La niña Griselda era hija de Alberola y de una mulata habanera que murió de tifus. A los diecisiete años se había convertido en una de las mujeres más atractivas, malcriadas y crueles de la isla. Tenía un moreno suave de cuarterona, semejante al tabaco, y los ojos verdes, con el mismo brillo que la esmeralda colombiana engastada en el anillo de su dedo corazón. Su melena negra era espectacular: le cubría la espalda en línea recta y al final se curvaba hacia arriba, sobre sus nalgas levantadas como la grupa de una yegua cimarrona.

En cuanto la vio, Alfonso lo supo: aquella era la mujer que, por capricho, iba a destruir su vida.

Tal y como él deseaba.

—Mi señor don Alfonso, la niña le está haciendo un amarre, tenga cuidado —le advirtió su criada, una negra llamada Higinia.

Higinia afirmaba que la niña Griselda había machacado en un mortero el corazón de una paloma hasta pulverizarlo y que luego se lo había echado en el café a Belinchón para encadenar su voluntad.

«tigre de la manigua». No es menos cierto que los norteamericanos tomaron buena nota de sus innovaciones bélicas y las utilizaron más adelante en Corea y Vietnam, entre otros lugares. Se dice que Weyler era muy tacaño, hasta el punto de que en una ocasión sus hijos le suplicaron que les comprara pijamas. «¿Pijamas? ¿Para qué queréis pijamas?», dicen que dijo don Valeriano. «Para dormir», le explicaron. «¡Para dormir lo único que hace falta es sueño!», rugió el militar.

Todos los avisos fueron inútiles: la habanera cruel ejercía sobre el español una invencible atracción gravitatoria. Alfonso acudía todas las tardes a la casa de la calle Trocadero, en el 162.* Allí recibía de Griselda desplantes, órdenes, insolencias y gritos, entreverados con sonrisas, roces de apariencia casual, visiones fugitivas de su escote y miradas en diagonal, instantáneas e incandescentes.

A los seis meses tomó la decisión.

Esta segunda vez no se puso de rodillas ni le tembló la voz ni recibió una negativa. Se declaró a Griselda de pie. Ella permaneció sentada, indolente, sin dejar de abanicarse.

—Sí —pronunció por fin—. Me caso, pues, Belinchón.

—¿Te casas conmigo? —se sorprendió Alfonso.

—Sí, compay; pero hay una vaina.

—¿Qué hay?

—Yo no te quiero.

—¿No me quieres y te casas conmigo? Pues no lo entiendo, Gris, no entiendo nada. ¿Cuál es la lógica?

—Es muy fácil, corazón: quererme a mí es como saltar a un pozo. No hay camino de vuelta. En el fondo del pozo está la oscuridad total. ¿Lo comprendes? ¿Qué tú piensas ahorita?

—Cásate conmigo, Gris.

—Acércate.

La niña Griselda le desabotonó la portañuela, metió la mano derecha y volvió a sacarla con el miembro de Alfonso en el puño, aleteando como un pez fuera del agua.

—La berenjena...

—¿Qué tú dices, mi niño?

—Nada. Es que mi padre...

—¿Tu padre? ¿Ahorita mismo tú piensas en tu papá? —se asombró Griselda.

—Quería decir el tuyo —corrigió Alfonso—. Nos puede sorprender.

---

* Esa misma casa, años más tarde, sería la mítica dirección del escritor cubano José Lezama Lima, empedernido fumador, obeso, asmático, homosexual y autor de *Paradiso* (1966).

La niña Griselda comenzó a masturbarle. Alfonso cerró los ojos y se mordió el labio inferior.

De improviso, Griselda se detuvo. Con la otra mano giró el anillo del dedo corazón. Su sonrisa fue como un relámpago.

Siguió masturbando a Alfonso, pero ahora le hacía daño: la piedra vuelta hacia dentro le arañaba el glande.

—Me haces mucho daño, Gris.

—Lo sé, mi amor —respondió Griselda sin detenerse—. ¿Qué tú crees? ¿Que no lo sé? ¡Por eso mismo lo hago, corazón!

Alfonso sentía un dolor agudo o un placer afilado, no sabía; le temblaban las piernas y apretaba con fuerza las nalgas, se mordía el labio y no se atrevía a abrir los ojos para no ver el rostro de Griselda. ¿Le estaría mirando? ¿Y adónde? ¿A la cara? ¿O tendría los ojos cerrados? ¿Sonreiría? ¿Tendría miedo también ella?

Eyaculó con un gemido y se dobló por la cintura como si hubiera recibido un puñetazo.

Tenía la ropa manchada de sangre y semen.

—Ya te viniste, pues ahora vete. Tú lo piensas bien, Alfonso, todavía estás a tiempo.

Alfonso cojeó hasta su casa dolorido, satisfecho y cabizbajo.

¿Qué iba a pensar? ¿Si de verdad quería a Gris? ¿O quién era el que quería a Gris dentro de él? ¿Quién era el que quería ser humillado, sentir dolor, avergonzarse de sí mismo? ¿Quién era él? ¿En qué se había convertido, en quién, en qué clase de persona?

Gris era atractiva, sin duda.

Y también era una déspota, una mujer montaraz, una criatura feroz, capaz de destruirle para satisfacer uno solo de sus caprichos.*

Higinia le había contado que el coronel Alberola estaba poseído y que su hija había sido entregada al Maligno por su propio padre. Le insinuó que el coronel entraba a la habitación de

---

* Quizá Ramón del Valle-Inclán conociera a Griselda Alberola, pues son significativas las semejanzas con su relato «La niña Chole», aparecido en *Femeninas* (1895). Valle-Inclán volvió sobre el mismo personaje, refundiendo en parte el relato, en su *Sonata de estío* (1903), una de las cumbres del modernismo español y donde cuenta la supuesta vida del marqués de Bradomín, «feo, católico y sentimental», un álter ego del autor.

la niña Griselda cada vez que había luna llena. Tras la puerta cerrada, dijo la negra, se oía ruido como de arrastrar muebles, aullidos, gemidos que no podrían salir de una garganta humana. Según Higinia, en La Habana todo el mundo sabía que el coronel Alberola pertenecía a una sociedad secreta de santeros en la que también había iniciado a la niña Griselda. Se aseguraba que ciertas noches, alrededor de una hoguera, la niña bailaba desnuda y el coronel tocaba el tam-tam, como si fueran hotentotes. Se creía que mantenían comunicaciones con el más allá y que obedecían a unos antepasados muertos que habían vivido en África caminando a cuatro patas y comiendo carne humana, o quizá al malvado espíritu de la difunta madre, que había sido esclava de las potencias infernales, según afirmaba Higinia.

La santería existía, desde luego: Alfonso había oído hablar mucho de esos ritos. Desde el siglo XVIII los traficantes de esclavos negros (como el conde del Páramo) habían ido trayendo a la isla africanos, muchos de origen yoruba, sobre todo en Matanzas y La Habana, donde se les denominaba «lucumí». La integración de las creencias africanas con los ritos católicos dio lugar a diversas formas de santería, entre las cuales sobresalía la «regla de Ocha», un culto cuyo elemento central era la comunicación con los antepasados, a los que llamaban «orishás».

Los Alberola, padre e hija, estaban malditos, le aseguró Higinia. Habían cometido el pecado que no tiene perdón, decía la negra. Por eso ahora recibían mandatos de los espíritus de debajo de la tierra, y tenían el corazón lleno de humo y sus ojos eran vidrios rotos, opacos, que la luz de la vida ya no podía atravesar.

—Lo sabe todo el mundo, señor Alfonso, pregunte usted a cualquiera —insistió Higinia.

—Calle, señora, por favor, me va a estallar la cabeza.

Necesitaba pensar. Aún estaba a tiempo. Pero ¿qué iba a pensar? ¿Si quería a Gris? ¿Si la amaba? ¿Y qué era eso de querer? ¿Era un acto voluntario o una pasión? ¿Se elegía o se padecía? ¿Había que resignarse al amor o había que conseguirlo con esfuerzo? ¿Había que rendirse a él o había que luchar por él?

A los veinte años, cuando era un poeta romántico en Madrid, Fonsito no habría dudado un instante: el amor movía el sol y los demás planetas, era un *coup de foudre,* una pasión que nos sorprende al asalto, desprevenidos; un allanador que echa la puerta abajo.

Ahora, en el trópico, cuando era intendente de una explotación agrícola, Alfonso ya no estaba tan seguro. ¿Y si el amor no fuera el principio inmóvil que desencadena el resto de una vida? ¿Y si fuera más bien el resultado final? ¿La consecuencia de un esfuerzo prolongado, de querer querer hasta conseguir el amor?

Revolvía pensamientos en su fuero interno, como si los agitara en un cedazo. O sus pensamientos eran avena fina o la trama del cedazo era muy ancha, pero una de dos, porque todos se le escapaban y al final tenía otra vez las manos vacías, el recuerdo de la cabellera de Griselda y la sensación de placer doloroso sin camino de vuelta. El bálano había cicatrizado, pero su corazón aún manaba sangre hilo a hilo.

Solo con recordar el tacto del filo de la esmeralda se empalmaba.

Al día siguiente compareció resignado, ojeroso y pálido en Trocadero 162.

La niña Griselda se abanicaba en el patio, a la sombra de la ceiba.

—Me caso contigo, Gris.

Ella acercó las manos y Belinchón retrocedió asustado, pero esta vez solo quería alcanzar el bolsillo del chaleco. Le sacó el reloj Longines de oro, lo miró y luego lo estrelló contra las baldosas del patio. El cristal se hizo añicos.

Alfonso lo recogió y se lo acercó al oído.

—No funciona, has roto también la maquinaria.

—Es que ahora tú ya no estás a tiempo, corazón. Se acabó el tiempo para ti. Ahora es siempre y nunca jamás.

—Marca las siete y media en punto —observó Belinchón, pero la niña Griselda ya le daba la espalda y se alejaba hacia el interior de la casa, columpiando con las nalgas su melena endrina.

Los amores imprudentes

Cuando Alfonso pidió al coronel la mano de su hija, decidió utilizar esa ruda franqueza baturra de la que tanto presumía Alberola y preguntarle por los rumores que le había oído a Higinia.

Alberola soltó una risotada torrencial.

—¡Barástolis, Belinchón, pero qué tonterías le han ido contando! ¡Pues claro que conozco bien el folclore de la isla! Faltaría más. Es el único modo de que las mentes sencillas de estos caníbales vayan asimilando la religión verdadera. Lo confunden todo, les ponen a los santos los nombres de sus ídolos, tocan tambores, bailan, se embriagan, lo que usted quiera, Belinchón, pero en el fondo es algo muy inocente y así les va entrando en la mollera la fe, casi sin que se den cuenta. Son juegos de niños, muy propios para sus mentes primitivas.

Luego tuvo lugar el intercambio de regalos.

La niña Griselda le ofreció a Belinchón un Patek Philippe de oro traído de Suiza. Alfonso le entregó un anillo con un diamante tallado en punta.

Griselda se quitó la esmeralda y se puso el diamante en el dedo corazón.

Poco antes de la boda, el coronel Alberola invitó a Alfonso a una de aquellas reuniones africanas, en una playa al sur de Matanzas, en la Ciénaga de Zapata.

Tuvo lugar en un vertedero a orillas del mar, en el corral de una cabaña de adobe rodeada de basura, escombros y arbustos descoloridos.

Belinchón vio degollar a una gallina con las manos, como había hecho el tío Joaquín en la calle Humilladero. La sangre era la ofrenda para los orishás, que al parecer esa noche debían tomar posesión de un negro gigantesco llamado Trinidad. Era este mismo Trinidad el encargado de las degollaciones. A mano si eran gallinas o patos. Con el hacha cuando pasó a los terneros, cerdos y perros, cuya sangre también debían de demandar los insaciables orishás.

Una anciana le ofreció a Belinchón una infusión humeante. Bebió y le pareció dulce, pero no desagradable.

La percusión se aceleraba y Alfonso comenzó a marearse.

Al ritmo del tambor, vio a Trinidad caer al suelo como un árbol desarraigado, y le vio temblar con convulsiones epilépticas. Se vio a sí mismo abandonando su cuerpo, con el rostro desfigurado, como si no tuviera facciones o como si hubieran sido dibujadas en la arena y acabara de borrarlas un golpe de mar. El suelo retumbaba. Oyó un ruido de torrente que cae. Al galope, en tropel sonoro, vio acercarse una docena de centauros. Los cuadrúpedos divinos, hijos de la nube, se pusieron a relinchar en alejandrinos. Vio a Quirón, hijo del tiempo, que afirmó con solemnidad: «La pena de los dioses es no alcanzar la Muerte». Vio a Folo, a Reto, a Caumantes, a Orneo. Escuchó el coloquio de los centauros hasta que se alejaron al galope. Iban a raptar doncellas para conocer el sabor de la aniquilación, pues, según acababa de afirmar Hipea, «la hembra humana es hermana del dolor y la muerte». Entonces descubrió al coronel Alberola, su futuro suegro, desnudo y a cuatro patas, gateando detrás de una gallina sin cabeza. La gallina corría en círculos y el coronel intentaba atraparla con los dientes. Más tarde apareció un anciano tremebundo, amarillento, como recién resucitado, que dijo llamarse Melquíades y le habló con voz melancólica de unos pergaminos que nadie podría descifrar en doscientos años. Vio también a una mujer con cabellera de sierpes y las cuencas de los ojos vacías. Le mostró su vulva, que se abrió como una orquídea, y Alfonso distinguió los dientes afilados y el charco de sangre en su interior.

Así pasaron varios días, según le pareció a Alfonso, pero cuando despertó y miró su Patek Philippe comprobó que habían transcurrido apenas dos horas.

—Tranquilo, Belinchón, ya pasó todo. Ha tenido usted una pesadilla —le explicó el coronel.

—¿Entonces he soñado? —preguntó con alivio.

—¿Bebió algo?

Belinchón le contó que había tomado la infusión que le ofreció la anciana.

—¡Estramonio! Es una droga muy poderosa. No debería haberla probado. Provoca atroces pesadillas.

El coronel le explicó que había bebido la legendaria *Datura stramonium* de Linneo, también conocida como higuera loca, berenjena del diablo, tapate o chamico, la misma flor en forma de trompeta que las brujas medievales usaban para volar en escoba y fornicar con el Maligno.

En Estados Unidos, entre otros nombres, se la conoce como *Jamestown weed* (hierba de Jamestown) porque en 1666 una compañía de soldados sufrió en Jamestown (Virginia) una intoxicación masiva cuando, muertos de hambre, decidieron comerla. El efecto fue tan delirante que hubo que encerrarlos para que no se mataran entre sí.

—No es para todos los paladares, Belinchón. Estos caníbales están acostumbrados. Para ellos es como tomarse un coñac. A mí ya no me afecta, pero usted todavía es demasiado *gallego*, como dicen por acá.

Volvieron a La Habana y Alfonso olvidó pronto su desafortunada experiencia.

A la semana se casaron.

El matrimonio se instaló con el coronel, en la casa de la calle Trocadero, donde dormían en habitaciones separadas, por capricho de la niña Griselda.

Despidieron a Higinia, que pronosticó abundantes desgracias.

A los seis meses Alfonso lo admitió: no amaba a Griselda.

Había llegado a sentir odio por ella, eso era cierto. Sin embargo, aún era mayor el odio que sentía por sí mismo.

Por las noches, desnudo y despierto, esperaba la visita de su mujer como una fatalidad que le atraía con magnetismo irresistible.

Por las mañanas había sangre sobre las sábanas y Alfonso tenía arañazos, heridas, sabor a orina en la boca, cardenales y marcas de ligaduras en las muñecas y en los tobillos.

El coronel nunca preguntaba nada. Miraba los hematomas de Alfonso y sonreía con insolencia.

Alfonso se sentía avergonzado, se despreciaba tanto a sí mismo como despreciaba a Gris, y ya no le quedaba ninguna esperanza. La odiaba. Se odiaba. Pero lo sabía: por la noche volvería a desear oír sus pasos al otro lado de la puerta y recibiría agradecido su castigo.

¿Qué había hecho para merecerlo?

Una sola cosa: desearlo.

Sentía una vergüenza tan intensa que a menudo se decía: «Ojalá estuviera ya muerto».

Realizaba viajes periódicos a Matanzas, y a la vuelta de uno de ellos encontró a su mujer en la cama del coronel.

—La niña está muy consentida —fue la única explicación que se dignó darle el coronel.

Esa noche, Alfonso aulló de placer: la niña Griselda le arrancó el pezón derecho de un mordisco.

Al mes siguiente, Griselda se quedó embarazada.

Cuando nació el niño, Alfonso no tuvo ninguna duda de que era suyo.

Lo confirmó al encontrar la mancha en forma de letra ce en la nalga derecha de José Nepomuceno Belinchón Alberola.

Era un Belinchón auténtico, bisnieto del analfabeto Casimiro, nieto de don Agustín, el primer Belinchón que aprendió a leer y escribir.

Alfonso se compadeció de su hijo.

La infancia del niño estuvo marcada por la presencia de la muerte. Tenía ocho años cuando murió en Madrid su abuelo Agustín.

Su padre murió al año siguiente y José Nepomuceno apenas conservó recuerdos de él.

Tras la muerte del abuelo, cuando Alfonso fue a Madrid a encargarse de la herencia, su amigo Pérez Galdós ya había ingresado en la Real Academia Española con el discurso «La sociedad presente como materia novelable».

A él, ahora, la Literatura ya no le decía nada; menos que medio maracuyá.

No quiso ver a Juanito Santa Cruz, aunque oyó decir que iban a hacerle ministro.

Buscó en vano al tío Joaquín y llevó al cementerio un ramo de violetas, que dejó sobre la tumba de Charito.

En la casa familiar de Pontejos, abrió la caja que quizá contuviera el alma de su padre (materializada en acciones, bonos del Tesoro y títulos de propiedad), pero solo encontró unos legajos amarillentos e ilegibles, escritos en un alfabeto desconocido, garabatos imposibles de descifrar: un alma opaca, cerrada a la luz, parecida al propio Alfonso.

Volvió a La Habana con la caja de madera y la llave colgada al cuello de una cadena de plata.

Entonces fue cuando la niña Griselda le pidió que asistiera a otra ceremonia yoruba en la Ciénaga de Zapata.

Esta vez, Alfonso habría querido beber estramonio, pero su mujer y su suegro se lo impidieron.

Era la misma cabaña en aquel vertedero junto al mar.

El gigantesco Trinidad volvió a degollar gallinas, terneros, cerdos y hasta perros.

La niña Griselda y el coronel bebieron la infusión de estramonio y ambos se dibujaron en la frente signos extraños con sangre de animales, entre ellos una serpiente que se muerde la cola enroscada sobre sí misma y formando un ocho: el símbolo tradicional del infinito y del perpetuo retorno, el Ouroboros.

Trinidad debió de ser poseído por algún espíritu en pena, a juzgar por sus convulsiones. Luego se quedó dormido en el suelo, con el hacha en la mano.

Hacia la medianoche, Alberola se dirigió a su hija.

—Baila, niña —susurró.

La niña Griselda se negó a bailar.

—Baila. Te daré lo que me pidas.

Griselda abrió los ojos y miró a su padre:

—Ya tú sabes lo que quiero —afirmó con voz ronca.

—Lo tendrás —prometió el coronel.

Griselda miró a Alfonso.

Él supo en ese instante lo que iba a pasar.

No sintió miedo.

Como de un río al amanecer, de su corazón parecía levantarse una humareda, jirones de niebla que le empañaban los ojos. Volvió a ver a Andrea Isidra de Diego, descalabrada en la calle, y su sangre volvió a salpicarle el pie derecho. Volvió a disparar contra su mejor amigo. Besó de nuevo los labios fríos de Charito. Vio a Griselda, inmóvil, mirándole a los ojos, hermosa y desafiante.

Asintió con la cabeza, agradecido.

Entonces Griselda comenzó a bailar.

Se movía en círculos alrededor de la hoguera y su sombra recorría el cuerpo de Alfonso como una corriente de agua.

Fue quitándose la ropa hasta que se quedó desnuda por completo. Nadie se movía, solo las sombras agitadas por las llamas. El coronel, sentado en el suelo, miraba a su hija sin pestañear.

La niña arqueó la espalda, doblando la cintura hacia atrás; su cabello negro tocaba el suelo, parecía que se enterrara como una raíz, para seguir creciendo en la oscuridad, bajo la tierra. Apoyó las palmas de las manos. Así, a cuatro patas, boca arriba, siguió girando alrededor de las llamas, alzándose sobre las puntas de los pies y de las manos, como un insecto misterioso y amenazador. Tenía la cabeza desplomada, basculando entre los brazos, como si estuviera dormida. Su cintura se agitaba con ritmo de oleaje. De su garganta salió un estertor de animal. Se detuvo frente a Alfonso y abrió los muslos, ofreciéndole su sexo. Se elevó, con los talones levantados y tocando el suelo solo con la punta de los dedos. Alfonso sintió en sus propias venas el latido de los labios de su vulva, cada vez más abiertos, más húmedos, más inflamados. Parecían pétalos de una flor carnívora, un abismo que le reclamara, un vórtice que quisiera succionarle. Griselda, al compás de una música que solo ella oía, comenzó a mover al mismo ritmo la cabeza y la cintura, agitándose hacia delante y hacia atrás.

El grito fue desgarrador, semejante al de una pantera cuando himpla herida en el corazón de la selva.

La melena azabache de Griselda había tocado el fuego y estaba en llamas.

Para apagarla, le arrojaron un cubo de sangre por la cabeza.

El baile había terminado.

La niña Griselda, con los pechos desnudos empapados de sangre, se dirigió a su padre con la mirada.

El coronel sonrió y le hizo una seña a Trinidad, que acababa de despertarse.

Alfonso Belinchón miró por última vez a su mujer, extendió las manos abiertas, cerró los ojos y pronunció con deliberada lentitud:

—Entre todas las de la tierra, tú elegiste mi cabeza.*

La sombra de la ceiba

José Nepomuceno Belinchón Alberola perdió a su padre a los nueve años, en circunstancias nunca aclaradas. El cadáver decapitado de Alfonso Belinchón Navascués fue encontrado en una playa de la Ciénaga de Zapata, en un vertedero cercano a Matanzas. Nunca se pudo localizar la cabeza cortada de un hachazo. El terrible crimen se atribuyó a uno de los rituales de magia negra característicos de los africanos.

Al niño le dijeron que había sufrido un accidente montando a caballo.

Su abuelo, el coronel Cipriano Alberola, participó en la investigación, que se llevó a cabo con rigor extremo y condujo a la detención de no menos de quince esclavos negros, entre ellos un matarife llamado Trinidad, propietario de un hacha, que fue ejecutado en la horca.

La niña Griselda, al quedarse viuda, se sumió en la desesperación y se afeitó la cabeza al cero. Después de rasurarse estaba aún más bella, sus ojos parecían agrandados y su frente sin confín provocaba escalofríos.

* Estas palabras de la niña Griselda las repitió un siglo después el poeta (maldito) español Javier Azpeitia en su legendaria obra (inédita) *Miedo a perder la memoria*.

José Nepomuceno estudió interno con los jesuitas y muy pronto descubrió su amor a la literatura.

Quería ser escritor y ninguna otra cosa en esta vida.

A los once años, le había sujetado la cabeza a Rubén Darío, el príncipe de los poetas. Quizá fuera este encuentro lo que decidió a José Nepomuceno a escribir novelas.

«Siempre escribiré acabando todos los renglones», se prometió a sí mismo. «Nada de versos, nada de dejar las líneas sin terminar.»

Rubén tenía entonces veinticinco años y llegó a La Habana haciendo escala en su primer viaje a España, con el Modernismo entero escondido en su equipaje, decidido a llevárselo de contrabando a la península.

Durante su escala en La Habana, en casa de la niña Griselda, en la calle Trocadero, Rubén conoció a Julián del Casal* y a Raúl y María Cay, la cubano-japonesa. El niño José Nepomuceno vio al poeta cortejando a María en un pasillo.

«Ámame, japonesa, japonesa», le decía Rubén con un teatral gesto de súplica.

El novio de María, el general Lachambre, un sañudo español que luego fue héroe en la guerra de Filipinas, se acercó a separarlos.

Después José Nepomuceno vio a Rubén acercarse a su propia madre, Griselda, que le dijo algo al oído y le dio la espalda con una sonrisa.

José Nepomuceno nunca supo lo que su madre le había dicho a Darío, pero el poeta se quedó pensativo, apoyado en un mueble, y se puso a beber a sorbitos de su vaso de whisky con soda. Luego recitó en un murmullo, como si solo hablara para el cuello de su camisa o para su abatido corazón de pájaro en vuelo:

---

* Poeta modernista cubano. Murió, según dicen, en una sobremesa, en casa de unos amigos, cuando alguien contó un chiste y un ataque de risa le provocó la rotura de un aneurisma. María Cay le regaló a Julián del Casal una foto en la que salía vestida con kimono, disfrazada de japonesa. Casal le dedicó poemas y lo mismo hizo Rubén Darío, que la llamó «cubano-japonesa».

> En el país de las Alegorías
> Salomé siempre danza,
> ante el tiarado Herodes,
> eternamente;
> y la cabeza de Juan el Bautista,
> ante quien tiemblan los leones;
> cae al hachazo. Sangre llueve.
> Pues la rosa sexual
> al entreabrirse
> conmueve todo lo que existe
> con su efluvio carnal
> y con su enigma espiritual.

Miró con asombro el vaso vacío y se quejó en voz alta:
—Tengo sed. Tengo mucha sed.

Con un nuevo whisky en la mano, el príncipe de los poetas siguió chicoleando con otras mujeres: parecía querer probar suerte con todas las asistentes a la recepción.

Una hora después José Nepomuceno le encontró en el patio.

Rubén estaba como una cuba, arrodillado en el suelo de tierra, con una mano apoyada en el tronco de la ceiba. José Nepomuceno se acercó para sostener la frente del poeta mientras este vomitaba.

Era un líquido de color verdoso, como el cristal de una botella. A José Nepomuceno el olor le pareció de una intensidad insoportable.

—Ya no beba más, señor poeta —le suplicó.

—¡Epa! Hasta los chingos colean. No me sea pendejo, piojo —respondió el vate limpiándose la cara con la bocamanga—. Atiende: peregrinó mi corazón y trajo de la sagrada selva la armonía... ¿Lo sabías tú? ¡Pues jálate el hule, piojo!

Con visible esfuerzo, Darío se puso de pie, eructó, se sacudió las manchas de tierra de las rodilleras del pantalón y pronunció su legendaria frase sacramental, la que repetiría sin cesar a lo largo de su vida:

—Tengo sed.

José Nepomuceno le vio servirse dos copas seguidas de un

líquido más oscuro que el whisky. Era Martell tres estrellas, su coñac favorito.

Antes de que le mandaran a acostar, alcanzó a ver de nuevo al poeta, otra vez en el patio, apretando ahora con las dos manos las nalgas de una sirvienta negra que iba cargada con una bandeja.

—¡Todo lo que llega al asador es carne, piojo! —le dijo Rubén con gesto cómplice—. Carne, celeste carne de la mujer...

Y se puso a recitar a voz en cuello:

> La vida se soporta,
> tan doliente y tan corta,
> solamente por eso:
> ¡roce, mordisco o beso!

Esa noche, José Nepomuceno tuvo una pesadilla: soñó que en la bandeja de plata la mujer negra llevaba la cabeza cortada de Darío.

No volvió a ver al poeta hasta 1905, al otro lado del océano Atlántico y cuando Cuba ya era independiente.

Rubén había sido el Mozart de la literatura. Su nacimiento, en Metapa, Nicaragua, vino precedido de numerosos presagios y confusas señales: hubo un eclipse de luna, dos tormentas de batracios y cuatro incendios forestales. Durante todo el periodo de gestación del poeta, su madre tuvo ataques de hipo y el resto de las mujeres de Metapa dejaron de reflejarse en los espejos cada vez que menstruaban. El día 17 de enero de 1867 el cielo se cubrió de relámpagos, parecía una tela de araña que enredara constelaciones, planetas, aerolitos y estrellas fugaces; las aguas del Pacífico se tiñeron de rojo; en tierra firme se sintió un temblor, como de cascos o pezuñas de una lejana estampida de piafantes cuadrúpedos; luego los somorgujos cantaron sin piedad y sin dejar de repetir un torturante estribillo de cinco notas. Al amanecer del 18 se hizo el silencio, el horizonte se cubrió de sangre, en el mar cesó el oleaje, las flores de los jarrones perdieron de golpe todos sus pétalos: acababa de nacer el príncipe de los poetas.

«De mí sé decir que a los diez años ya componía versos y que no cometí nunca ni una sola falta de ritmo», presumiría luego Rubén.

A esa misma edad, sin embargo, su maestra ya tuvo que castigarle por las bellaquerías que hacía con una chica de la escuela.

Se crió como hijo de un tal coronel Ramírez, que fue quien le llevó a conocer el hielo. Con ese recuerdo decisivo da principio Rubén a las memorias que publicó años después.*

Además del hielo, el coronel le hizo conocer «las manzanas de California y el champaña de Francia», con el que iniciaría un largo y penoso trayecto de bebedor sin remedio.

Se enamoró de «la garza morena», Rosario Emelina Murillo, pero sus amigos se lo llevaron a El Salvador para impedir el matrimonio, que al parecer era imposible por una razón que entonces el poeta aún no podía adivinar.

En 1884 trabaja en la Biblioteca Nacional. Se lee de la primera página a la última la Biblioteca de Autores Españoles de Rivadeneyra y, según asegura la leyenda, se aprende de memoria el Diccionario de la Real Academia entero.

En 1886 se va a Chile «a causa de la mayor desilusión que pueda sufrir un hombre enamorado», es decir, la constatación de que la garza morena no era virgen. En esas condiciones, ni

---

* Inauguró así una tradición literaria muy característica en Latinoamérica, como se puede comprobar en García Márquez y otros. En una ocasión tocamos puerto en Long Island, cerca de Nueva York, y permanecimos amarrados un par de días en Port Jefferson. Allí conocí a un inquietante chileno que se llamaba Pedro Lastra, decía ser profesor y siempre llevaba un lápiz en el bolsillo de la chaqueta. Me contó que un día estaba con García Márquez y le dijo:

—Gabo, ¿usted leyó las memorias de Darío?

García Márquez le contestó que no fastidiara, que cómo no, que miles de veces había leído y releído las memorias de Rubén Darío.

Pedro le preguntó entonces que si recordaba el comienzo y García Márquez le dijo que no. Entonces Pedro leyó en voz alta el comienzo del libro que había traído, en el que Darío cuenta que su primer recuerdo es que su tío le llevó en una expedición a caballo para que conociera el hielo.

Según me contó Pedro en el Tara's Inn de Port Jefferson, García Márquez se puso pálido, se dio un manotazo en la frente y exclamó:

—¡Carajo, así que de ahí lo saqué!

Imagino que así es como funcionan la memoria y la cabeza de los escritores.

Rubén ni nadie podía casarse con ella, como ya sabían de sobra los amigos que le trasladaron a El Salvador.

En Santiago de Chile sigue una dieta rigurosa: se mantiene a base de arenques y cerveza. Vaya donde vaya, se ríen de él: ¿cómo se le ocurre a un indio lanzarse a conquistar la gloria? Le llaman indito, chorotega, mestizo, caníbal y mono bajado de un árbol.

Por fin, en 1888 publica *Azul*, el punto de arranque del Modernismo.

En 1890 se casa con Rafaela Contreras y al año siguiente nace su primogénito, Rubén Darío Contreras.

En 1892 realiza su primer viaje a España, con escala en La Habana, donde conoce a Julián del Casal, a María Cay, la cubano-japonesa, y a José Nepomuceno Belinchón, mi bisabuelo, que le sujetó la cabeza mientras vomitaba.

En ese viaje, Rubén se lleva de contrabando el Modernismo a Madrid.

Era verdad: «Peregrinó mi corazón y trajo de la sagrada selva la armonía», tal y como le había confesado en La Habana a José Nepomuceno.

Para la historia de la literatura fue aquella la novedad más importante que hasta entonces había llegado desde América a España.

De América vinieron, que ahora recuerde, el trigo, las patatas, los loros, el bolero, los corridos mexicanos, mi Panamá fabricado a mano en Ecuador, el realismo mágico y los de Palacagüina.

Nosotros a cambio les llevamos la sífilis, la única religión verdadera, los caballos, el Quijote, la Compañía de Jesús y esos otros inventos españoles que han cambiado el curso de la Historia Universal: la fregona, el futbolín, el submarino de Isaac Peral, la guerrilla y el aparcamiento en doble fila.

Cuando murió Rafaela Contreras, su mujer, tuvo lugar el inesperado segundo matrimonio de Darío.

Andrés Murillo, el hermano de Rosario, la garza morena, no había conseguido todavía casarla (debido a esa «avería» que provocaba en sus pretendientes «la mayor desilusión que pueda sufrir un hombre enamorado»).

Andrés conocía bien a Darío, carecía de escrúpulos y aprovechó su oportunidad para conseguir lo imposible.

Logró el enlace en 1893 gracias a una botella de whisky y un revólver.

Andrés Murillo y su hermana Rosario lo planearon todo con cuidado. Tras suministrarle la botella al poeta, Rosario comenzó a ponerse cariñosa.

—Tengo sed —insistía Darío.

—Beba, m'hijito, beba no más —le respondía la garza morena, y se subía las faldas, como al desgaire.

El poeta le acarició las rodillas y los muslos con la mano derecha; con la izquierda siguió bebiendo a sorbitos de la botella de Johnny Walker.

En ese momento se abrió la puerta, tal y como habían previsto los hermanos Murillo. Entró Andrés hecho una furia, con el revólver Smith & Wesson en la mano, y dando voces:

—¡Mancilla! ¡Mácula! ¡Lesa virtud! ¡El honor familiar rodando por el fango, lindo quilombo!

—Tengo sed —repetía Darío aturdido—. Tengo mucha sed.

—Pero todo tiene arreglo, pelotudo —propuso Andrés.

Trajeron otra botella de whisky (para solucionar la sed insaciable del príncipe de los poetas) e hicieron pasar a un sacerdote que Andrés tenía ya prevenido, esperando detrás de la puerta, y que les casó allí mismo (para enjuagar aquella mancha en el honor de la familia).

Así fue como se convirtió en cuñado de Darío el hombre que a su muerte intentaría vender su cerebro por unos cuantos pesos argentinos.

A la mañana siguiente el príncipe de los poetas se despertó en la misma cama que Rosario, la garza morena.

—Buen día, cariño —dijo ella con gesto burlón.

—Estoy de goma —reveló Darío acariciándose las sienes con los dedos—. Y tengo sed. Tengo mucha sed.

Casado por segunda vez, siguió con su vida errante y su sed

insaciable. Bebió mares de alcohol y viajó a París, donde, gracias a Alejandro Sawa,* conoció por fin a Verlaine** en el café D'Harcourt.

No debieron de entenderse muy bien: Rubén iba borracho de coñac; Verlaine, de ajenjo.

Con lengua de trapo y en un francés titubeante, el nicaragüense saludó y mencionó la gloria del francés.

—*La gloire! La gloire! Merde! Merde! Merde encore!* —le respondió en voz baja Verlaine.

Rubén asintió en silencio, saludó con un cabezazo y se fue a seguir bebiendo: tenía mucha sed, como de costumbre.

Degeneración

El de 1896 es un año decisivo para Rubén Darío. Publica *Los raros* y *Prosas profanas*. Es en ese momento cuando decide convertirse por completo en un albatros.

Tras el éxito de los paquidermos realistas, que habían creído que la literatura reflejaba el mundo, ahora nadie se tomaba en serio a los poetas. Ya no servían ni para entretener a las señoritas casaderas escribiendo ripios en sus álbumes (que era, por otra parte, su principal actividad). No tenían sitio, no había lugar en la nueva sociedad burguesa ni para el artista ni para sus poesías sin valor comercial.

No les quedaba más solución que el arte por el arte, el culto a la belleza y la figura del poeta excéntrico e incomprendido, un

---

* El escritor sevillano ha quedado para la historia como el bohemio por antonomasia. En París conoció a Verlaine y, al volver a Madrid, se quedó ciego. Mendigo, enfermo y ciego, fue una personalidad brillante en las noches de alcohol de los modernistas en Madrid. Valle-Inclán recreó su figura en el Max Estrella de *Luces de bohemia*.

** Poeta simbolista francés. Estaba casado, pero se enamoró del joven Rimbaud y se fugó con él a Londres, donde vivieron una tormentosa historia empapada en absenta que acabó en una monumental pelea a tiros. Verlaine hirió a Rimbaud en una mano y acabó condenado a dos años de cárcel. Al salir de prisión, volvió a convivir con Rimbaud y esta vez acabaron solo a puñetazos.

rey mendigo, como solía decir Darío, o en otras palabras: el albatros.

En 1892 había publicado Max Nordau su libro *Degeneración (Entartung)*, que constituyó un acontecimiento entre los plumíferos y le dio la gran idea a Darío.

Nordau había decidido aplicar las teorías de Lombroso al arte contemporáneo y llegó a la conclusión de que se trataba de un arte degenerado; todos los artistas modernos sin excepción eran psicópatas. Y lo que hacían (pinturas, poemas, partituras) no eran más que delirios sin sentido, o en otras palabras: gilipolleces.

Como lo resumió Rubén:

> Max Nordau dice en alemán, para mayor autoridad, con clara y tranquila voz, a todos los convidados al banquete del arte moderno: Tengo que anunciaros una noticia, señores míos, y es que todos estáis locos.*

Entusiasmado, constata Rubén que «Max Nordau habla del arte con el mismo tono con que hablaría de la fiebre amarilla o del tifus, cuando habla de los artistas y de los poetas como de "casos"».

Verlaine, por ejemplo, el bebedor de ajenjo, el que pretendía defecar sobre la gloria, el amante de Rimbaud,** no es para Nordau más que un caso clínico, «el caso Verlaine», en el que diagnostica:

> Un espantoso degenerado, de cráneo asimétrico y rostro mongoloide, un vagabundo impulsivo, un dipsómano, un erótico, un soñador emotivo, débil de espíritu, que lucha dolorosamente contra sus malos instintos y encuentra a veces en su angustia conmovedores acentos de queja, un místico cuya conciencia humosa está llena de representaciones de Dios y de los santos; y un viejo chocho.

---

* En la semblanza que Darío dedica a «Max Nordau» en *Los raros*. Resulta curioso comprobar que uno de los rasgos de degeneración que Max Nordau observa en el arte moderno es precisamente la tendencia a formar escuelas y grupos.
** El paradigma del poeta genial y maldito. Escribió toda su obra antes de los veinte años. Luego se marchó a África, donde acumuló dinero traficando con armas y quizá esclavos, y no volvió a escribir ni un solo renglón.

No se podía pedir más: por fin alguien les tomaba en serio. ¿A qué precio? Sí, bueno, vale, de acuerdo, les ponía como hoja de perejil, pero al menos les consideraba tipos singulares, rozados en la frente por el dedo del destino. «Dame pan y llámame tonto», se dijeron los poetas, como quien dice: «¡Miel sobre hojuelas!».

Rubén leyó el libro de Nordau fascinado, igual que Clarín al otro lado del Atlántico.

¡Eso era! ¡Eran unos degenerados! ¡Formidable, formidable, formidable! ¡Tenían que haberlo visto enseguida! ¡Eran enfermos! ¡Neurópatas! ¡Tipos singulares! ¡Qué digo singulares! ¡Únicos! ¡Auténticos locos de atar!

Charles Baudelaire había muerto en 1867, pero lo tenía todo previsto y había dejado un manual de instrucciones en verso para formar una nueva generación literaria. Según el gran *maudit*, en este mundo burgués, gris y prosaico, el artista, como el albatros, no puede caminar, a causa de sus enormes alas, que pertenecen a otro universo, que están hechas para volar en las regiones del ideal. ¡Toma ya, chúpate esa! Aquí, exiliado en tierra, el poeta no tenía más remedio que ser un degenerado, pero ¡qué gran idea! ¿Cómo no se les había ocurrido antes?

Estaban encantados. Como decía Clarín comentando el libro de Nordau: «Ningún tonto se vuelve loco».

Se pusieron manos a la obra. Rubén escribió *Los raros* como respuesta al *Entartung* de Nordau (que leyó en la traducción francesa de 1894). Allí reunió una galería de «almas gemelas», tipos (y tipas, como la tal Rachilde) locos, enfermos, orates, histéricos, verdaderos desechos humanos, albatros intentando caminar en tierra firme.

> *Souvent, pour s'amuser, les hommes d'équipage*
> *Prennent des albatros, vastes oiseaux des mers,*
> *Qui suivent, indolents compagnons de voyage,*
> *Le navire glissant sur les gouffres amers.*

> *À peine les ont-ils déposés sur les planches,*
> *Que ces rois de l'azur, maladroits et honteux,*
> *Laissent piteusement leurs grandes ailes blanches*
> *Comme des avirons traîner à coté d'eux.*
>
> *Ce voyageur ailé, comme il est gauche et veule!*
> *Lui, naguère si beau, qu'il est comique et laid!*
> *L'un agace son bec avec un brûle-gueule,*
> *L'autre mime, en boitant, l'infirme qui volait!*
>
> *Le Poète est semblable au prince des nuées*
> *Qui hante la tempête et se rit de l'archer;*
> *Exilé sur le sol au milieu des huées,*
> *Ses ailes de géant l'empêchent de marcher.*

Más o menos significa: «A menudo los marineros atrapan albatros para divertirse, esos grandes pájaros de los mares que siguen, indolentes compañeros de viaje, al navío que se desliza sobre abismos amargos. En cuanto los colocan sobre cubierta, estos reyes del cielo, torpes y avergonzados, dejan caer lastimosamente sus grandes alas blancas como remos a los lados. ¡Qué patoso y qué frágil este gran viajero alado! ¡Qué feo y qué cómico el que antes era tan bello! Uno le golpea el pico con su pipa; otro imita cojeando al caído que antes volaba. El Poeta es semejante al príncipe de las nubes que acompaña a la tormenta y se ríe del arco del cazador; exiliado en tierra, rodeado de burlas, sus alas de gigante le impiden caminar».

Perfecto: iban a ser albatros. Asunto concluido. Se reirían de ellos, como se habían reído del color de la piel de Darío en Chile. Les llamarían degenerados, neurópatas, mongoloides, bohemios, antropófagos, lo que fuera. Serían los auténticos reyes mendigos que había imaginado Darío. La ramplona realidad burguesa no comprendería que, como poetas, eran exiliados: no podían andar a causa de sus alas, porque estaban hechos para remontar el vuelo, no para caminar tan tranquilos, como lo haría un abogado, un médico, un buen burgués cualquiera.

El ornitorrinco romántico había sido una criatura desconcertante, pero más o menos útil, capaz incluso de apuntarse a una revolución o de hacerse diputado. El albatros decide apostar el todo por el todo y se lanza un paso más allá del Romanticismo. Un poeta romántico podía luchar por la libertad de los pueblos oprimidos, como Byron o Espronceda, y hasta podía hacerse diputado si le daba la gana. El poeta modernista, en cambio, será un cero a la izquierda, una criatura de otro universo, un exiliado entre los hombres, incomprendido, objeto de burlas, incapaz para la vida práctica, igual que el albatros en tierra.*

Debió de ser hacia 1840, a bordo del *Alcide*,** cuando Charles Baudelaire vio por primera vez un albatros. La impresión fue duradera. No me sorprende: son las aves marinas de mayor tamaño y sobrecoge contemplarlos sobre cubierta, cojitrancos, desvalidos, por completo inconsolables.

Los albatros siguen durante días a los buques en alta mar; desafían a las tempestades, columpiándose sobre las olas; y cuando se cansan pueden dormir flotando incluso sobre mar arbolada. Solo se acercan a tierra si se aproxima una tormenta, y entonces vuelan a gran altura, como si quisieran verla desde arriba. Son las aves marinas más corpulentas, muy fuertes, pero también cobardes o tal vez con escasa sociabilidad: huyen hasta de las gaviotas. Su pico es grueso y cortante, y termina en un gran garabato; en sus pies falta el pulgar. Su voz es parecida a un rebuzno.

---

* La idea venía rondando la literatura francesa hacía tiempo. Ya en el siglo XVII Antoine-Marin Lemierre escribió su famoso verso:

Même quand l'oiseau marche, on sent qu'il a des ailes.

Como quien dice: «Incluso cuando el pájaro anda, se nota que tiene alas». Charles Loyson respondió en 1819 que:

Même quand l'oiseau vole, on sent qu'il a des pattes.

En otras palabras: «Incluso cuando vuela, se nota que tiene patas».
** Para alejarle de la bohemia, su padrastro había embarcado a Charles Baudelaire, que le hizo al capitán la travesía tan insoportable que, desde la isla Reunión, le facturó de vuelta a París en otro barco, el *Alcide*. Allí escribió su poema sobre el albatros.

Baudelaire tenía razón: un albatros en tierra, con su andar tambaleante y arrastrando las alas, da verdadera risa. Todos los marineros lo sabemos. Llama la atención la diferencia entre la torpeza de sus andares y su majestuosa elegancia en el aire. La envergadura de sus alas es enorme, de más de cuatro metros: solo con extenderlas a favor de viento pueden levantar el vuelo. Sin embargo, tienen serias dificultades para aterrizar y suelen golpearse las alas. Se alimentan de calamares y de los desperdicios de los barcos. El albatros errante *(Diomedea exulans)* puede devorar peces de más de medio metro de longitud.

Los albatros, como los poetas, giran sin pausa alrededor del planeta, apenas tocan tierra, sobrevuelan océanos y duermen sobre las crestas de las olas. Mientras tanto, poco a poco, la acumulación de sus excrementos va creando un tesoro natural de gran valor: el guano.

Desde la más remota antigüedad se ha utilizado el guano como fertilizante. Para los indígenas era objeto de culto religioso. Creían que en las islas había una huaca sagrada que criaba el guano y, antes de ir a buscarlo, le hacían ofrendas.

En el siglo XIX, la fiebre del guano, que provocó guerras,* invasiones y revoluciones, se basaba ya solo en el interés económico de este poderoso abono natural (indispensable entonces para los granjeros del Midwest norteamericano).

Sin embargo, como la misma poesía, el guano fue perdiendo toda relevancia a lo largo del siglo XX.

El Modernismo aprovechó la última oportunidad.

Los modernistas, como los albatros, comprendieron enseguida el valor de sus propios excrementos en alejandrinos. Acababa de comenzar el siglo XX y un poeta ya no tenía nada que ofrecer a la sociedad capitalista avanzada. Freud propuso entonces la equivalencia subconsciente entre el oro y la mierda, lo que les

---

* La llamada «guerra del guano» enfrentó a Perú y Bolivia en 1879. El guano estuvo a punto también de provocar la guerra entre Estados Unidos y Perú. En 1915, sin embargo, el químico alemán Fritz Haber encontró una forma de producir sustancias de alto contenido en nitrógeno, y el abono natural perdió de pronto el protagonismo que hasta entonces había tenido.

recordó de inmediato las intuiciones de los franceses: el «*Merde!*» de Verlaine y el otro rotundo «*Merde!*» que rugió Rimbaud cuando le preguntaron, ya en África, por la poesía.

—Mierda: esa es la clave —se dijeron unos a otros—. El santo y seña.

Un poeta, hacia 1900, ya no podía conformarse con entregar un puñado de versos: tenía que ofrecer sus propias heces fecales, el oro verdadero de su mierda. En otras palabras, tenía que entregar también el producto de su cuerpo, no solo la obra de su cerebro. Tenía que ofrecerse a sí mismo, Rubén Darío lo entendió de inmediato. El poeta tenía que inmolarse a la vista de los lectores y darles, con cada soneto, su sangre y su carne. Había que dejarse descuartizar hasta la última víscera, como hizo Darío, y que los lectores caníbales devoraran sus sesos, su páncreas, su hígado y la carne rosada de sus pulmones.

Por eso el príncipe de los poetas decidió hacerse alcohólico sin remedio ni vuelta atrás.

El alcohol, se dio cuenta Rubén, podía convertirse en un magnífico expediente para lograr un auténtico albatros, incapaz de caminar a causa de sus alas, pero majestuoso en las regiones aéreas.

Algunos lo intentaban mediante la deliberada excentricidad (como Valle-Inclán), otros aspiraban éter o se inyectaban morfina, otros probaban con la mendicidad, la ceguera o esos hospitales de Verlaine (como Sawa).

Rubén (y muchos tras él) optó por el alcohol.

Entre ellos, José Nepomuceno, que ni siquiera pretendía ser poeta.

Son efectos del alcoholismo: pérdidas de memoria, arañas vasculares, tristeza repentina, fallo hepático, ganas de estar muerto, hemorragias, desnutrición, encefalopatía y remordimientos avasalladores. Las reacciones que provoca el consumo intensivo y prolongado van mucho más allá de la resaca, las náuseas y la sensibilidad al ruido. Puede provocar alucinaciones, inconsciencia, evacuaciones involuntarias, distorsión del sentido del tiempo y cambios de carácter, de empleo y de domicilio. A menudo aparecen temblores, episodios epilépticos, convulsiones o una sensación delirante de terror invencible. En un momento u otro, Rubén Darío experimentó todos estos efectos.

José Nepomuceno Belinchón también.

Cuando tenía trece años, su abuelo, el coronel Alberola, le había emborrachado con coñac, entre grandes risotadas, al estilo aragonés.

A los quince era un bebedor compulsivo: desayunaba aguardiente y seguía bebiendo hasta que le vencía el sueño.

El consumo desmesurado de alcohol no es incompatible con el ejercicio de la literatura, por supuesto, como demostró Rubén.

El único problema era que José Nepomuceno solo quería escribir novelas de no menos de trescientas páginas, a las que él denominaba estudios o experimentos sobre la realidad social contemporánea.

Un poema es cosa de poco momento. A Rubén Darío, cuando escribió la «Salutación del optimista», le colgaba un hilillo de saliva de las comisuras de los labios. Escribía y recitaba en voz alta, hipando con estrépito en los acentos rítmicos:

—In... ¡hip...! ínclitas razas ubé... ¡hip!... ¡ubérrimas! Sangre de Hisp... ¡hip, hip...! ¡Hispania, me cago en diez! Fecunda, eso es.

Entre «siéntense sordos ímpetus de las entrañas del mundo» y «la inminencia de algo fatal hoy conmueve la tierra», tuvo que detenerse para vomitar. Volvió a sentarse, se tomó otro coñac, como quien coge aire para bucear un largo de piscina, y llegó hasta el último verso sin levantar la pluma del papel:

—Y así sea esperanza la visión permanente en nosotros... ¡ínclitas! Y otra vez la misma vaina... ¡listo! —Y añadió—: Ahora sí que tengo sed.

Se metió las cuartillas en el bolsillo del pantalón y siguió bebiendo hasta que perdió el conocimiento y cayó desplomado.

Cuando se despertó era de día, estaba descalzo, sin cartera, y se había orinado encima. Rescató las apelotonadas cuartillas, algo borrosas por la humedad, se puso en pie y pronunció:

—Tengo sed. Tengo bastante sed.

Por fortuna, las tabernas estaban comenzando a abrir sus puertas.

Así es la poesía. Una novela, en cambio, es algo muy diferente, difícil de compaginar con la dedicación intensiva al alcohol.

Sobre todo una novela como la que se había propuesto escribir José Nepomuceno: una novela realista naturalista, que exige la paciencia y la lentitud de un paquidermo, en lugar de las enormes alas del albatros.

Belinchón, cada vez que se emborrachaba, dejaba de escribir. En cambio, Rubén, una vez instalado en Madrid, escribía sin dejar de beber coñac Martell tres estrellas o whisky con soda.

Visitaba con asiduidad a Juan Ramón Jiménez, que se escandalizaba de su dipsomanía y ponía mucha atención para no tocarle.

—No puedo darle la mano —confesaba luego el poeta español, que tenía aspecto de nazareno o de hipnotizador—. ¡A saber dónde habrá puesto antes el chorotega esa mano! Habrá tocado mujeres, charcos, dentaduras, vómitos, paredes sucias... ¡Qué sabe uno! ¿Cómo le voy a dar la mano y luego acariciar yo a mi esposa Zenobia? ¿Y si nos contagiamos toda la familia de sífilis o de hemorroides?

—¿Ez que laz almorranaz ze contagian? —le preguntó Valle-Inclán ceceando, nadie sabe si aposta.

—¡Puede ser! De todas formas, para ti el problema se reduce a la mitad... Je, je —respondió el hipnotizador nazareno con su habitual maldad, y añadió, por si acaso—: Como eres manco, con perdón...

Ese mismo año de 1899, Valle-Inclán y el poeta (cursi) Amado Nervo llevaron a Rubén a pasear a la Casa de Campo.

Allí encontraron a una mujer joven que les regaló una rosa roja a cada uno. Era Francisca Sánchez del Pozo, una de las hijas del guarda del parque, Celestino Sánchez.

—Estoy muy enamorado —dijo enseguida Rubén.

—¡No digaz zandezes, indio! —le regañó Valle-Inclán.

—¡Ah! ¡El amor! ¡Oh...! —exclamó el poeta (cursi)—. Niño arquero, clepsidras, nenúfares...

—Nervo, no zea uzté tan gilipollaz.

—¿Qué chunche cosa es gilipollas acá? ¿Una verdura? Suena a hortaliza... —preguntó Darío.

—Es una gravísima ofensa, para que lo sepa —explicó Nervo enfurruñado.

—Tengo sed —gimió Darío—. Tengo mucha sed...

—¡Cráneo privilegiado! —celebró Valle-Inclán.

Y se metieron los tres en un ventorrillo al que acudió luego Mariano de Cavia, en su estado habitual de «marianocaviez», como era entonces costumbre en Madrid llamar a las tajadas de campeonato.

Rubén, con la tenacidad de los bebedores, volvió todas las tardes a la Casa de Campo y acabó presentándose en el domicilio de los Sánchez, en la calle Cadarso. Les contó alguna verdad (que era poeta y diplomático, por ejemplo) y una colección de medias verdades o mentiras evidentes (que iba a divorciarse y a casarse con su hija, por ejemplo). Los Sánchez eran casi quince hermanos y cuando llegó Rubén estaban comiendo patatas o algo semejante, pero en toda la casa solo había cinco sillas.* La mayoría comían de pie o sentados en el suelo, como si fueran animales de corral.

—Yo le juro, don Celestino, que me voy a divorciar. Muy deprisa, ya verá. Mi matrimonio fue forzado... —iba diciendo el príncipe de los poetas.

—Claro, claro. El señor diplomático y poeta se va a divorciar y se va a casar con mi Paca y a hacerla una señora —se burló Celestino—. ¡Corriente! Si es lo más natural...

—Don Celestino, yo le juro...

—Hijo, no hace falta —terció Juana, la sensata madre—. De verdad que no es necesario. Haced lo que mejor os parezca, hijos.

Lo que les pareció más oportuno fue instalarse en un piso alquilado de la calle marqués de Santa Ana.

---

* Es probable que Rubén Darío se acordara del cuadro de Vincent Van Gogh, *Los comedores de patatas*, de 1885. Sin embargo, en la pintura de Van Gogh están todos sentados, salvo una niña.

Paca tenía veintitrés años y era analfabeta. El príncipe de los poetas y la mujer que no sabía leer permanecieron juntos hasta el final, a pesar del *delírium tremens* y de la incurable afición de Darío a las putas y a los líos de faldas.

Al año siguiente nació su primera hija, Carmen. Murió de viruela; Rubén no llegó a conocerla. En 1903 le nombraron cónsul en París y nació su hijo Rubén Darío Sánchez: Phocás,* el campesino, como le llamó su padre:

> Phocás, el campesino, hijo mío que tienes,
> en apenas escasos meses de vida, tantos
> dolores en tus ojos que esperan tantos llantos
> por el fatal pensar que revelan tus sienes...
>
> Tarda en venir a este dolor adonde vienes,
> a este mundo terrible en duelos y en espantos;
> duerme bajo los Ángeles, sueña bajo los santos,
> que ya tendrás la Vida para que te envenenes...
>
> Sueña, hijo mío, todavía, y cuando crezcas,
> perdóname el fatal don de darte la vida,
> que yo hubiera querido de azul y rosas frescas;
>
> pues tú eres la crisálida de mi alma entristecida,
> y te he de ver en medio del triunfo que merezcas
> renovando el fulgor de mi psique abolida.

Phocás murió en Navalsauz, el pueblo de los Sánchez. Tenía dos años.

En 1905 publica Rubén los *Cantos de vida y esperanza*, su obra maestra.

---

* Phocás (o Focas, el jardinero) fue un mártir cristiano. Vinieron a buscarle, aunque al parecer le habían confundido con otro del mismo nombre (por raro que parezca llamándose así). Recibió a sus verdugos y les dio hospedaje y, durante la noche, cavó su propia tumba. Por la mañana aclaró la confusión, pero pidió que, de todas formas, le mataran. Fue decapitado y le enterraron en la sepultura que él mismo había cavado en su jardín. Se le invoca contra las mordeduras de serpiente.

Era el último y deslumbrante fulgor de su psique abolida por el alcohol, el canto de uno de esos cisnes que tan a menudo sacaba en sus poemas.

Ese verano recibió en San Esteban de Pravia, en Asturias, una carta de Antonio Machado, a quien el libro le había producido una fuerte impresión.

José Nepomuceno Belinchón leyó la carta, arrugada sobre la mesa en la que se había desmayado Darío.

A partir de 1905, la caída de Darío se acelera. Al fulgor del relámpago sigue la oscuridad de la tormenta. Tiene arrepentimientos casi cómicos, se viste de cartujo, se da golpes de pecho, abjura de toda tentación... y sufre recaídas inmediatas y prolongadas. Su salud empeora sin cesar. Está en la ruina, a pesar de sus nombramientos diplomáticos. Ha tenido otro hijo con Paca, otro Rubén Darío Sánchez, al que apoda Güicho.

Paca, su «lazarillo de Dios», sigue a su lado, le acompaña en un camino que los dos saben muy bien adónde conduce. En 1914, antes de zarpar en su último viaje, el príncipe de los poetas escribió, para su amante que no sabía leer, un poema estremecedor que termina así (con la acentuación más coloquial en el pronombre):

> Hacia la fuente de noche y de olvido,
> ¡Francisca Sánchez, acompañamé...!

Europa estaba en guerra y Rubén no tenía un duro. Desesperado, había decidido emprender una gira pacifista para recaudar fondos.

—No vayas, Tatay, te engañarán —le suplicó Paca.

—No, m'hijita, a mí nadie me engaña. ¿Usted creyó que yo soy guanaco? ¡Ojo billar! Voy, tomo los riales y vuelvo.

—No vayas, Tatay, por favor, no vayas.

—Pásame esa chunche botella, mami, tengo sed.

—¿Vas a beber más?

—¿Piensas que estoy picado? ¡Epa! No se confunda usted, señora Paca.

—Quédate aquí, por favor.

Rubén ya no la escuchaba. Con visible esfuerzo, había conseguido levantarse para alcanzar él mismo la botella. Tenía mucha sed.

En el puerto de Barcelona, cuando deciden embarcar a Rubén, ya llevaba varios días completamente borracho y bebiendo. La última noche la pasaron Güicho y Paca con él en su camarote. Rubén bebía; Paca y Güicho lloraban. Llevaba poco equipaje: un crucifijo de marfil que le había regalado Amado Nervo, un libro, su reloj Ingersoll, fotos de niños muertos y el recuerdo de un buey que vio en su infancia, en Nicaragua.

La mañana del 25 de octubre de 1914 zarpó el *Vicente López* de Barcelona. Rubén estaba tan borracho que no pudo salir a cubierta a despedirse de Paca y de su hijo.

Nunca más volvió a verlos.

En Nueva York consiguió por fin ponerse seriamente enfermo y le hospitalizaron. Cuando le dieron de alta se encontró en la calle, solo y de nuevo sin un céntimo. Sobrevivió gracias a la ayuda de un mendigo y poeta colombiano, Juan Arana Torrol,* que pedía para él por las calles heladas de Manhattan.

Consigue regresar a Nicaragua. Sabe que va a morir en el suelo en que nació. Tiene fiebre, delirios y dolores intensos. Sueña que se reparten trozos de su cadáver. Llama a voces a Paca: «Francisca Sánchez, ¡acompañamé!», grita. El aliento de un buey, allá lejos, llega hasta él y le empaña el corazón y le humedece los ojos:

---

* Nació en Lima, de padres colombianos. Mató a un rival amoroso en un desafío y fue encarcelado. Huyó y se largó a correr mundo. En Colombia vendió ungüentos mágicos y crecepelos y dio conferencias sobre «el peligro amarillo». Se hacía pasar por un «enviado celestial» y comercializaba su pomada Lolita, fabricada, según afirmaba, con el sudor de los ángeles. En Nueva York auxilió a Rubén, quien le llamó en un poema «lo único que me queda en el mundo». Ante la policía del puerto, al entrar en Estados Unidos, se declaró «explorador y aventurero». Le preguntaron si sabía leer y escribir, y respondió que sabía escribir, pero no leer. «Escriba lo que sepa en esta pizarra», le pidieron. Escribió unos garabatos. «¿Qué pone ahí?», le preguntaron. «¿Cómo quieren que lo sepa, no les acabo de decir que no sé leer?» Le recluyeron en un manicomio, del que salió para mendigar por las calles. Escribió 9.999 sonetos, 68 poemas épicos, 1.700 calambures y 31 odas a la naturaleza. Al final de su vida se retiró a Barranquilla.

Buey que vi en mi niñez echando vaho un día,
bajo el nicaragüense sol de encendidos oros.

En Nicaragua, a pesar de todo, Rubén Darío es una figura nacional. Ante la inminente herencia, reaparece su mujer legítima, Rosario Murillo, la garza morena, acompañada de su inevitable hermano Andrés, el muy querido cuñado.

El doctor Debayle intenta en vano restablecer su salud: no hay nada que hacer, solo consigue prolongar un sufrimiento inútil.

Mientras tanto, en España, Francisca y Güicho se encuentran en la miseria. Cambian de casa porque ya no pueden pagar el alquiler. Paca trabaja en una fábrica de uniformes militares. Güicho llora de hambre.

Andrés Murillo llega a un acuerdo para vender el cerebro del poeta a un museo argentino. Pide que le adelanten algo de dinero.

Rubén Darío agoniza. Tiene los dedos engarabitados en el crucifijo de marfil de Amado Nervo.

—Siento en el bajo vientre como una placa de fuego —afirma antes de caer en la inconsciencia.

Una vez muerto y desventrado, sin órganos internos, embalsamaron el cadáver y le vistieron de levita y guantes negros. Un pelotón de policías vestidos de gala custodió la capilla ardiente, que luego se trasladó al Palacio Municipal. Se le rindieron honras fúnebres de presidente de República. El féretro fue llevado a hombros por quince hombres y un grupo de jóvenes nicaragüenses se vistieron de canéforas para acompañar al cortejo.

El albatros exiliado en tierra había levantado el vuelo.

Cuando José Nepomuceno Belinchón conoció la noticia, en Madrid, lloró inmóvil, sin llevarse las manos a la cara, sin restañarse las lágrimas, sin decir una sola palabra.

Luego se levantó de pronto y dijo:

—Tengo sed.

El científico social

En 1905, antes de la caída definitiva de Darío, José Nepomuceno tenía veinticuatro años y se encontraba en España.

Había venido para encargarse de los asuntos relativos a la herencia de su abuela paterna, doña Esperanza Navascués.

A las dos semanas tomó la decisión de quedarse y consagrar su vida a la Literatura.

Vino ligero de equipaje: las novelas de Zola, un reloj de oro Longines que había sido de su padre y que estaba parado a las siete y media en punto, una caja cerrada y una calavera humana que le había regalado su abuelo, el coronel Alberola. Al parecer la había encontrado, descarnada, en un vertedero de la Ciénaga de Zapata.

La caja cerrada, para la que no tenía la llave, también había pertenecido a su padre.

No se decidía a forzar la cerradura, quizá por respeto, quizá por desinterés.

La calavera la había puesto sobre su mesa de trabajo, como si fuera un médico, y tal se consideraba: un científico social.

Ese verano fue a visitar a un amigo a Asturias, cerca del río Nalón.

Una noche, de madrugada, en el único chigre que seguía abierto, vio a un individuo con la cabeza desplomada sobre la mesa, durmiendo una borrachera. No se le veía la cara. Belinchón se acodó en la barra y pidió coñac. Sacó su libreta.

«Estoy capturando impresiones. ¡Me documento como Zola!», se dijo a sí mismo.

Al segundo coñac, oyó una voz lastimera a sus espaldas:

—Tengo sed... Tengo mucha sed...

El borracho acababa de despertarse y Belinchón le reconoció en el acto: era el príncipe de los poetas, Rubén Darío.

—No beba más, señor poeta —repitió José Nepomuceno, más de quince años después.

Sin embargo, sonrió y le acercó su propia copa de coñac, que Darío vació de un trago.

—Machete caído, indio muerto —observó Darío—. Tengo más sed.

El poeta pidió una botella de Martell.

Belinchón se presentó, le contó que le había sujetado la cabeza en La Habana, en el patio de la casa de la calle Trocadero 162, junto a la ceiba. También le habló de su madre, Griselda, y de Julián del Casal y María Cay, la cubano-japonesa.

Por un acto de cerebración casi inverosímil en su ebriedad, Rubén recordó a Belinchón:

—¡Piojo querido! ¡Epa, si es el piojín de la niña Griselda! —saludó—. Tu madre era muy bella, piojo. Un cañón de hembra.

—Ahora vive en Zaragoza. Mi abuelo murió macheteado por tagalos salvajes.

—¿La muerte? —se asustó Darío—. No me hable de la muerte, piojo. Tengo mucha sed.

Bebieron.

José Nepomuceno le contó a Darío que el día que le conoció en La Habana tuvo una pesadilla.

—Soñé que esa mujer negra llevaba tu cabeza cortada en la bandeja de plata.

Darío se quedó pensativo... ¡Había soñado tantas veces que se repartían tasajos de su cadáver! El valioso guano del albatros, el sacrificio inevitable, la comunión caníbal..., algo así debió de pensar el poeta.

Después le contó a Belinchón su primera pesadilla, que se repetía desde su niñez.

—Vi una figura blanquecina, como la de un cuerpo humano envuelto en lienzos, que avanzaba hacia mí. Aunque no andaba, iba acercándose. Aquello no tenía cara y era, sin embargo, un cuerpo humano. Aquello no tenía brazos y yo sentía que me iba a estrechar. Aquello no tenía pies y ya estaba cerca de mí. Lo más espantoso es que sentí inmediatamente el tremendo olor de la cadaverina, cuando me tocó algo como un brazo, que causaba en mí algo semejante a una conmoción eléctrica. De súbito, para defenderme, mordí «aquello» y sentí exactamente como si hubiera clavado mis dientes en un cirio de cera oleosa. Desperté con sudores de angustia.*

—Tranquilo, poeta, ya pasó todo.

Tantos años después, solo con recordar su primera pesadilla infantil, Rubén volvía a temblar, a palidecer y a mirar sus propias manos con asombro.

Recordó que tenía sed.

Cuando se puso de pie, Belinchón comprobó que el príncipe de los poetas tenía el abdomen muy inflamado.

Pasaron cinco días juntos en San Esteban de Pravia. Rubén había venido con Paca Sánchez y ya llevaba una semana escandalizando a los vecinos. Por la noche, Paca y él se bañaban desnudos en la playa de Los Quebrantos, Rubén se cogía vociferantes borracheras (y subía etílico perdido a recitar poemas obscenos en el mirador de Monteagudo) y hasta les regalaba dinero a los niños, algo que en el pueblo fue considerado como la señal alarmante y definitiva de locura. Bebía a todas horas whisky y coñac Martell tres estrellas, aunque a veces se recetaba su propio método, al que llamaba «Gambrinus Limited», es decir, un día (si es que aguantaba un día entero) a base exclusivamente de cerveza.

Cuando José Nepomuceno regresó a Madrid, a la casa familiar de la calle Pontejos, comenzó su gran proyecto novelesco.

Sobre la mesa camilla hereditaria instaló sus cuadernos de notas, a los que él llamaba *cahiers*, y en los que tenía «capturadas impresiones del natural», recado de escribir y la calavera anónima que le acompañaba desde el otro extremo del mundo.

Se había propuesto escribir el gran estudio novelístico en español, el mayor experimento literario del siglo, a imitación de Zola.

---

* Así la relata Rubén en su *La vida de Rubén Darío escrita por él mismo*.

Otras pláticas de familia

En 1868, mientras estallaba la revolución en España, Émile Zola había iniciado una empresa visionaria. Se propuso contar la «historia natural y social de una familia en la monarquía borbónica». Era su «experimento» y acababa de inventar el Naturalismo, la desembocadura del realismo.

—¿Por qué lo llama experimento? —se preguntaba hacia 1880 el grupo de escritores realistas en el Palmeras de la calle Ancha de San Bernardo.

—¿Experimento? Menuda pamplina —se quejó Juanito Valera—. ¿Es que acaso el señor Zola coge a un albañil por la calle, lo emborracha con aguardiente, lo sube a un andamio y luego espera con un cuadernito en la mano a ver qué pasa? ¡Miau! ¡Ni hablar del peluquín, caballeros! El señor Zola hace lo que hacemos los demás, ¡se lo inventa todo! ¡Qué experimento ni qué ocho cuartos!

—Y toda esa monserga de la observación realista... ¡Por favor, si eso ya estaba en el *Lazarillo!* —afirmó la hipopótama Pardo Bazán—. El señor Zola no es más que un vendedor de burros averiados.

Estaban furiosos. El éxito escandaloso de *L'Assommoir* (La taberna), en 1877, fue el inicio de la invasión de España por las tropas de Émile Zola. A partir de ese momento comienza a atravesar la frontera un sombrío ejército de tarados genéticos, alcohólicos hereditarios, obreros lisiados, mineros huelguistas, mendigos terminales, proxenetas sin escrúpulos, asesinos lombrosianos, e incluso socialistas internacionalistas, ¡lo que les faltaba a Valera, Pereda o Alarcón!

A la cabeza de esta infame turba avanzaba una legendaria y letal prostituta, Naná, armada de *«son sexe assez fort pour détruire ce monde»*.

Naná, en lugar de sacrificarse para salvar a la familia burguesa, como Margarita Gautier, la Dama de las Camelias, ataca y denuncia: es la sociedad la que está mal organizada.

Por eso estaban tan furiosos. El Naturalismo de Zola era una visión revolucionaria de la literatura: ponía la novela al servicio de la transformación social.

El llamado experimento de Zola fijaba unas condiciones de partida: una determinada herencia genética y la influencia de un medio social específico, y luego especulaba sobre los resultados de la interacción entre ambos. En su gran proyecto pretendía recorrer todos los estratos sociales y todo el país a lo largo de un siglo. «La herencia tiene sus leyes, como la gravedad», decía, y lo mismo pensaba de la influencia del medio. Los Rougon-Macquart fue su intento «de encontrar y seguir, resolviendo el problema de los temperamentos y los medios, el hilo que conduce matemáticamente de un hombre a otro hombre».

Ese era el experimento.

Como casi todo el siglo XIX (y el XX), Zola estaba fascinado por el modelo de las ciencias naturales. Ahí era donde aparecía el estudio. Para él, la literatura era una parte de la sociología. Pretendía elaborar un informe científico-novelesco que dejara al descubierto las insuficiencias, las injusticias, los abusos de la estructura social.

La solución, por supuesto, ya no era tarea de los novelistas, sino de los políticos, reformadores sociales, revolucionarios o regicidas y magnicidas en general.

Esta vertiente revolucionaria, esta concepción de la literatura como herramienta para lograr la transformación de la sociedad, era lo que en realidad asustaba a los pacíficos caballeros realistas del Pespunte, que preferirían, como Benito Pérez Galdós, nadar y guardar la ropa.

Para hacer una trenza se necesitan tres mechones de cabello, y para tejer su historia comienza Zola por tres cabos: Adélaide Fouquet, que muere en el manicomio a los ciento sesenta y cinco años, el pacífico jardinero Rougon y el delincuente alcohólico Macquart.

Los miembros de esta pintoresca y a la vez representativa familia se irán turnando para protagonizar distintas novelas, cada una situada en un medio social diferente: una mina, una taberna, una tienda, un juzgado, un ministerio.

Para cada una de ellas, el señor Zola se documentaba hasta la extenuación. Llenaba *cahiers* y *cahiers* de apretada caligrafía, apuntando expresiones propias de cada oficio, prendas de ropa, instrucciones de uso, dimensiones de artefactos o número de piezas de los motores. Cronometraba la duración de los crepúsculos y la de los aguaceros, levantaba planos de los inmuebles, consultaba a agrimensores, medía el cráneo de los modelos que tomaba para sus personajes y así iba acumulando *cahiers* y más *cahiers* con los detalles exactos, tomados del natural.

Luego realizaba una detallada planificación del argumento, de las escenas, de los lugares en los que sucederían.

Y al final solo le quedaba lo más sencillo: pasarlo a limpio. Iba, se ponía y escribía la novela correspondiente.

Así hasta veinte novelas.

En 1903, tras un largo veraneo en el campo, el matrimonio regresó a su domicilio de la Rue de Bruxelles. La casa estaba helada y un criado encendió la estufa de carbón. Zola, con su correspondiente madame Zola, se retiró a dormir hacia las diez de la noche. A la mañana siguiente los encontraron unos albañiles que iban a trabajar en la casa. Zola había muerto asfixiado por el humo. Tenía las piernas aún en la cama, pero la parte superior del cuerpo ya estaba fuera: los brazos y los hombros se apoyaban en la alfombra.

Hasta hoy mismo, siempre ha existido la sospecha de que se tratara de un asesinato. Se asegura que un tal Henri Buronfosse, deshollinador de profesión y militante de una organización nacionalista y antisemita, taponó la chimenea de la casa de los Zola, movido por el odio que le tenía por haber destapado el «*affaire* Dreyfus».*

Los médicos consiguieron reanimar a madame Zola, pero nada pudieron hacer por el padre del Naturalismo.

En el Pespunte, entre las risas de la concurrencia, la condesa de Pardo Bazán comentó: «La muerte de Zola ha sido bien insí-

---

* Alfred Dreyfus era un militar judío al que se acusó en falso. Zola denunció el antisemitismo del proceso en su famoso panfleto *J'Accuse*.

pida. ¡Mire usted que calentarse con carbón mineral, la cosa más dañina...! Y eso un escritor que era todo un abogado del progreso, de la higiene... ¡un naturalista!».*

Quizá doña Emilia se la tenía guardada porque Zola, unos años antes, le había dicho a Soriano, periodista de *La Época:* «Lo que no puedo ocultar es mi extrañeza de que la señora Pardo Bazán sea católica, ferviente militante, y a la vez naturalista; y me lo explico solo por lo que oigo decir de que el Naturalismo de esa señora es puramente formal, artístico y literario».

El Naturalismo de José Nepomuceno Belinchón, en cambio, era todo un proyecto vital. Quería convertirse en el Zola hispano-cubano. Por eso llenaba *cahiers* y *cahiers*, capturaba impresiones, se documentaba, dibujaba mapas. Tenía pendientes no menos de veinte novelas: un *Vientre de Madrid*, con su mercado de abastos; una *Taberna*, con sus alcohólicos acodados en la barra; una *Nana*, con su prostituta letal e irresistible, decidida a destruir el universo con la espiroqueta pálida entre sus muslos.

Dadas sus aficiones recreativas, decidió empezar por la versión en español de *L'Assommoir*.

Era lo que mejor conocía.

El amor improvisado

Cuando Rubén llegó a Madrid, José Nepomuceno le encontraba con asiduidad en la taberna de Rivas, en la calle de la Palma.

Era un establecimiento oscuro y acogedor, con barra de cinc y azulejos valencianos. En la mesa del fondo solía sentarse Darío, en visible estado de «marianocaviez» por temprano que fuera y a menudo acompañado de sus admiradores: Valle-Inclán, Manuel Machado, Salvador Rueda o Alejandro Sawa, ciego y mendigo. En otras palabras: la plana mayor del modernismo español.

---

* Así escribió Emilia Pardo Bazán en una carta que dirigió a su amiga Blanca de los Ríos.

Rivas, el tabernero, era un viudo obstinado que atendía la barra hasta que el anís le vencía. Entonces, con movimientos de cetáceo, se iba al almacén, donde se desplomaba como un saco de patatas para dormir la cotidiana melopea. El relevo lo tomaba Margarita, su hija menor, que debía de tener casi veinte años y presumía de pie bonito, de caderas anchas y de su velocidad echándoles las cuentas de cabeza a los parroquianos.

Ese día, Belinchón encontró a Darío, como de costumbre, en la mesa del fondo, emborronando cuartillas.

Para no interrumpir el comercio del poeta con sus musas, José Nepomuceno se acodó en la barra.

Al poco rato, se oyó la voz cantarina de Rubén:

—¡Marga, m'hija, otro vasito de coñac! —pidió el príncipe de los poetas—. ¡Ande y échele chicha al cumbo!

Satisfecha de la oportunidad de poder lucir las botas, Marga salió de detrás del mostrador taconeando y se secó las manos en el delantal, frotando las palmas contra las caderas y los muslos.

—Se debe una peseta, don Rubencito —calculó al instante.

—Ya no esté arrecha, mi linda. Cobre no más. —Rubén le entregó el dinero—. Acerca la cabeza, princesa.

La chica se inclinó hacia delante y apoyó las manos en la mesa del poeta, a la vez que proyectaba el culo en pompa hacia el resto de los clientes. Darío comenzó a recitar:

> Margarita, está linda la mar;
> y el viento
> lleva esencia sutil de azahar;
> yo siento
> en el alma una alondra cantar:
> tu acento.
> Margarita, te voy a contar
> un cuento.

—¡Si seré tonta! Mire, don Rubencito, mire: toda la carne se me ha puesto de gallina. —Se acariciaba el vello rubio de los brazos—. Cuento es lo que a usted le sobra.

—Margarita, hágame usted un favor —susurró Rubén con voz empañada y ojos de fauno que acabara de despertar de la siesta—, se lo suplico, déjeme rozar con la yema del dedo la curva de una de sus nalgas.

—Son tres, don Rubencito. Tres reales, ya lo sabe.

—¡Ah, mi *belle dame sans merci!* Tengo sed, majestad.

Irrumpió entonces dando un portazo, con ademán furioso y un bastón en la única mano que le quedaba, un individuo alto y con unas barbas que no parecían tener otro objeto que el de provocar la hilaridad de los niños.

—Marqués, gusto de verlo —saludó Darío.

—¡Cráneo privilegiado!

—Aquí me halla, marqués, en coloquios de amor con esta... ¿virgen?

—¡Zemejante cochina! A mí ni te azerquez, Margarita —bramó Valle—. Tú tienez el mal zagrado: me dejaríaz ziego, como al pobre Zawa.

—Respetando, señor, respetando, que una es muy limpia —protestó Margarita.

—¿Un mal sagrado? ¿No lo son todos? Será epiléptica como Alejandro, como Julio César, no sé si como Roosevelt... Da igual, bebamos. Tengo sed.

—Trae una botella de coñac, mezonera —ordenó Valle con aspereza.

—Pues será una peseta, don Ramón.

—¡Garganta avarienta!

—Sosiego, marqués. Déjeme presentarle a un amigo de ultramar, José Nepomuceno Belinchón. Belinchón. Piojillo, acércate y tendrás el honor de saludar a don Ramón María del Valle-Inclán, el marqués de Bradomín.

—¡Zin abrazoz! —exigió Valle—. Zolo pozeo una mano para eztrechar la zuya. ¿De laz tierraz calientez, caballerete?

—Habanero de Cuba, señor marqués, para servirle.

Sin prestar atención a nada más, en apenas veinte minutos, Valle contó que había liquidado él solo a veinticinco mambises en la manigua feroz, que había matado cocodrilos a mordiscos y que luego había ido a nado desde la isla hasta la Florida. Aseguró que había sido secuestrado por indios, torturado, asaeteado, que había escapado gracias a su astucia y había llegado a México a pie, como era su objetivo, por ser un país cuyo nombre se escribe con equis. Allí, según dijo, no hizo más que acumular fortuna, cabalgar y copular con una criolla demoniaca, incestuosa y asesina. La primera noche, presumió, consumó con ella «cinco copiosos sacrificios en el altar de Venus».

—¡Zinco zeguidos! —insistió.

Como nadie dijo nada, añadió que había navegado al mando de un barco pirata, que había naufragado cerca del cabo de Hornos y que había tenido que comer carne humana.

—Loz pulmonez zon un bocado ezquizito, caballeroz.

Lo decía en tono desafiante, como si estuviera deseando que alguien pusiera en duda sus palabras para arremeter.

Belinchón no se atrevía a abrir la boca y los demás ya debían de conocerle, porque nadie dijo ni oxte ni moxte, de manera que Valle logró tranquilizarse y permaneció callado durante unos segundos.

Se oían los ronquidos anisados y feroces de Rivas, los tragos constantes de Darío y el trajín de Marga tras la barra, fregando los vasos.

Transcurridos veinte segundos, Valle no pudo aguantar más:

—¿Entoncez ez uztez poeta, joven tropical?

—Señor marqués, en absoluto. Soy novelista naturalista.

Valle dio un repentino bastonazo sobre la mesa.

Rivas se despertó, desorientado; Margarita rompió un vaso que se le resbaló entre los dedos; Rubén se atragantó con el coñac.

—¡Por los clavos de Cristo! ¡Cómo se atreve! Usted es un sinvergüenza. —Valle había perdido todo rastro de ceceo.

Volvió a dormirse Rivas, pasó la escoba Margarita y terció Rubén:

—Marqués, no le martirice.

—El realismo naturalismo es una sandez supersónica, además de una cochinada, algo bajo y rahez. ¿La realidad? ¡Nos importa un comino la realidad! ¡Nos ciscamos en la realidad! ¡Nosotros abominamos de la realidad! La única realidad es la que crea la palabra, el ritmo, la belleza de la prosa. ¿O es que quiere usted escribir como don Benito el Garbancero, sobre las cosas que conoce todo quisque y con los mismos adjetivos que utilizaría un arriero?

—Con su permiso, sí. Eso es lo que me propongo, llevar a cabo un gran estudio de la sociedad española, un experimento novelístico.

—Mire, joven, la realidad no da tanto de sí. Hay que deformarla. Hay que abusar de ella. A mí solo me interesa la realidad tal y como se refleja en los espejos del callejón del Gato: ¡el esperpento!

Así estuvieron, regañando unos con otros, hasta que vieron el fondo de la última botella.

—Se deben siete pesetas —anunció Margarita.

—¿Cómo te atrevez, cantinera? —se insolentó Valle, que ahora había vuelto a cecear—. Ez el príncipe de los poetaz..., ¡le debéiz cuanto ha ezcrito!

Darío tenía la voz pastosa y los ojos estrábicos, pero recitó con brío:

> Ella es la más gallarda de las emperatrices;
> princesa de los gérmenes, reina de las matrices,
> señora de las savias y de las atracciones,
> señora de los besos y de los corazones.

Al final pagó Belinchón y salieron los tres a la calle. Valle afirmó que, si no hubiera gravedad, se tirarían a las estrellas.

—¡Nos arrojaríamos de cabeza hacia las constelaciones! —se entusiasmó Belinchón.

—Pues yo también me tiraría a la mesera —admitió Rubén.

José Nepomuceno le miró en silencio, con ojos soñadores.

EJERCICIOS PRÁCTICOS

1. Escríbase en lenguaje llano lo que dicen los cuadrúpedos del «Coloquio de los centauros», de Rubén Darío. Elija el punto de vista más próximo a sus convicciones personales.
2. La expresión «prosa poética», ¿es pleonasmo o es oxímoron? Razone su respuesta y proporcione ejemplos.
3. Comente la siguiente noticia aparecida en el periódico: «El 12 de agosto de 1961, en ocasión de una exposición en la galería Pescetto de Albisola Marina, Piero Manzoni presentó por primera vez en público las cajitas de "Merda d'artista" ("contenido neto 30 gramos, conservada al natural, producida y enlatada en el mes de mayo de 1961"). El precio establecido por el artista por las noventa cajitas (rigurosamente numeradas) correspondía al valor corriente del oro».
4. Coméntese el siguiente poema (de *Castalia bárbara*) del poeta boliviano Ricardo Jaimes Freyre:

> Peregrina paloma imaginaria
> que enardeces los últimos amores;
> alma de luz, de música y de flores
> peregrina paloma imaginaria.
>
> Vuela sobre la roca solitaria
> que baña el mar glacial de los dolores;
> haya, a tu paso, un haz de resplandores
> sobre la adusta roca solitaria...

> Vuela sobre la roca solitaria,
> peregrina paloma, ala de nieve
> como divina hostia, ala tan leve
>
> como un copo de nieve; ala divina,
> copo de nieve, lirio, hostia, neblina,
> peregrina paloma imaginaria...

Señálense en la composición las características esenciales del Modernismo literario. Obsérvese el encadenamiento musical de repeticiones y la libre (o imprevista) asociación de imágenes. Destáquese la capacidad de sugerencia y medítese sobre el algoritmo de composición, en el que es el propio lenguaje el que suscita los conceptos: ya no se trata de tener una idea y escribirla, sino más bien de todo lo contrario: escribir para tener ideas, de forma que es la palabra la que nos piensa.

5. Recorra el camino que lleva de Baudelaire, Verlaine o Rimbaud hasta Darío; y de éste a las vanguardias poéticas del siglo XX. Explíquese qué ha tenido que cambiar para que los poetas salgan por la televisión y reciban premios Cervantes. Decídase quién ha jugado mejor sus cartas: ¿el sistema capitalista o los poetas?

PARA SABER MÁS

Olvídese lo leído de Rubén Darío en el caso de que tenga que ver con princesas, cisnes o crisálidas. Léase *Cantos de vida y esperanza* y, a continuación, sumérjase el caníbal al azar en la obra del nicaragüense.

Léanse, no demasiado en serio, las *Sonatas* de Valle-Inclán. Luego léase, con total seriedad, su teatro.

Léase la poesía de Manuel Machado. Memorícense algunos de sus versos para garantizar la diversión y sorpresa en bodas, banquetes y comuniones: «Y ya no bebo / lo que han dicho que bebía», «me acuso de no amar sino muy vagamente / una porción de cosas que encantan a la gente» o «antes que un tal poeta mi deseo primero / hubiera sido ser un buen banderillero».

Vuelva a leer la poesía de Antonio Machado, pero no la memorice, recuérdela o vuelva a pasarla por el corazón *(re-cordis* no significa otra cosa).

Léase la obra de Juan Ramón Jiménez (evitando en todo caso el contacto con el infecto *Platero y yo).*

Puede consultarse la *Antología crítica de la poesía modernista hispanoamericana,* de José Olivio Jiménez, donde quizá espera al caníbal algún descubrimiento (Hiperión, Madrid, 1989, 2.ª edición revisada). Los versos de Leopoldo Lugones, el suicida que escribía a su amada cartas mojando la pluma en su propio semen, sorprenderán al verdadero antropófago.

Tema 4
La estrategia de las termitas

La literatura no es más que muerte.

MIGUEL DE UNAMUNO

El hombre que no quiso ser Pepe Martínez

Se acerca ya el siglo XX, problemático y febril, y los últimos paquidermos realistas, Pérez Galdós & Cía., Ltd., disfrutan de una venerable ancianidad y de su consagración en la Historia de la Literatura.

En esos mismos momentos, en una provincia litoral, hay un tipo gris y apocado que contempla el éxito del grupo.

No puede más, el resentimiento le está devorando. Oye hablar de ellos y se le revuelven las tripas. Sufre en silencio. Cree que va a reventar. Disimula lo que puede, pero se reconcome tanto que a veces tiene manifestaciones cutáneas muy llamativas: diviesos, eritemas, sarpullidos. Se muerde la lengua y sigue haciendo anotaciones en su interminable cuenta acreedora: ¡se le deben tantísimas cosas...! Cada nueva condecoración impuesta a don Marcelino Menéndez y Pelayo es un agravio dirigido contra él. En particular contra él, sí; y aposta. Se lo toma como una cuestión personal, sí, ¿qué pasa? Los dichosos banquetes-homenaje le modifican el pH: se indispone, se le corta la digestión de sus acelgas rehogadas, le sube la fiebre y le dan violentos escalofríos. ¡Y todavía pretenden darle el Nobel a don Benito el Garbancero! ¡Lo que faltaba! Ya no soporta siquiera que se anteponga el don al nombre aborrecido de Juanito Valera, «el creador inmortal de *Pepita Jiménez*», cuando él todavía tiene que aguantar que le sigan llamando Pepe o incluso Pepito y hasta Pepet. Las grandes polémicas literarias, cuestiones palpitantes y temas de nuestro tiempo no es que se la traigan floja, es que le provocan bostezos, cuando no auténticas arcadas. Va con frecuencia a Madrid, a la conquista de la Puerta del Sol, pasea bajo las cornisas, desencajado, embozado en un gabán, y por las noches araña las puertas de la Academia, igual que los enterrados en vida clavan las uñas en la tapa del ataúd. El acreedor aumentativo suma y sigue: ¡los amoríos de Galdós, esa es otra! Un color se le va y otro se le viene. Suda copiosamente al saber que don Benito se acuesta con una norteamericana y tirita cuando se corre la voz de que se ha tirado a S.M. la reina. ¡Una reina de verdad! ¡Una auténtica norteamericana! ¡Una pasiega analfabeta! Se imagina cosas, posturas escandalosas, requetecoitos, felatomanías y acrobacias copulativas. Tiene oído que esas *yankees* intercambian coitos recreativos sin más, como quien oye llover o como si practicaran un *sport*. Al parecer lo llaman *flirt*. Juanito Valera, el diplomático, ídem de lienzo, en pleno Washington, en Río de Janeiro y en la propia Rusia. Al pazguato se le encienden las orejas como fósforos, del color de los pimientos de la huerta. ¿Cómo rayos lo han hecho, estos tipos que al fin y al cabo también eran de provincias? ¿Cómo ha sido posible que este hatajo de paletos ocupe todos los sillones de la Academia? Y sobre todo, ¿por qué no yo? ¿Eh? ¿Por qué yo no?

El resentido alicantino estudia y analiza. En realidad, vienen también de oscuros lugares, auténticas aldeas perdidas o inclusive islas en pleno Atlántico, sitios más bien africanos, pero han sabido merendarse la capital y hoy día ya no hay quien les tosa.

Al menos ojalá que les haya traspasado una espiroqueta pálida alguna de esas chulaponas que sacan siempre en sus novelas. Eso le serviría a él de consuelo. Y a ellos, de escarmiento. Entonces sí que se iban a enterar.

Así no va a ninguna parte, pero es que él, francamente, ya no puede más. Se ha vuelto anarquista, quiere que explote todo. ¡Boooooom! Acaricia la idea de cambiar la pluma por la dinamita: «A que voy y troco», se dice, «la péndola por pólvora, la tinta por el fulminante, las resmas de papel por piezas artilleras».

Un buen día la desesperación le empuja a dejarse crecer el

bigote como si lanzara un ultimátum al universo. Se siente a punto de volverse loco: adquiere un paraguas amarillo para dar palos de ciego a diestro y siniestro.

Hay que hacer algo, lo que sea, pero ya. Súbito. Raudo. Pronto.

Busca a dos amigos y forman lo que él mismo llama «el grupo de los Tres», con sus colegas Pío Baroja y Ramiro de Maeztu, otros dos cenizos. Publican un manifiesto. Hacen revistas. Pronuncian acalorados discursos en poblaciones de menos de dos mil habitantes.

Ni caso, claro.

Así no iban a ninguna parte.

El tiempo se agota, ya se ha acabado el siglo: tic-tac, tic-tac, tic-tac, tic-tac...

—¡No soy Pepe Martínez! —grita por fin un amanecer—. ¡No quiero ser Pepe Martínez! ¡Es que no me da la gana!

Como primera medida, decide abandonar su identidad y convertirse en uno de los personajes de sus libros, un tal Antonio Azorín, protagonista de *La voluntad*.

A partir de ese momento se niega en redondo a llamarse José Martínez Ruiz.

Gran acierto, a pesar de pequeños inconvenientes, como por ejemplo la pérdida de sus antiguas amistades.

—De ahora en adelante, quiero que me llames Azorín —le exige a su compañero Vicente Climent.

—*Xé!*, ¿cómo que Azorín? ¿Y esa maricanada, Pepe? *No fotis!* ¿Qué puñetas pretendes?

—Es un pseudónimo. Acabo de decidir llamarme un pseudónimo —insiste Pepe, poniendo gran cuidado en pronunciar la pe líquida.

—¿Acabado en *in?* ¡No fastidies, hombre!

—¿Y Clarín qué? ¿Es que no acaba en *in?*

—Es muy distinto. Ese era un señor medio enano, contrahecho y, por si no tuviera bastante, de Oviedo. Carbayón perdido. Allí todo lo terminan en *in* o en *ina*, es matemático, tú lo sabes: Alfonsín, Benitín, Gerardín, la Santina y hasta la puñetera sidrina...

Vicente intentaba disuadirle por todos los medios a su alcance. Le pedía que, si era inevitable pseudonomizarse, eligiera al menos algo más varonil, como Estébanez Calderón: ¡el Solitario! Ahí tenía Pepe un buen ejemplo: te haces llamar el Vengador, pongamos por caso, y te hinchas a follar en pleno Londres. Vete a Londres, Pepe, le recomienda Climent. En Inglaterra, mal se te tiene que poner. Mira Galdós. Mira Moratín. ¿Que no se puso las botas Moratín en Londres, eh? ¡Pues eso, ahí lo tienes! Y si no, mira el Solitario. Te llamas el Solitario y ancha es Castilla.

Vicente apeló incluso a su vieja amistad: le recordó que eran del mismo pueblo, amigos desde chavales, desde *xiquets*, como quien dice. Vicente le había pegado una vez una pedrada en la frente, se habían hecho pajas juntos cabe la acequia, habían comido cientos de paellas *amb cullera de fusta*, compartiendo una misma cuchara de madera, eran como hermanos, en fin, auténticos camaradas inseparables. ¿Es que eso no contaba nada?

Pepe se tocó la cicatriz en la cabeza, en el parietal derecho, donde le había descalabrado Vicente.

—Lo siento, amigo mío.

—No me puedes hacer esto, Pepet, macho, no seas *cabut*.

—Está decidido, Vicente. Pepe ha muerto. José Martínez Ruiz está difunto. Yo soy Azorín. Como un azor, pero en pequeño; modesto, sí, pero no por ello menos avizorante, ¿me comprendes? ¡Ojo avizor, que viene Azorín!

En realidad, el reciente Azorín había tomado en secreto otra decisión más importante aún: escribir siempre igual, siempre, siempre, siempre, tratara de lo que tratara. Se haría famoso por su cabezonería y, al final, ya lo verían, ya: aquel tic, aquella monomanía, esa martingala, acabaría convertida en lo que no habría más remedio que calificar como «un personalísimo estilo literario». El que la sigue la consigue, ¿se apostaba algo Vicente?

Comenzó a expresarse de una forma que resultaba francamente irritante.

—Va, te convido a un café —le ofrecían, por ejemplo.

—Venga. Lo ansío. Lo apetezco. Lo voliciono.

—¿Solo o con leche?

—Yo, el café, lácteo, enjalbegado, albicante.

—Tú estás gilipollas, Pepito.

—Yo sé quién soy —replicaba, quisquilloso y quijotesco—. Y sé que puedo ser, si me da la gana, no solo Azorín, sino también el mejor descriptor del planeta Tierra.

A partir de entonces todo lo repite tres veces con distintas palabras y comienza a utilizar expresiones indescifrables, que él llama «terruñeras». Dice sin parar cosas como «artesa», «heñir», «chotacabras» o «lamelibranquio». Nadie sabe nunca a qué narices se refiere. Sus amigos ya casi no le soportan. Oscilan entre la lástima y la ira, entre la compasión y el odio, entre el desdén y el vituperio. De vez en cuando le propinan sonoros palmetazos en el colodrillo, a ver si así reacciona, porque piensan que se ha encasquillado.

—Está atorado otra vez.

Se le administran reconstituyentes, mucho hierro, fósforo, la nata de la leche y chuletas de cordero, a ver si espabila.

Ni por esas.

Al final se convencen de que ha perdido la razón.

—Falta de riego —diagnostica Vicente Climent—. Pepito se ha rayado.

—¡*Collons*, ya es lástima!

Qué ingenuos: ¡el que fuera Pepe Martínez nunca ha estado más cuerdo!

Abandona por fin la chapuza aquella de los Tres y concibe el proyecto más ambicioso de su vida: una auténtica generación en toda regla, con entrenador, preparador físico, director técnico y diagramas en la pizarra.

En 1910, el jueves 19 de mayo, Azorín publica en *ABC* un artículo titulado «Dos generaciones»; allí es donde habla por primera vez de la que se acaba de inventar, a la que llama «generación del 96». Más tarde la denomina «generación del 97». No se aclara. Son tanteos.

Al final tuvo que llegar Antonio Maura, que la bautizó como «generación del Desastre».

Lo demás es historia conocida: el «artefacto generacional 98» le franqueó las puertas de la Historia de la Literatura. A cambio de que le llamaran Azorín, José Martínez Ruiz, ex Pepe, consiguió su ansiado sillón académico, sus «terceritas» a perpetuidad en *ABC* y un puesto fijo en los libros de texto.

Así pudo entregarse de lleno a la práctica de ese su «catolicismo firme, limpio, tranquilo».

Transcurrió todo un siglo, mientras tanto.

—Vivir es ver volver —repetía Azorín.

Tuvo lugar el segundo gran ciclo de descubrimientos en la historia de la humanidad. No se trataba entonces ya de peripecias geográficas; ni había que circunnavegar el globo terrestre ni quedaban muchas hectáreas de terreno por descubrir (salvo los casquetes polares y alguna que otra selva inhóspita). Ahora se trataba de descubrir tierra adentro, de encontrar mundos nuevos sin moverse de casa, desde el subconsciente a la física subatómica, en el interior de la realidad y en el interior de nuestras cabezas. Desde los plásticos a la telegrafía sin hilos, el batiscafo o el aeroplano. Un continente desconocido apareció en el mapa.

Mientras tanto, Azorín, como si no fuera con él, metidito en el interior de su quiosco-generación, abrigado en letra impresa.

En el terreno científico, las mejores cabezas del planeta intentaban a toda costa realizar descubrimientos cuanto más insólitos mejor. Todo estaba por hacer y cada nuevo hallazgo conducía al siguiente de forma encadenada. Es la época en que Rutherford encuentra por fin el átomo y Pávlov descubre los reflejos condicionados. Hofmann acababa de inventar el caucho sintético; La Cierva, el autogiro; Schlach y Carothers, el nailon, y Joyce, esa *Stream of consciousness* gracias a la cual la humanidad pudo ensimismarse en tediosos soliloquios. Se descubrieron o se inventaron también entonces el yogur, el supositorio, las proteínas y el ADN. Dart había encontrado en Taung al australopiteco, Freud se había imaginado en su domicilio de Viena el inconsciente, al que echarle la culpa de todo, y de repente Fleming acababa de descubrir esa penicilina que el género humano esperaba impaciente para poder entregarse a la promiscuidad sin mayores consecuencias. Amundsen había llegado al Polo y Einstein a una mayor comprensión del espacio y el tiempo. Bertillon había encontrado las huellas dactilares, para que todo el mundo pudiera tener al alcance de la mano una identidad propia, sin necesidad de laboriosos trámites. Se habían inventado la radiofonía, el automóvil y la higiene, permitiendo así que las personas por fin se lavaran (cosa que llevaban sin hacer desde la más remota antigüedad y durante todo el siglo XIX).

En Rusia había habido una auténtica revolución de obreros, inspirada en Karl Marx, que había descubierto la lucha de clases y el materialismo histórico, lo que hizo necesarios de inmediato dos conceptos paliativos para evitar el amotinamiento de las clases más desfavorecidas: lo «reversible» y lo «desechable». El hemisferio occidental se cubrió de objetos llamados «reversibles»: abrigos, calcetines, cinturones e incluso sombreros. Gracias a ellos los más humildes vieron multiplicarse por dos sus pertenencias. Al mismo tiempo, la proliferación de objetos desechables a escaso precio (cuchillas de afeitar, compresas, el famoso bolígrafo) les proporcionaba la consoladora sensación de vivir en la opulencia y el lujo: después de utilizar algo para lo que fuera, lo tiraban tan campantes a la basura, tal y como se figuraban que hacían los millonarios.

Azorín, mientras tanto, a lo suyo, mirando para otro lado, sin asomar la cabeza fuera del chiringuito generacional.

—Vivir es ver volver —repetía con un hilo de voz.

Florecían nuevos inventos que a veces no se sabía con exactitud para qué servían. Transcurrieron casi cincuenta años entre la invención de la lata de conservas y la del abrelatas. Durante ese medio siglo, los civiles las abrían valiéndose de escoplo y martillo, mientras que los militares utilizaban sus bayonetas. Hubo que lamentar numerosas desgracias personales, pulgares machacados, falanges amputadas, heridas en las manos, etcétera, pero mereció la pena: el Progreso, como todos los dioses, también exige sacrificios humanos.

Azorín, impávido, se arrebujaba en su generación como en una manta de viaje.

—Escribir con metáforas es hacer trampa —decía, cuando no se le ocurría ninguna.

Guerra civil viene, guerra mundial va; a él qué más le daba. Ya había saldado su cuenta acreedora.

Hecho el arqueo de caja, alcanzó la ancianidad con una sola queja: había empujado poco. Sin *flirts* ni coitos como *sport*.

Él, Azorín, él, que había desvelado como nadie el alma del paisaje, sus melancolías, sus placideces, sus anhelos; él, que había retratado con primor los pueblos y gentes de Castilla; él, que ya no se llamaba Pepe Martínez...; él, Azorín, con su sombrero hongo y su letra diminuta, no había llegado a cogerle el tranquillo, el quid, el busilis al asunto. Contaba poco más de veinte coitos completos en todos los días de su vida. Sumados, unos cien minutos (en el mejor de los casos). Poco más de una hora empujando. Menos de lo que duraba una de esas películas de cinematógrafo que decía que tanto le interesaban, nunca se supo por qué. Desde luego, él nunca lo había hecho con norteamericanas. Ni con cabezas coronadas. Ni siquiera con rústicas pasiegas. Sin duda lo había hecho menos que Juanito Valera. Menos que Menéndez Pelayo, el pluricondecorado y putañero polígrafo montañés. Mucho menos que esa rinoceronta en celo de la Pardo Bazán. Menuda pandilla. ¡Salidos! ¡Verriondos! ¡Sicalípticos!

En cuanto a sus correligionarios noventayochistas, había de todo. Su amigo Pío, por ejemplo, a dos velas. O Unamuno, que hacía uso del matrimonio muy ocasional y con grandes aspavientos, sí, pero tenía ocho hijos. ¡En cambio otros...! Los Machado Brothers siempre se traían algo entre manos, incluso con menores de edad o, si no, «tu carne rosa y morena, súbitamente, Guiomar». El manco barbudo, tres cuartos de lo mismo, con sus «cinco copiosos sacrificios en el altar de Venus» en una sola noche. Y el peor de todos, el vate modernista, ¡el cholo! Cuanto más borracho, más rijoso, más verraco, más toriondo. Como un animal cuadrúpedo, un centauro de esos que sacaba en sus poemas hablando en alejandrinos. Al fin y al cabo, era una especie de indio chorotega, ¿no es verdad? Un medio caníbal, antropófago, que se iba a por todo lo que se movía. Un animista, un pagano, un mono erecto y tambaleante, siempre hasta las orejas de agua de fuego.

Azorín se consolaba sentado en un andén del metro, viendo llegar y partir los trenes.

—Vivir es ver volver —insistía.

Así pasaba las horas muertas, cavilando sobre las musarañas. A él se le antojaba una actividad filosófica. Qué vida, se decía, vamos y venimos, cual este convoy, fíjate tú. Hasta ahí llegaban las confesiones de un pequeño filósofo.

Habría empujado poco, vale, sí, pero había llegado.

Llegar, durar y quedar: ese había sido su lema, su norte en la vida. Llegar a ser alguien. Durar lo más posible. Y quedar para siempre en la Historia de la Literatura.

Lo había conseguido, gracias al invento de esa personalidad colectiva, la generación del 98, semejante a una colmena o una comejenera.

Ahora podía morir en paz, casi sin hacer ruido. Silente, callado, sigiloso.

La digestión de la celulosa

En 1809 las Antillas francesas no pudieron defenderse de los ingleses porque las termitas habían devastado los almacenes e inutilizado las baterías y las municiones.

En 1840 un barco negrero, capturado y desmantelado, introdujo en Jamestown, capital de la isla de Santa Elena, el *Eutermes tenui* del Brasil. Destruyó la ciudad y fue necesario reconstruirla entera.

En La Rochelle, en 1845, los termes devoraron los archivos y todos los documentos administrativos del ayuntamiento.

En 1879 un navío de guerra español fue destruido por el *Termes dives* en el puerto de El Ferrol.

En 1890 un cultivador de Queensland dejó una tarde su carreta en un prado. Al día siguiente no encontró más que los herrajes. ¡Devorada hasta la última astilla!

En 1890, en los territorios australianos de Mary Gouse, un

colono regresó a su casa tras una ausencia de cinco días. Todo estaba intacto, nada revelaba ningún cambio, no percibió la más mínima alteración. El colono James L. Gooding se sentó sobre una silla y esta se hundió, reducida a virutas. Se agarró a la mesa, que se aplastó contra el suelo. Se apoyó en la viga central y esta se desplomó arrastrando el tejado en una nube de polvo.

En 1891, el naturalista Smeathman acampó cerca de una termitera para estudiarla. Se quedó dormido y, sobre su cuerpo, durante su sueño, los insectos devoraron su camisa, sus pantalones, las botas y la ropa interior. Solo conservó los botones de nácar y la hebilla del cinturón. ¡Y todo sin despertarle siquiera!

Las termitas son así: sus devastaciones siempre son secretas. Actúan desde dentro y en silencio.

La generación del 98 adoptó la estrategia de las termitas para vaciar desde el interior el canon literario y colonizar la crítica.

Trabajan en equipo y sus cientos de miles de incansables mandíbulas son capaces de atravesar incluso el hierro. Agujerean las latas de conserva, perforan el plomo y consiguen corroer el vidrio.

Los hombres del 98 hicieron lo mismo, se lo comieron todo: poesía (Machado), teatro (Valle-Inclán), ensayo y filosofía (Unamuno), novela (Baroja) y paisajismo (Azorín).

Sincronizaban sus mandíbulas para devorar los cimientos de la tradición literaria: la *Celestina*, el *Quijote*, el teatro de Calderón y hasta el del Duque de Rivas.

Les dolía España y se dedicaron a empapar de metafísica improvisada los secos páramos de Castilla.

El polimorfismo de los termes es asombroso. De un mismo huevo pueden salir hasta quince individuos diferentes, organizados en tres castas principales: obreros, guerreros y reproductores.

Los obreros pueden ser machos o hembras. Da igual, porque su sexo está atrofiado. No tienen armas ni alas y además son ciegos. Sin embargo, son los únicos capaces de digerir, son el estómago de la termitera. Pío Baroja fue uno de los infatigables obreros de la generación, escribió docenas de novelas, imaginó cientos de personajes, trazó innumerables argumentos, todo sin levantarse de su mesa camilla, con la boina puesta y una bufanda.

Y siempre sin saber si se levantaba «en zapatillas, con zapatillas o de zapatillas».

Los guerreros también son ciegos y luchan contra su enemigo hereditario desde hace tres millones de años: la hormiga. Se defienden con las mandíbulas, sin retroceder jamás, como hacía Valle-Inclán con su único brazo.

La pareja de reproductores se arranca mutuamente las alas y se encierra en la oscuridad de la cámara nupcial, que ya no abandonará hasta la muerte. Allí la reina pone un huevo por segundo, es decir, treinta millones de huevos cada año.

Antonio Machado y Miguel de Unamuno, imprevistos cónyuges, fueron quienes fecundaron a toda la generación desde su tálamo en tinieblas.

Las termitas han resuelto de manera brillante el problema fundamental de toda forma de vida: la alimentación. ¿Cómo? Devorando celulosa, que es, después de los minerales, la sustancia más extendida sobre el suelo firme. Se encuentra en la armadura de todos los vegetales. Un bosque, raíces, una hierba, un trozo de madera, cualquier cosa es una fuente de energía para las termitas. Ahora bien, ¿cómo han conseguido digerir la celulosa, tarea imposible para el resto de los animales?

Gracias a la colaboración de los parásitos. La mitad del peso del cuerpo de una termita corresponde a sus numerosos parásitos intestinales, y estos son los que digieren por ella. Se ha comprobado que si se eleva la temperatura a más de treinta y seis grados, los parásitos mueren, sin daño alguno para el insecto. Y sin embargo, aunque se le administre celulosa en abundancia, muere de hambre en menos de veinte días. Ya no es capaz de digerirla.

Otras especies de termitas carecen de protozoos y han inventado la doble digestión. Cultivan hongos, y estos son los que hacen la primera digestión. La segunda la hacen por su cuenta estas termitas fungícolas.

Atacan siempre desde dentro. Si se proponen devorar un árbol, un mueble o una obra de arte, lo hacen desde el interior, dejando intacta la corteza, la superficie lacada, la pintura sobre el lienzo. Son un cáncer secreto del que solo se tiene noticia cuando ya es demasiado tarde.

Lo que entendió de inmediato Azorín es que cada termita, por sí misma, no es nada. Lo que domina es un poder oculto: el espíritu de la comejenera.

Entre feroces individualistas, ¿quién querría la gloria de pertenecer a una generación literaria? ¿Cuál es el dudoso, el áspero placer de estar dentro de algo que es más grande que la suma de sus partes? Nadie lo sabe (salvo tal vez Azorín). La misma pregunta se hace una y otra vez Maeterlinck* con respecto a las termitas, las abejas y las hormigas; y responde siempre con la misma humildad: no podemos concebir cuál es el placer o el beneficio que les proporciona rendir su voluntad y sacrificarla a un dios desconocido, al poder oculto y despiadado del hormiguero, de la termitera, al espíritu de la colmena.

¿Cuál es ese poder oculto, esa voluntad superior que reina en la termitera?

No son los soberanos, que están prisioneros y sin alas en su cámara nupcial. Ni mucho menos los guerreros, sobrecargados de tenazas, sin alas y sin sexo, incapaces de comer por sí mismos. Tampoco los obreros, el estómago de todos, los que digieren la celulosa, y que son esclavos sin ningún horizonte, entregados a un trabajo encarnizado, oscuro, ciego y destinado a un fin desconocido.

Es la propia generación del 98, que, como la comejenera o termitera, se considera un solo individuo.

Maeterlinck asegura que «no existe ser más desheredado que el termes». No tiene armas ni de ataque ni de defensa, es blando como una larva y lo único que tiene es lo que necesita para alimentarse: «No posee más que un instrumento para un trabajo oscuro y sin descanso». Se pregunta:

> ¿Vive desde hace millones de años únicamente por vivir, o más bien para no morir, para multiplicar indefinidamente su especie

---

* Maurice Maeterlinck, *La vida de los termes*, Espasa Calpe, Madrid, 1943.

sin alegría, para perpetuar sin esperanza una forma de existencia, entre todas, la más siniestra y miserable?

El conocimiento de causa

En 1916, José Nepomuceno Belinchón lloró al enterarse de la noticia de la muerte en Nicaragua de Rubén Darío.

Las termitas devoraban en la oscuridad los cimientos del panorama literario.

Europa estaba en llamas; el príncipe de los poetas, muerto; Echegaray, también; Franz Kafka había publicado *Die Verwandlung (La metamorfosis* o *La transformación)* y Hernán Matos había compuesto el tango más famoso del mundo, «La cumparsita»; pero Belinchón seguía en la taberna de Rivas, en la calle de la Palma.

Ahora estaba al otro lado de la barra.

En 1905, previo desembolso de un duro, había dejado embarazada a Margarita, la princesa de los gérmenes, la reina de las matrices, y se había casado con ella. En 1906 nació su hijo Federico.

Tenía en la nalga derecha la belinchónica marca en forma de ce.

En 1910 murió su suegro, el tabernero Rivas, durante una de sus siestas. Oyeron un ronquido prolongado y retumbante que resultó ser el estertor de la agonía. Su muerte impregnó el local de un penetrante y duradero olor a anís.

Entonces se dieron cuenta de que eran ricos: Rivas tenía una pequeña fortuna escondida debajo de una baldosa.

Iban a vender la taberna.

José Nepomuceno pasaba horas mano en mejilla, consultando sus *cahiers*. Su gran novela naturalista, su experimento social, no acababa de tomar forma.

Le temblaban las manos, pero en cuanto se tomaba una copa se encontraba mejor.

Miraba la calavera y no se le ocurría nada.

Desde hacía unos años adelgazaba a ojos vista, pero tenía que hacerse ensanchar los pantalones cada pocas semanas. También se le hinchaban las piernas y los pies, se le pusieron rojas las palmas de las manos y se dio cuenta de que le estaban saliendo tetas de mujer.

«Lo que me faltaba para el duro», se dijo irritado, aunque con cierta resignación.

El coronel Alberola, su abuelo, después de asolar Cuba con su amigo Weyler, había muerto en Filipinas. Su madre, Griselda, vivía en Zaragoza, en una casa heredada de los Alberola, y ese año de 1916 se presentó en Madrid, en la casa de la calle Pontejos, para ver a su hijo.

A la niña Griselda le faltaba un ojo, estaba muy gorda y tenía la cara llena de arrugas. Como le quedaban muy pocos dientes, costaba entender sus palabras.

—¡Ya estuvo bueno, mi niño, ahora tienes que crecer! Vas a sufrir —dijo Griselda ensanchando una sonrisa siniestra—. ¿Y sabes una cosa? Me provoca. Me da gana de que sufras, ya tú ves.

Ese día le contó a su hijo la verdad.

—Esta calavera es la de tu padre —le dijo, y soltó una carcajada.

José Nepomuceno no quiso creerla, pero ella le entregó la llave con la cadena de plata.

—La llevaba al cuello cuando Trinidad le cortó la cabeza de un hachazo. Fue porque yo lo quise. Fue mi deseo. Mira, ya verás como abre la caja.

Guardó la llave y la dejó hablar.

Cuando le hubo contado todo, Griselda se marchó, satisfecha. José Nepomuceno nunca volvió a ver a su madre.

Ese mes tuvo dos hemorragias, pero siguió bebiendo.

Corcuera, su médico, decía: ascitis, eritema palmar, ginecomastia. Vale, podía llamarlo equis, pero ¿adónde iba él con tetas de mujer?

Madrid intestinal seguía en la página catorce desde hacía años y José Nepomuceno comprendió que iba a morir pronto, igual que Darío, el príncipe de los poetas.

Entonces se dio cuenta de que no tenía sentido escribir sobre Madrid, ni siquiera sobre su vientre en el mercado de abastos y los procesos digestivos de la capital. Al menos en Europa ya no tenía sentido. Ahí estaba Zola. Ahí estaba, si le apuraban, Pérez Galdós. ¿Para qué volver a contar la misma historia?

¿Seguir a una familia a lo largo de todo un siglo? De acuerdo, pero esa empresa había que hacerla en América: José Nepomuceno acababa de darse cuenta.

Tal vez en el norte, con algún condado imaginario, qué sabía él, pongamos por caso el condado de Yoknapatawpha, con una familia del sur, que hubiera perdido la gran guerra fratricida. Algo así.

O tal vez en el sur. Mejor todavía. La historia de una familia que resonara como la de todo un continente. Belinchón lo veía con claridad: debía empezar por donde había empezado el pobre Rubén, por el primer deslumbramiento de un niño al descubrir el hielo. Algo así. Esa era la idea.

Y tenía que ser muy distinto de Zola, tenía que ir más allá de Zola. Nada de documentación. Nada de datos. Nada de realidades sórdidas y exactas. Todo lo contrario: fantasía desbordada, leyenda, imaginación. ¿Realismo? Sí, claro, pero... ¡un realismo mágico, como si dijéramos!

De improviso, vio con nitidez la novela que tenía que escribir. Era como una gran anaconda de la que hasta ahora solo había visto fragmentos y que en ese momento salió entera del agua, completa, amenazadora, rotunda.

José Nepomuceno se miró a sí mismo en el espejo. No se sentía con fuerzas.

Iba a morir pronto.

¿Y qué le dejaría a su hijo? La calavera de su abuelo Alfonso y su reloj de oro, sin cristal y parado a las siete y media; el manuscrito inacabado de un experimento social, fragmentos de una anaconda sumergida; una casa en la calle de Pontejos con una mesa camilla... ¿Nada más?

¡Y su sangre! ¡Un determinismo fatal, mecánico, imparable! Su madre, Griselda, había sido una asesina. Una incestuosa. Una sádica. Él era alcohólico. Su abuelo paterno, el coronel Cipriano Alberola, había llevado a cabo una guerra de exterminio. ¿Qué herencia le dejaba a Federico? ¡Pobre infeliz, víctima inocente del determinismo de Zola! Maldito Zola. Maldito hilo que conduce matemáticamente de un hombre a otro. Maldito nudo ciego, imposible de desatar. Maldito experimento.

Ah, casi se le olvidaba, y una caja de madera. También iba a dejarle la caja cerrada que perteneció a su padre.

Probó la llave que le había dado Griselda, su madre. La abrió. Era verdad, todo era verdad.

Había unos pergaminos amarillentos escritos en un alfabeto indescifrable.

¿En eso acababa toda la escritura? ¿En lo ilegible? ¿Había sido todo escrito en arena, sin otra finalidad que el olvido? ¿Nuestras palabras eran como nosotros mismos, siempre destinadas a no ser comprendidas?

—Tengo sed. Tengo mucha sed —dijo en voz alta José Nepomuceno.

Y se sirvió un vaso lleno de whisky. Agua de vida: *uisge beatha*.

Se lo bebió de pie delante del espejo.

Imaginaba su cerebro como una esponja. Bebía a sorbitos y su cerebro se iba empapando y retenía hasta la última gota de la letal agua de vida.

¿Quién iba a escurrir ahora su cabeza cansada? ¿Quién iba a apretar esa esponja en su mano buena, para que goteara el precioso veneno? ¿Quién iba a ser su «lazarillo de Dios»? ¿Quién iba a acompañarle hacia la fuente de noche y de olvido?

¿Su mujer, Margarita, la princesa de los gérmenes, la reina de las matrices? ¿La misma que ahora estaba sentada en la mesa camilla, contando con avaricia las monedas? ¿La que, después de casados, le seguía cobrando cada contacto con una rígida tarifa?

Cuando se terminó el vaso, José Nepomuceno Belinchón Alberola recitó el poema «Metempsicosis», de Darío:

> Yo fui un soldado que durmió en el lecho
> de Cleopatra la reina. Su blancura

        y su mirada astral y omnipotente.
        Eso fue todo.
        ¡Oh mirada! ¡oh blancura! y ¡oh, aquel lecho
        en que estaba radiante la blancura!
        ¡Oh, la rosa marmórea omnipotente!
        Eso fue todo.
        Y crujió su espinazo por mi brazo;
        y yo, liberto, hice olvidar a Antonio.
        (¡Oh el lecho y la mirada y la blancura!)
        Eso fue todo.
        Yo, Rufo Galo, fui soldado y sangre
        tuve de Galia, y la imperial becerra
        me dio un minuto audaz de su capricho.
        Eso fue todo.
        ¿Por qué en aquel espasmo las tenazas
        de mis dedos de bronce no apretaron
        el cuello de la blanca reina en broma?
        Eso fue todo.
        Yo fui llevado a Egipto. La cadena
        tuve al pescuezo. Fui comido un día
        por los perros. Mi nombre, Rufo Galo.
        Eso fue todo.

Luego se desplomó. Eran las siete y media en punto, igual que en el Longines parado.

Sobre el suelo, José Nepomuceno se abrazó las rodillas contra el pecho. Estaba muerto, de medio lado, como si quisiera protegerse de la eternidad. Como si fuera posible.

También los niños pequeños, cuando ellos cierran los ojos, están convencidos de que los demás ya no pueden verles: se sienten a salvo.

—¡Papá está debajo de la mesa! —gritó Federico cuando encontró el cadáver.

EJERCICIOS PRÁCTICOS

1. Tómese un texto al azar de Azorín. Subráyense todas las palabras desconocidas. Averígüese su significado y, a continuación, sustitúyanse por sinónimos ordinarios. Con lápiz de otro color, elimínense todas las repeticiones. ¿Qué le queda a usted? Ahora resuma esas tres frases en una sola idea y expóngala en el bar como si fuera suya. Si le toman por idiota, el ejercicio ha sido realizado con éxito. En caso de que alguien encuentre interesante lo que usted dice, vuelva a casa y repita de nuevo el proceso.
2. Resuma los contenidos emocionales, políticos y hasta metafísicos que los autores del 98 le atribuyen al paisaje castellano. Tome esos mismos contenidos y adjudíqueselos a la manigua brasileña o al paisaje alpino de Suiza. ¿Aprecia alguna diferencia?
3. Relea el *Quijote* como máxima expresión del espíritu nacional *(Volksgeist)* andorrano o monegasco. Justifique su lectura. ¿A que resulta sencillo?
4. Compare las ideas de Antonio Machado con las de Marcel Proust. Explore las afinidades entre sus conceptos del «tiempo perdido», la memoria, la palabra perdurable, etcétera. Complete el ejercicio leyendo a Henri Bergson.
5. Explique el caníbal por qué Hemingway fue a visitar a Pío Baroja, que estaba a punto de morir, al hospital el 9 de octubre de 1956 y le dedicó *Adiós a las armas* con la siguiente frase: «A usted, don Pío, que tanto nos enseñó a los jóvenes que queríamos ser escritores». Pista: se dice que mantuvieron el siguiente diálogo:

BAROJA: ¿Qué coño hace este aquí?

HEMINGWAY: He venido a decirle que el Premio Nobel se lo merecía más usted que yo. Incluso se lo merecían más Unamuno, Azorín o don Antonio Machado.

BAROJA: Basta, basta, basta. Como siga usted repartiendo el premio, vamos a tocar a muy poco.

Para subir nota, conjeture el estudiante por qué le llevó de regalo una botella de whisky y unos calcetines.

PARA SABER MÁS

La mejor forma de leer con buen ánimo a la generación del 98 es empezar con Pío Baroja; la mayoría de sus novelas mantienen el interés y muchas de ellas se leen con verdadero placer. Léase a Antonio Machado de nuevo (si no se han seguido las instrucciones del tema anterior). Para vencer la (justificada) desconfianza, recuérdese la siguiente anécdota de Jean Genet: un día vio en una cafetería a una señora que le hacía carantoñas a un perro y puso tal cara de contrariedad que la señora preguntó: «¿Es que no le gustan a usted los animales?». Genet respondió: «Los animales, sí, mucho. Lo que no me gusta es la gente a la que le gustan los animales».

Lea a Unamuno con moderación. Empiece por los ensayos. A pesar del título, *El sentimiento trágico de la vida* es quizá su obra más hilarante. Después lea alguna de sus novelas e intente corregir los obvios fallos del argumento (por ejemplo en *La tía Tula*).

No pierda el tiempo leyendo a Maeztu.

Tema 5
La brevedad del alción

Si no ha de ser bonita la vida, ¡que se lo coman todo y qué más da!

CÉSAR VALLEJO

No os soltéis de las manos.

RAFAEL ALBERTI

Cuando llegó a la Residencia, lo primero que descubrió fue que él era «el otro Federico». En la calle Pinar y al parecer en todo Madrid ya había un «Federico por antonomasia».

Nada más poner un pie, todo el mundo con la misma matraca: «¿Nadie te ha presentado a Federico?», «¡Tienes que hablar con Federico!», «¿Aún no conoces al verdadero Federico?».

¡El verdadero! Y él, entonces, ¿qué era? ¿Un impostor?

Por fin lo tuvo delante de la cara.

Resultó que el «verdadero» Federico era más falso que un duro de madera. Un tipo achaparrado, con las piernas muy cortas, las pestañas demasiado largas y los labios relucientes, como si acabara de untarlos en aceite o de comer mantequilla a cucharadas.

Para acabar de arreglarlo, era el clásico andaluz profesional, ese inevitable cuñado chistoso de bodas, banquetes y comuniones.

Que él recordara, en unos quince minutos, el fastidioso Federico fue capaz de:

a) Contar chistes imitando varios acentos regionales (catalán, gallego y aragonés).
b) Tocar al piano una sonatina de Chopin.
c) Cantar una tonadilla andaluza que hablaba de amor, olivos, jacas, un cuchillo y un pozo.
d) Recitar unos poemas (bastante cursis) sobre palomas, co-

libríes y algunos otros pájaros rodeados de flores o arbustos (aparecían al menos el mirto, el jazmín y el alhelí).
e) Disfrazarse de sacerdote, de su propio cadáver y de la *Inmaculada* de Murillo.
f) Bailar vestido de chinita con dos medios limones pegados al pecho con esparadrapo para que parecieran tetas.

La única ventaja era que no resultaba complicado librarse de él: en cuanto dejaba de ser el centro de atención, cogía el portante y se presentaba en otro lugar para repetir el mismo numerito ante un auditorio diferente.

Se lo presentó su paisano, Luis Buñuel.

—Yo también me llamo Federico... —le dijo Belinchón al andaluz.

—¡Federico! Qué raro que me llame Federico, ¿verdad? ¡Mi espejo oscuro, mi claro hermano, mi sombra inseparable! —gorjeó con voz atiplada—. Una federación de Federicos... Dos Federicos unidos por el destino...

—Federico Belinchón Rivas —terció Belinchón, molesto porque el otro ni le soltaba la mano ni se callaba ni debajo del agua.

—Te llamaré Belinchón... ¡Tan masculino!, ¡tan rotundo!, ¡tan aragonés!...

—Pues yo a ti García. Oye, García, por cierto, me tengo que ir. Encantado, ¿eh?

—¡Me abandonas! —García se puso teatral—. Hombre malvado que abandona a su suerte a un poeta... ¡Yo también me iba! En realidad, soy yo el que se va. Adiós, hermano.

Y el fastidioso García salió acelerando con un trotecito cochinero, en busca de otro público para su único espectáculo permanente: él mismo. Buñuel se acercó a Belinchón.

—¡La madre que le parió! —comentó Belinchón.

—No siempre es tan merluzo, tiene sus intermitencias. Hay que saber llevarle. Anda, Belinchón, vamos a darnos de hostias.

—Cojonudo, Buñuel.

Los dos paisanos se pusieron guantes de boxeo y se dieron de puñetazos en el jardín, vestidos con unos calzones por debajo de la rodilla y zapatos ingleses de piel. Luego se comieron unos huevos fritos con chorizo y dos botellas de vino de Toro. Después de cenar, como era de rigor, Buñuel le propuso que se fueran de putas.

—Preferiría no hacerlo —confesó Belinchón.
—¿Y eso?
—Es que estoy enamorado.
—Conforme. A mí con las decentes no me resulta fácil, es que soy demasiado ancho de miembro —le confió Buñuel.
—Luis, la madre que te parió.

Acabaron yendo al Palace para beber combinados y escuchar a la orquesta de negros que tocaba los nuevos ritmos.

—Esto se llama «jazz» —informó Buñuel.
—La madre que les parió.
—Solo por preguntar, Belinchón, ¿quién es tu *flirt*, de quién estás tú enamorado?

Buena pregunta. Incisiva. En el clavo. Directa. Muy buñueliana. Pero... ¿cómo iba a saberlo él? Federico Belinchón sentía el amor, todo el amor, cada vez más grande, como una mancha de aceite o un descosido. Lo sentía igual que otros sienten hambre, sed o sueño. ¿Se iba a saciar con solomillo, con limonada y con una siesta, o más bien con lentejas, vino tinto y levantándose a mediodía? Ni idea, ¿cómo lo iba a saber él?

—No la conoces —le respondió a Buñuel.
—Será una de esas puticlistas marisabidillas del Lyceum Club —se burló Buñuel—. En realidad, me trae sin cuidado, Federico. Vamos a tomarnos un dry martini.*

¿Tendría razón Buñuel? ¿Sería una de esas intelectuales li-

---

* «Mi bebida preferida es el dry martini. Dado el papel primordial que ha desempeñado el dry martini en esta vida que estoy contando, debo consagrarle una o dos páginas [...] Los buenos catadores que toman el dry martini muy seco, incluso han llegado a decir que basta con dejar que un rayo de sol pase a través de una botella de [vermut] Noilly-Prat antes de dar en la copa de ginebra. Hubo una época en la que en Norteamérica se decía que un buen dry martini debe parecerse a la concepción de la Virgen. Efectivamente, ya se sabe que, según santo Tomás de Aquino, el poder generador del Espíritu Santo pasó a través del himen de la Virgen "como un rayo de sol atraviesa un cristal, sin romperlo". Pues el Noilly-Prat, lo mismo.» (Luis Buñuel, *Mi último suspiro*.)

bres que paseaban solas por la Castellana? ¿Una María Zambrano, Concha Méndez, Maruja Mallo o —que Dios no lo permitiera— la tal Ernestina de Champourcín? ¿Podría él amar de todo corazón a una mujer que se llamara Ernestina? ¿Y con el Champourcín de añadidura? ¿Una poetisa? ¿Una mujer independiente? ¿Una literata? ¿Y qué dirían en Zaragoza?

Entonces, ¿cómo sería ella? Y por cierto: ¿cómo le gustaban a él las mujeres?

Con el segundo dry martini, Federico se interrogó a sí mismo.

Con las tetas muy gordas.

Esa fue la primera respuesta que le vino a la cabeza.

Debía de ser una asociación libre; se lo había explicado Dalí, el catalán. Al parecer, en Viena, un tal Segismundo Freud se había inventado el subconsciente: lo que uno era sin saberlo. La libre asociación de ideas daba acceso al subconsciente ese, pero ¿de verdad quería él mirar debajo de la alfombra? ¿Alguien querría?

Dalí también le había contado que el fastidioso García le había intentado dar por el culo.

—¿Y tú qué hiciste? —le había preguntado Belinchón.

—Tumbarme boca abajo.

—¿No te la metería? —se asustó Belinchón.

—Hasta un cierto punto. Lo que sucede es que me dolía mucho, así que lo cancelé.

—Ah, lo cancelaste.

—¡In-me-dia-ta-men-te! —silabeó Dalí—. Yo soy perverso polimorfo. Yo soy un genio. Yo soy inmortal.

Eso le había dicho el catalán.

Al quinto dry martini, Buñuel le preguntó, sin ninguna interrogación:

—Tú escribes.

—Moler, Buñuel, la madre que te parió.

—O sea que sí, que escribes.

—¡Moler! Un poco sí. Pero yo no soy maricón, ¿eh?

—Te lo digo porque se está cocinando algo.

Entonces fue cuando le habló de la generación.

Unos inversores, tipos con muchísimo dinero, habían decidido patrocinar una generación literaria* y se estaba encargando de todo un preparador técnico llegado de Alemania: José Ortega *und* Gasset.**

—La cosa va en serio, Belinchón. Modelo teutónico, Pepe Ortega ya está hablando con unos y con otros. Tú eres paisano, y la verdad es que me sabría mal que te quedaras fuera.

—Gracias, compañero —se emocionó Belinchón.

—¿Estás llorando, maricón?

—La madre que te parió, Buñuel.

El alcionismo

Ortega era un tipo muy bajito, con la cabeza muy gorda, y muy presumido. Hablaba levantando la barbilla y manoteando. Llevaba pajarita, traje de rayas y zapatos de dos colores. A menudo incluso fumaba con boquilla. Las chicas le miraban en éxtasis, pestañeaban, se llevaban las manos al escote, apretaban las rodillas y rozaban un muslo contra el otro, mientras él no paraba de hablar del «arte deshumanizado». Eran las *flappers**** del Lyceum Club Femenino. Lo había fundado un grupo de muje-

---

* La obra más recomendable para conocer desde dentro la formación del «artefacto generacional del 27» es sin duda *Fabulosas narraciones por historias*, de Antonio Orejudo.

** Ortega había entrado en contacto en Alemania con la filosofía idealista. Frente a la concepción materialista y marxista, que supone que el motor de la Historia es la lucha de clases, el idealismo desarrolla la noción de «generación»: así la historia deja de ser un conflicto entre los que tienen y los que no tienen y pasa a ser una simple pelea de jóvenes contra viejos, hijos contra papás, etcétera. El sujeto histórico serán, para los idealistas como Ortega y su discípulo Julián Marías, las llamadas generaciones.

*** Durante la Primera Guerra Mundial las mujeres, puesto que los hombres partieron al frente, se incorporaron al mundo del trabajo. Al terminar la guerra, muchas no volvieron a sus casas, sino que continuaron mostrando un comportamiento independiente y se convirtieron en las *flappers girls*, las alocadas chicas de los locos años veinte. Unos dicen que el nombre viene de los zapatos sin talón, que hacían ruido (flap, flap) al caminar. Otros dicen que viene del inglés *to flap*, puesto que aleteaban como polluelos que pretenden abandonar el nido. Entre Francis Scott Fitzgerald y Anita Loos hicieron popular el «estilo *flapper*».

res: Victoria Kent, Zenobia Camprubí, Carmen Baroja y así hasta cincuenta. Querían ni más ni menos que «adelantar el reloj de España», como decía María Teresa León con la humildad que la caracterizaba. Para la inauguración, habían invitado a Jacinto Benavente* a dar una charla.

—¿Es un club de mujeres? —preguntó el dramaturgo.

—El más moderno de Europa —le aseguró Concha Méndez.

—No, mire, lo siento mucho. Disculpe, pero no tengo nada preparado y a mí no me gusta hablar a tontas y a locas. Je, je...

—Sí, je, je, don Jacinto.

Esa era la idea más extendida: se trataba de un grupo de señoritas de alta sociedad con lo que ellas mismas llamaban «inquietudes culturales». Rafael Alberti había ido a dar una conferencia para provocarlas. El título: «Palomita y galápago (¡No más artríticos!)». Rafael fue disfrazado de payaso y puso a un lado de la mesa una paloma y al otro un galápago. Luego empezó a decir sandeces y a recitar versos como:

> Ya que toda mujer, porque Dios lo ha querido,
> lleva dentro del pecho un Ortega dormido.

Las chicas comenzaron a patalear, silbar y abuchear. Rafael soltó la paloma, que salió volando, y luego disparó con un revólver seis tiros al aire.

Eran salvas, pero se armó un buen alboroto.

Ahora habían venido todas a escuchar a Pepe Ortega, que desde la tribuna las miraba con desdén y satisfacción. A la mayoría ya se las había tirado. Alguna valía algo, admitido, pero en general eran unas niñatas sin iniciativa ni concupiscencia. Le halagaba su admiración, por supuesto, pero no era eso lo que él quería. A Pepe lo que de verdad le perdía eran las marquesas, a ser posible algo jamonas. Eran su especialidad, su afición recreativa o su «hobby», como había empezado a decir, porque ahora

---

* Benavente, el autor de *La malquerida* y *Los intereses creados*, había recibido el Premio Nobel en 1922. Como recordaba Juan García Hortelano, cuesta mucho creer que Scott Fitzgerald y Benavente fueran contemporáneos.

estaba aprendiendo inglés. A las marquesas, Ortega les hablaba de la filosofía y el golf, del *dharma* y la tortilla de patatas,* y a la media hora las tenía en el bote. Se las llevaba a una habitación del hotel Victoria, donde les pedía que se la chuparan.

—Hoy en día copular es de albañiles —aseguraba—. Yo soy un egregio.

Rafael Alberti también se había burlado de los «hobbies» de Pepe Ortega:

> ¿Cree usted seriamente
> que la filosofía es como un cigarrillo
> o unos pantalones de golf?
>
> Champignon,
> poil de carotte,
> pommes de terre.
>
> El aire está demasiado puro para mandaros a la merde,
> y yo, Madame, demasiado aburrido.
> Adieu.

Sobre la tarima, Ortega sacó pecho, recorrió con la mirada los muslos temblorosos de las chicas del Lyceum, sonrió con chulería y dijo a voz en cuello:

---

* «Conversación en *el golf* o la idea del *dharma*» es un artículo de Ortega en el que desarrolla un relativismo moral escandalosamente cínico. Viene a decir que cada uno tiene su *dharma* y que la moral no es universal, genérica, sino individual (y bastante acomodaticia): para cada persona lo moral consiste en obedecer a su propio *dharma*. En el texto, unos aristócratas invitan al filósofo a merendar. Son tipos repelentes, que afirman: «Ha sido realmente una buena idea construir a Madrid junto al golf». Ortega les ríe las gracias, y cuando aparece la tortilla de patatas se despeña por metáforas entre cursis y siniestras: «Bajo sus rayos [del sol] todo se transmuta en oro, especialmente la tortilla que acaban de servir, tan auténticamente orificada que, al comerla, el apetito se vuelve casi avaricia». Esta «orificada tortilla» provocaba las carcajadas de Alberti. Luego Ortega, en su artículo, tranquiliza a los señoritos y su inexistente mala conciencia asegurándoles que su *dharma* es jugar al golf, y que con eso ya son perfectos en el terreno moral: «Pues bien, amigo mío, el *dharma* de usted es jugar al golf, como el mío es un *dharma* de escritura y conversación. Cuando le veo [...] cimbrear el palo de golf, me parece usted un ser perfecto, que honra y decora el Universo». Espeluznante. Se puede leer en *El Espectador*, tomo IV, Espasa Calpe, Madrid, 1966.

—¡Hay que huir como de la lepra de la expresión de cualquier sentimiento humano!

El público aplaudió con entusiasmo. Ortega continuó bombardeando consignas:

—La poesía tiene que ser poesía pura, libre de implicación sentimental. El arte es un juego, es algo completamente intrascendente, caballeros. Ese es el nuevo arte: ¡un deporte! ¡Una inyección de juventud deportiva! ¡La poesía es hoy el álgebra superior de las metáforas! El arte nuevo tiene que crear un nuevo público, un público artístico, que sea capaz de entenderlo como tal arte. El arte nuevo rechaza a la masa, que siempre corre a revolcarse en la realidad humana sin ver lo artístico. Hay que saber mirar el cristal, en lugar de mirar el jardín que hay al otro lado de la ventana. Hoy día, en la era del velocípedo y el cinematógrafo, la vanguardia es un arte impopular, un arte que solo se dirige a los que son capaces de entenderlo: los egregios.*

Hizo una pausa teatral y luego afirmó:

—Estos son los días del alción. ¡El arte nuevo será alciónico o no será, señoritas!

¿El alción? Entre el público se multiplicaron las miradas de perplejidad. ¿Qué tenía que ver el alción? ¿Qué era un alción, por cierto?

—Es como un martín pescador, un pájaro —susurró Juanjo Domenchina.**

—Ah, claro, ya, un pájaro.

—Cosas de Pepe Ortega, no hay que hacerle mucho caso.

Ortega apoyó las palmas de las manos en la mesa y clavó la vista en los senos de María Zambrano:

—Muchachas, hay que hacer un arte artístico. Sois la vanguardia. He dicho.

Se puso el sombrero, cogió el bastón y abandonó la sala dis-

---

* Una exposición completa y más o menos sistemática de estas ideas de Ortega se encontrará en *La deshumanización del arte*.

** Poeta, gran amigo y secretario personal de Azaña. Tras la guerra se exilió en México. Quiso venir a morir a España, pero la dictadura de Franco no se lo permitió. Murió en México en 1959, de un enfisema pulmonar.

culpándose: llegaba tarde. Salió a la calle caminando con la deliberada rotundidad de los bajitos.

El arte deportivo

Belinchón confesó que no había entendido nada.
—El arte es un juego —afirmó Buñuel y comenzó a recitar:

> Pulpo petrificado.
>
> Pones cinchas cenicientas
> al vientre de los montes,
> y muelas formidables
> a los desfiladeros.
>
> Pulpo petrificado.

—¿Qué narices es eso? —se asombró Belinchón.
—Una pita. Ya sabes, una planta. Las hojas acaban en un aguijón.
—Pero ¿es una adivinanza?
—Es un poema de Federico.
—¿El fastidioso García? La madre que le parió. Esto no es serio.
—Por supuesto que no: el arte no tiene ninguna trascendencia, lo ha dicho Ortega. Escucha:

> 1, 2, 3 y 4
> En estas cuatro huellas no caben mis zapatos.
> Si en estas cuatro huellas no caben mis zapatos,
> ¿de quién son estas cuatro huellas?
> ¿De un tiburón,
> de un elefante recién nacido o de un pato?
> ¿De una pulga o de una codorniz?
> (Pi, pi, pi.)

¡Georginaaaaaaaaaaa!
¿Dónde estás?
¡Que no te oigo, Georgina!
¿Qué pensarán de mí los bigotes de tu papá?
(Papáááááááááá.)
¡Georginaaaaaaaaaaa!
¿Estás o no estás?
Abeto, ¿dónde está?
Alisio, ¿dónde está?
Pinsapo, ¿dónde está?
¿Georgina pasó por aquí?
(Pi, pi, pi, pi.)
Ha pasado a la una comiendo yerbas.
Cucú,
el cuervo la iba engañando con una flor de reseda.
Cuacuá,
la lechuza, con una rata muerta.
¡Señores, perdonadme, pero me urge llorar!
(Guá, guá, guá.)
¡Georgina!
Ahora que te faltaba un solo cuerno
para doctorarte en la verdaderamente útil carrera
de ciclista
y adquirir una gorra de cartero.
(Cri, cri, cri, cri.)
Hasta los grillos se apiadan de mí
y me acompaña en mi dolor la garrapata.
Compadécete del smoking que te busca y te llora
entre aguaceros
y del sombrero hongo que tiernamente
te presiente de mata en mata.
¡Georginaaaaaaaaaaaaaaaaaaaa!
(Maaaaaa.)
¿Eres una dulce niña o una verdadera vaca?
Mi corazón siempre me dijo que eras
Una verdadera vaca.
Tu papá, que eras una dulce niña.
Mi corazón, que eras una verdadera vaca.

Una dulce niña.
Una verdadera vaca.
Una niña.
Una vaca.
¿Una niña o una vaca?
O ¿una niña y una vaca?
Yo nunca supe nada.
Adiós, Georgina.
(¡Pum!)*

Federico Belinchón estaba escandalizado.

—Buñuel, la madre que te parió. ¡Moler! Tiene que ser una broma.

—Es que es una broma, paisano: el arte es una broma. ¿No has oído a Ortega? Somos vanguardistas. Los sentimientos humanos nos importan un comino. Estamos aburridos de que el poeta se muestre como un ser humano en sus poesías.

—Anda, pues ¿y cómo narices querrá Ortega que se muestre? ¿Como un pájaro, un ictiosaurio, un dodecaedro? —preguntó Belinchón.

—Parece ser que un pájaro, un martín pescador o algo así —se rió Buñuel—. En serio: lo que tiene que ser es solo poeta. Hacer poesía pura, libre de elementos humanos.

—La madre que parió a Ortega. No entiendo nada —admitió Belinchón—. Pero te digo una cosa, Luis: esto no cuajará. El público va a rechazar de plano el arte deshumanizado.

La corporación

A la puerta de la Residencia le esperaba un taxímetro con el motor encendido. El vehículo atravesó Madrid a gran velocidad y se detuvo en el hotel Palace.

---

* Se trata del poema de Rafael Alberti: «Buster Keaton busca por el bosque a su novia, que es una verdadera vaca». Procede del libro *Yo era un tonto y lo que he visto me ha hecho dos tontos*.

Pepe Ortega descendió, miró a ambos lados para asegurarse de que nadie le seguía y entró en el hotel.

Llamó a la puerta de la suite presidencial.

—Dígame.

—Todas las tortillas de patata son redondas —aseguró Ortega.

—Adelante.

Era la clave convenida.

A la mesa había cinco hombres de mediana edad, aspecto discreto y mandíbulas implacables. Pepe les llamaba «la Corporación» y los había identificado con números, ya que nunca le habían dicho sus nombres.

Sabía que entre los cinco controlaban más de la mitad del capital financiero nacional.

—Caballeros, la cosa marcha —dijo Ortega con entusiasmo.

Ninguno respondió y Ortega comenzó a perder el aplomo que tanto le había costado reunir. Él era el gallo del gallinero. A los poetas los tenía en un puño. Esas cien señoras que formaban «la vida cultural» madrileña comían en su mano. Los periodistas temblaban como gelatina en su presencia. Sus queridas marquesas, esas mujeres fáciles en una edad difícil, se la chupaban a la más mínima indicación, en cuanto les hablaba de la «orificada tortilla». Madrid era suyo, y sin embargo... ¡Esos cinco hombres siempre le intimidaban! Ahora, de pronto, se sentía un payaso con sus zapatos de dos colores, su pajarita, su canotier y el ridículo bastón.

Aquellos tipos ni siquiera eran elegantes. ¿Para qué? Ellos tenían el poder real.

Iban vestidos con trajes anodinos. No se entusiasmaban con nada. Jamás daban muestras de impaciencia. Ni sonreían ni se disgustaban. ¿Arte deshumanizado? Bueno, pues ahí tenía Ortega la deshumanización y, la verdad, así, vista tan de cerca, le daba escalofríos.

Pepe Ortega tragó saliva y repitió con un hilo de voz:

—Sí, en efecto, la cosa marcha. Muy pronto verán resultados.

—Mire, señor —dijo Número 2 con tono de resignada paciencia—, no se preocupe por eso.

—El ROI es cosa nuestra, Ortega, no tenemos prisa —añadió Número 3, y luego, ante el gesto de perplejidad del filósofo, aclaró—: *Return of the Investment*.

—El retorno de la inversión está calculado a medio o largo plazo, ya se lo hemos dicho —remachó Número 5.

Ortega asintió. Número 2 volvió a tomar la palabra:

—*Step One:* consiga una generación literaria. Arrégleselas como quiera, no nos concierne. Y no repare en gastos. Le hemos montado una Residencia a la inglesa, una *Revista de Occidente*, una editorial, en fin..., lo que haga falta. Y *Step Two:* consiga un arte impopular...

—Un arte antipopular, más bien —puntualizó Número 5.

—Correcto. Un arte que divida al público en dos grupos: una minoría que «lo entiende» y una mayoría que «no lo entiende».

—Es como el cubismo, Ortega, ya sabe, esos monigotes que pintan en París. ¿Ha oído hablar de ello?

¿Cómo podían tratarle así a él, al primer filósofo de España, al seductor de aristócratas, al hombre que había leído a Kant y a Hegel en su intraducible alemán?

Ortega sintió que la rabia le hinchaba las venas de la frente. Sabía que se le estaban poniendo las orejas rojas como pimientos. La Corporación lo notaría y él no podía hacer nada por impedirlo. Cuanto más pensaba en ello, más se le enrojecían, lo sabía.

—Por supuesto —respondió ofendido—. Conozco muy bien la pintura de Picasso...

—Le felicito, Ortega —le interrumpió Número 5.

—La pintura es más rentable —comentó Número 3.

—Hay que tener paciencia, esta es una inversión a largo plazo —observó Número 2—. Cuando pase lo que tiene que pasar.

Siempre hablaban de lo mismo y Ortega estaba hasta las narices de no entender nada. ¿Qué iba a pasar? ¿A qué venía tanto secreto y tantos augurios? ¿Cuáles eran esas negras nubes que se cernían sobre el horizonte?

Él, desde luego, no veía nada, todo iba sobre ruedas, a pedir de boca y como la seda. Él veraneaba en Biarritz, donde leía a

Confucio. Las chicas practicaban el *flirt*, con un concepto deportivo, orteguiano, del erotismo. Por las noches había carreras de velocípedos en La Castellana. Le invitaban al golf y luego, en la *verandah* del *chalet*, estaba servida la mesa. Comerían la «orificada tortilla». Como él decía, cada uno era dócil a su *dharma;* eso era lo fundamental. No había que rebelarse contra el propio *dharma*. El suyo era ser el primer filósofo español y había quien tenía como *dharma* jugar al golf, como la marquesa de Tamariz, su «Alicia incalculable»... ¿Dónde narices estaba el peligro inminente?

—Estos son los *halcyon days*, caballeros —resumió Número 3—, pero se acabarán pronto.

—*Of course* —dijo Ortega y, nada más decirlo, se sintió ridículo: había emitido algo como «ofcurs», igual que si se hubiera atragantado.

Otra vez los alciones. Había tenido que mirarlo en el diccionario. En inglés, al parecer, los días alciónicos eran los días felices, ligeros, aéreos. Nietzsche hablaba de eso, lo recordaba. La expresión inglesa venía de esos días, en el solsticio de invierno, en los que se apacigua el viento en el mar y los alciones hacen sus nidos. ¿Qué se habían creído? ¿Que él se chupaba el dedo? ¡Miau! Pues él, por su cuenta, ya había elaborado toda una teoría, el alcionismo: la calma jovial, el sosiego activo, el alcionismo de Cervantes, por ejemplo.

Sonaba bien, aunque de momento no se entendiera, y con razón, porque Pepe aún no tenía del todo claro lo que quería decir.

Ya se le ocurriría algo, y entonces... ¡se iban a enterar!

—Llegará un día en que nos interese vender distinción, capital simbólico* —le explicó Número 2.

---

* Concepto que aclararía más tarde Pierre Bourdieu. El capital simbólico es aquel cuyo valor procede de la percepción, del consenso social en determinado campo. Toscamente: este consenso admite como *naturales* determinados valores (propios de un grupo social) que, por tanto, se convierten en capital simbólico. Por ejemplo, el honor en las sociedades mediterráneas, o por ejemplo: Picasso es un gran pintor, pero, en cambio, no Julio Romero de Torres, el habitual ilustrador de los calendarios que adornan las viviendas más humildes. Puede consultarse, además de *La distinción*,

—Entonces ya no servirá, no sé, pongamos por caso, un Galdós, un Bécquer... Serán de calidad, a nosotros eso nos da lo mismo. El problema es que los entiende todo el mundo —explicó Número 3—. Nosotros vamos un poco más allá. Haga un esfuerzo, Ortega. Hay que crear un tipo de arte que aporte capital simbólico...

—Ahí es donde está el negocio —corroboró Número 2.

—Un nuevo segmento de mercado, Ortega—concluyó Número 4.

—Por eso es tan importante su trabajo —le animó Número 3—. Usted va a crear una clase dirigente literaria: unos mandarines, ¿lo comprende? Los encargados de darle valor a determinados productos culturales, de convertirlos en capital simbólico.

Pensó que iba a estallar de rabia. Si seguían tratándole como a un niño, le iban a reventar las orejas.

—¡Tengo a los mejores! Alberti, Lorca, Salinas, Dámaso Alonso... —expuso Ortega.

—No estoy seguro de que lo entienda. Eso a nosotros nos trae sin cuidado. Como si son un churro, Ortega, no hay ninguna diferencia. Su cometido es crear un nuevo público que esté dispuesto a pagar a cambio de distinción. Que piensen que entienden algo que el resto no entiende.

—Le voy a poner un ejemplo —ayudó Número 3—. ¿Usted cree que alguien distingue un Picasso de los garabatos de mi sobrina de cinco años? Por supuesto que no, pero eso da lo mismo. Hay unos mandarines que sancionan a Picasso como valioso y a mi sobrina, en cambio, no. Y eso nos conviene a todos. ¿Por qué? Mire usted, ayer adquirí diez Picassos. Son diez churros, Ortega, se lo garantizo, pero ¿sabe usted lo que pueden valer dentro de cincuenta años?

—Hay mucho papanatas —se atrevió a decir Ortega.

—Nosotros preferimos hablar de capital simbólico. No hacemos juicios de valor —le aclaró Número 2.

---

su obra *El sentido práctico*. El concepto de capital simbólico puede (y debe) utilizarse para analizar la fijación del canon literario.

—Voy a organizar una sonada, pierdan cuidado —explicó Ortega—. Revistas, recitales, polémicas en la prensa...

—Cuente con el presupuesto que necesite. No hace falta que nos informe de los detalles —le indicó Número 5.

—Confiamos en usted, señor Ortega. Recibirá el santo y seña para la próxima reunión por el conducto habitual —añadió Número 3.

Ortega se levantó, hizo, a su pesar, una reverencia y abandonó la sala andando marcha atrás.

Estaba francamente furioso. Sentía incandescencia en las orejas.

Decidió visitar a una de sus queridas marquesas felatómanas.

El alción

¿Qué estaba sucediendo? Federico Belinchón no entendía nada. Él quería escribir poesía modernista, como Rubén Darío, como Manuel Machado. Expresar en versos musicales su hastío de la existencia, su decadentismo, su miedo a la muerte y la aniquilación.

> ¡Torres de Dios! ¡Poetas!
> ¡Pararrayos celestes
> que resistís las duras tempestades,
> como crestas escuetas;
> como picos agrestes,
> rompeolas de las eternidades!

Igual que el alción, las vanguardias artísticas aprovecharon el breve intervalo equinoccial entre dos guerras para poner sus huevos líricos y sorprendentes.

La torpeza del albatros ya estaba mandada recoger, lo mismo que esas enormes alas que le permitían remontarse hacia la trascendencia y dar expresión a las eternidades. El arte de vanguardía era intrascendente por voluntad propia y con el mismo colorido brillante que el plumaje del alción.

El alción hace su nido en mitad del invierno, en el mar, aprovecha el solsticio y esos siete días antes y después en que el viento se apacigua y el océano está en calma. Construye su nido con espinas de pescado. «Días de alción» se llaman por eso aquellos en que el viento no azota y el mar está tranquilo.

Así fue el periodo de entreguerras, que los vanguardistas aprovecharon para poner sus huevos de iridiscentes colores y para zambullirse, como el alción, en las olas del subconsciente y reaparecer con la presa en el pico: las asociaciones inesperadas, ese legendario encuentro de un paraguas y una máquina de coser sobre la mesa de un quirófano, los nuevos objetos poéticos: el automóvil de carreras, los antibióticos, la penicilina o la escafandra autónoma.

El Modernismo lo había llenado todo de gerifaltes, canéforas, ánforas y cisnes; pero se había acercado al abismo del sentimiento humano, había avanzado bajo tierra, con los ojos cerrados, tanteando con las manos las raíces del dolor y el miedo.

Las vanguardias acabaron con todo aquello, lo reemplazaron por máquinas de escribir, motores, cinematógrafos y telegramas, y lo vaciaron de contenido humano, de implicación sentimental: querían una poesía pura, una poesía poética. Se habían propuesto ver el cristal, en lugar de mirar el jardín a través de él.

—Eso no tiene sentido, la madre que les parió —se desesperaba Belinchón a solas en su cuarto, mientras escribía su obra maestra, una larga composición en alejandrinos que llevaba como título *Neso y Deyanira*.

Cuando murió su padre, Federico tenía diez años. Apenas le recordaba. Conservaba la imagen de un hombre de movimientos cuidadosos que le miraba atónito, como las vacas cuando ven pasar los trenes. Su madre, doña Margarita, le había criado en el convencimiento de que descendían de una noble familia de militares y empresarios. Le había contado que su abuelo paterno, don Alfonso Belinchón, había sido uno de los ingenieros que construyeron el ferrocarril en la isla de Cuba. A su propio padre, Margarita le había borrado su vida de tabernero de la calle de la Palma y le había convertido en militar de alta graduación: el coronel Rivas, héroe de las guerras africanas, enterrado con salvas de honor y la pechera cuajada de medallas.

Doña Margarita vivía en Zaragoza, aunque conservaba en Madrid la casa de Pontejos y la mesa camilla hereditaria, y le entregó a su hijo el Longines de oro parado a las siete y media y aquella caja de madera con una llave en una cadena de plata.

Federico la había abierto en una ocasión y solo había encontrado legajos amarillentos con una apretada caligrafía indescifrable. Había vuelto a cerrarla, se había puesto la llave al cuello y la había dejado en casa de su madre, en Zaragoza.

Había pensado que debían de ser títulos de propiedad o privilegios reales concedidos a sus heroicos antepasados.

—¡Hosti, tú, me congratulo de que ya hayas matado a tu padre! —le dijo Dalí cuando se lo contó.

—¡Yo no le maté! —protestó Belinchón—. Qué bestia eres, Dalí.

—Que mates a tu padre o te abstengas de hacerlo es indiferente: vas a sentirte culpable de todas formas. Lo dice Freud.

—La madre que le parió.

Dalí le contó que, cuando se fue de casa de su padre, se masturbó sobre un papel. Encima de la mancha de esperma escribió: «Ya no te debo nada». Lo metió en un sobre y se lo envió a su padre a Figueras, a la notaría.

—¡Moler, tú estás majareta! —opinó Belinchón.

—La única diferencia entre un loco y yo es que yo no estoy loco —le aseguró Dalí.

Egregios y vulgares

La marquesa de Tamariz acabó agotada. Aplacar la rabia del primer filósofo español no era tarea fácil. Pepe Ortega llegó al palacio de Alicia fuera de sí, iracundo, erecto, insolente y con las orejas rojas como ascuas.

Cuando se fue, satisfecho, a la marquesa le dolían las mandíbulas.

De camino, Ortega se tomó una copa de anís en una taberna. No solía hacerlo, pero esa noche la necesitaba.

El local estaba lleno de plebe, de vulgo, de masas: esa España invertebrada que acudía a contemplar ejecuciones y nunca había leído a Husserl.

De pronto, al fondo, reconoció al pequeño de los Machado, Antonio. Cambió de sitio para que no le viera, no quería saludarle. Era un boicoteador, un trasnochado: sus poesías seguían tratando de la vida. Vivía en pensiones, se negaba a hacer deporte y escribía con rima consonante. Un caso perdido.

Antonio golpeaba con los dedos en el mármol para ir contando las sílabas de alguno de sus poemas:

> ¡Solo tu figura,
> como una centella blanca,
> en mi noche oscura!
>
> ¡Y en la tersa arena,
> cerca de la mar,
> tu carne rosa y morena,
> súbitamente, Guiomar!

¿Cómo podía, el muy cabrón, escribir así, con esa pinta de mendigo harapiento? Ortega observó que llevaba unos fideos colgando de la solapa de la chaqueta. ¿Serían de la comida? ¿De la cena de ayer? ¿Del cocido del jueves? ¿Llevarían allí pegados y resecos una semana? Antonio era capaz de todo: dejaba caer la ceniza sobre la ropa, tomaba apuntes en los puños de la camisa y salía del baño sin abrocharse la bragueta. Le daba lo mismo ocho que ochenta.

Su hermano Manuel era otra cosa: ¡un señor! ¡Un vertebrado español!

> Yo, poeta decadente,
> español del siglo veinte,

que los toros he elogiado,
y cantado
las golfas y el aguardiente...
y la noche de Madrid,
y los rincones impuros,
y los vicios más oscuros
de estos bisnietos del Cid:
de tanta canallería
harto estar un poco debo;
ya estoy malo, y ya no bebo
lo que han dicho que bebía.

Porque ya
una cosa es la poesía
y otra cosa lo que está
grabado en el alma mía...

Grabado, lugar común.
Alma, palabra gastada.
Mía... No sabemos nada.
Todo es conforme y según.

Tenía gracia y, sin embargo, no había comparación con su hermano menor. Un modernista decadente, ¡a estas alturas! ¡Un modernista en plena edad del velocípedo y el cinematógrafo! Si casi le recordaba a Campoamor. Manuel tendría gracia, sí, una gracia muy andaluza, pero Antonio tenía otra cosa. ¿Qué era? ¿Una fulguración? ¿Un resplandor? ¿Una ventana abierta que deja pasar el viento del infinito? ¿La poesía acaso, esa «álgebra superior de las metáforas»?

Ortega le estudió con disimulo. Ahí estaba el poeta. ¿Cuántos aguardientes llevaría encima? No menos de seis, a juzgar por sus ojos encharcados. Tamborileaba sobre el velador para escandir los versos. Tenía el filo de las uñas negro. «Palabra en el tiempo.» Se sorbía los mocos. «Se canta lo que se pierde.» Se limpiaba la boca con la manga de la camisa. «Me debéis cuanto escribo.» De pronto, se quedó inmóvil, estiró la espalda, leyó lo que había escrito; con pulso tembloroso, tachó y volvió a escribir dos veces; lo leyó de nuevo, añadió unos renglones.

> En el gris del muro,
> cárcel y aposento,
> y en un paisaje futuro
> con solo tu voz y el viento;
>
> en el nácar frío
> de tu zarcillo en mi boca,
> Guiomar, y en el calofrío
> de una amanecida loca.

Había que ser cabrón.

Antonio aún añadió unas líneas. Leyó otra vez de principio a fin, acercándose mucho el papel a la cara. Entonces sonrió con tristeza. Dobló el papel cuatro veces seguidas, hasta que lo redujo al tamaño de una caja de cerillas; lo guardó en el bolsillo interior de la chaqueta y llamó al camarero.

Pidió otro aguardiente. Doble.

> Todo amor es fantasía;
> él inventa el año, el día,
> la hora y su melodía;
> inventa el amante y, más,
> la amada. No prueba nada,
> contra el amor, que la amada
> no haya existido jamás.

¡El muy cabrón!

A Antonio todo le importaba un pepino y luego iba y escribía lo que escribía.

Por otra parte, a los de la Corporación también les daba todo igual, y luego iban y se apoderaban de un país entero sin pestañear.

¿Es que el único que se hacía bien el nudo de la corbata de pajarita era él, don José Ortega y Gasset, el primer filósofo español?

Como siempre que utilizaba esa expresión, le vino a la cabeza la visión espantosa de Miguel de Unamuno con su boina, sus zapatones de aldeano y las gafas de alambre.

Se le revolvió el estómago; sería el anís.

Le daban arcadas: ¡Unamuno! El carcamal, el cascarrabias, el cagaprisas que siempre quería ser el primero. ¿Ese tipo era un filósofo? «¡Amos, anda!», se dijo Pepe con chulería. Él era el primer filósofo español y punto. Unamuno, al fin y al cabo, no era más que un individuo capaz de meter en un poema la palabra «palanca» con tal de conseguir que algo rimara con «Salamanca». «¡Académica palanca!» ¿Con eso no estaba todo dicho?

Pepe Ortega dejó un billete sobre el mostrador y salió sin esperar la vuelta, descompuesto, apresurado y dando manotazos al aire para disipar la visión del paradójico y testarudo Unamuno con sus pajaritas de papel y su puesto de rector en Salamanca.

Días de llamas*

Los días del alción terminaron de pronto, tal y como habían anunciado los patrocinadores de Ortega y su generación. La vanguardia equinoccial se desvaneció al instante: había que tomar partido.

En España, según nuestras tradiciones, una cuadrilla de militares se sublevó contra el Gobierno y provocó una guerra civil. En el resto de Europa tampoco tardaría en empezar a correr la sangre. Los artistas alciones desaparecieron, igual que se vacía el patio cuando suena el timbre y se acaba el recreo. Solo quedaron algunos chicles pegados a los muros, marcas de tiza, chapas en el suelo, metáforas fulgurantes, un balón de reglamento pin-

---

* Con este título, *Días de llamas,* publicó en 1979 Juan Iturralde (que entonces tenía más de sesenta años) la que tal vez sea la novela más interesante sobre la guerra civil. Iturralde es el pseudónimo de José María Pérez-Prat (1917-1999), abogado del Estado y escritor. El título lo tomó de Victor Hugo, que decía: «Las revoluciones son como los volcanes: tienen días de llamas y años de humo».

chado, audacias formales, innovaciones métricas y cáscaras de pipas.

Los sublevados tomaron el poder en Andalucía occidental, León, Castilla la Nueva, Galicia, Navarra, Mallorca, Canarias, parte de Aragón y los territorios africanos. El piloto Ansaldo debía trasladar en un biplano desde Estoril al general Sanjurjo a Burgos para que asumiera el mando de la sublevación y la encauzara hacia una restauración monárquica.

Sanjurjo era un hombre corpulento, un militar de la vieja escuela, que se presentó en el aeródromo con un enorme baúl. Juan Antonio Ansaldo se aterrorizó y le advirtió que era demasiado peso. Sanjurjo se negó a viajar sin sus uniformes de gala, correajes, entorchados, botas, gorras y medallas..., ¡hasta ahí podíamos llegar! ¿Qué quería Ansaldo? ¿Que se presentara en Burgos en traje de faena o incluso vestido de paisano?

Ansaldo se resignó e intentó despegar con el sobrepeso de la vanidad militar de Sanjurjo. El avión rozó las ramas de un árbol, capotó y se estrelló en la Boca do Inferno (¡buen sitio!), donde murió el general, carbonizado junto a sus adorados uniformes de gala.

El golpe militar, sin cabeza y vacío de programa político, quedó entonces a disposición del más afortunado o el menos escrupuloso de aquellos militarotes crueles y ambiciosos, que podía convertirlo en lo que le diera la gana: una interminable dictadura militar, por ejemplo.

A principios de agosto ya había tres ejércitos combatiendo contra el Gobierno de la República: el del Norte, al mando de Mola, con sede en Pamplona y que pretendía conquistar el País Vasco y avanzar hacia Madrid; el de África (luego llamado del Centro), al mando de Franco, cuya misión era la conquista de Extremadura y el avance hacia Madrid por el valle del Tajo, y el del Sur, al mando de Queipo, un sádico alcoholizado, verborreico y pintoresco que se limitaba a mantener el terreno ganado y a extender la sublevación al resto de Andalucía.

Franco quiso dejar claras sus intenciones desde el principio. En agosto conquistó Badajoz a sangre y fuego y después exterminó a una gran parte de sus habitantes. En ese mismo mes de agosto, en Granada, fusilaron a García Lorca, el fastidioso «Federico por antonomasia». Nunca se encontró su cadáver.*

El 18 de julio, Pepe Ortega estaba enfermo en su casa de la calle Serrano. Creyó reconocer a uno de los miembros de la Corporación en una foto de Juan March** que salió en un periódico. Se parecía al que él conocía como Número 5. Tenían razón: lo que iba a venir ya había llegado. El 21 se trasladó a la Residencia de Estudiantes. Indagó con discreción lo que necesitaba saber:

—¿Qué ha dicho Unamuno?

—Unamuno apoya el Alzamiento, Pepe. Ahora dice que son los valores de Occidente enfrentándose a la barbarie.

—¿Ah, sí? Pues se van a enterar.

Ortega firmó de inmediato un manifiesto de apoyo a la República que apareció en *ABC*.

El 31 de agosto, gracias a la embajada de Francia, partió hacia Marsella y luego a París, donde pudo practicar a gusto su exquisito francés.

«¡Soy el primer exiliado!», se decía orgulloso.

Cuando Belinchón se enteró del asesinato del falso Federico, comprendió de golpe la inutilidad de escribir poesía.

¿Más poesía? ¿Otra poesía más? ¿Una sola poesía más? ¿Y para qué? ¿Para quién?

Belinchón permaneció en el frente sin escribir una sola línea.

Ahora quería transformar la sociedad, y se afilió al Partido Comunista.

El amor que llevaba años esperando sorprendió a Federico en 1937, a bordo de un buque en el puerto de Valencia.

Belinchón debía conducir a Madrid a dos oficiales soviéticos.

Fue como una aparición. Federico la vio en la amura de estribor, con mono de miliciana y una pistola a la cintura. Parecía

---

* El historiador Fernando Marías mantiene que sobrevivió al fusilamiento. Véase su libro *La luz prodigiosa*.

** *El último pirata del Mediterráneo*, como llama Manuel D. Benavides al capitalista mallorquín en su biografía novelada. March financió el llamado Alzamiento franquista y dedicó su vida a un solo y triste objetivo: acumular dinero.

un mascarón de proa, salpicada de sal y erguida contra el horizonte.

—Me gustan tus pendientes, camarada —le dijo Belinchón, para no decirle que le gustaban sus pechos.

—Gracias. Son turquesas. Cambian de color para avisar de los peligros. Son unos pendientes de tuerca.

Lo único que se le ocurrió preguntar a Belinchón fue:
—¿Son difíciles de quitar?
—Con la boca no —respondió ella.
Entonces sonrió y se acarició los labios con la lengua.
Federico sintió un dolor agudo.
Ella soltó una carcajada.

Hicieron noche en Honrubia. Los dos rusos compartieron habitación. Teresa y Federico, también.

Al amanecer, Belinchón estaba tumbado boca abajo. Teresa se había sentado a horcajadas sobre los muslos de Federico y le acariciaba la espalda.

—¿Qué es esto, Fede? —preguntó dibujando con la yema del dedo una media luna en su nalga derecha.

—Me haces cosquillas.
—Tienes una marca, como si fuera una ce. ¿Es una cicatriz?
—Sí, claro, de navaja —se rió Belinchón.
—¡Facineroso!
—¡Mujer fatal!
—¡Delincuente! ¡Navajero! ¡Perdulario!
—¡Suripanta! ¡Azotacalles! ¡Puticlista!

Teresa se tumbó sobre la espalda de Federico, le abrazó y le susurró al oído:
—Rufián.
—Puta —respondió él.

Teresa deslizó una mano entre el colchón y el cuerpo de Federico, hacia abajo, hasta su entrepierna.

—Señorito de mierda —dijo, y Federico sintió en la nuca el calor de su aliento y la mano de Teresa cerrándose en un puño que apretaba su polla.

—Pajillera —dijo.

Teresa se agitaba sobre él, con un muslo encajado entre sus nalgas.

—Fascista.

—Puta arrastrada.

Al rato Federico advirtió:

—Me voy..., me estoy..., creo que ya...

—No aguantas más, ¿verdad? —preguntó Teresa y detuvo el movimiento de su mano—. ¿Quieres que siga?

—Sigue —gimió Federico.

—Soy un cabrón, dilo. Di: soy un cabrón.

—Soy un cabrón.

La mano volvió a moverse, cada vez a más velocidad.

—¡Dilo!

—Soy un cabrón.

—Dilo.

—Soy un cabrón —repetía Federico con voz entrecortada.

Teresa le apretaba los hombros con los dientes, frotaba sus pechos contra su espalda y le metía la pierna entre los muslos, aplastándole los testículos desde atrás.

Federico se corrió; Teresa soltó una carcajada.

—Eres un cabrón —le dijo.

—Te quiero —murmuró Federico.

El baño estaba en el pasillo, y antes de entrar Federico se encontró con uno de los rusos que salía. El camarada le guiñó un ojo.

Teresa tenía razón: en la nalga derecha tenía una mancha en forma de ce.

—¿Soy un cabrón? —le preguntó sonriendo.

Teresa estaba tumbada en la cama, con las manos enlazadas detrás de la cabeza.

—Sí, lo eres —respondió—. ¿Sabes que estoy casada? Tú lo sabías, cabrón.

El cholo Vallejo

En los primeros días de guerra en Madrid, milicianos y soldados, organizados por partidos, sindicatos y grupos locales, iban en autobuses a defender la República en las montañas graníticas y azuladas del Guadarrama. La mayoría volvían a Madrid a pasar la noche y cada mañana se trasladaban a la sierra en camiones o en uno de esos autobuses rojos de dos pisos. Era como una excursión, con tortilla de patatas, fusiles y acompañados a menudo de mujeres. Sin embargo, los combates eran encarnizados y las bajas numerosas. Federico Belinchón se encontraba en el Alto del León, y allí fue donde conoció al capitán Fernando Corella, el marido de Teresa Salas.

Era un hombre joven y simpático, le faltaban dos dedos de la mano izquierda y llevaba un flequillo largo que a menudo le tapaba los ojos. Él no sabía nada. Teresa se había negado a decírselo.

Pasado el verano, Franco fue por fin «exaltado» en Burgos, por procedimientos fraudulentos, a la Jefatura del Estado, con el risible y superlativo título de «Generalísimo».

En los territorios conquistados por los fascistas, la represión era feroz.

Los poetas se sintieron desconcertados. Lo mismo que treinta años antes, miraron al otro lado del océano pidiendo auxilio. En 1906 habían recurrido a Rubén Darío, el chorotega ebrio, el fauno que rescató a la poesía del rincón en donde la habían castigado cara a la pared los románticos. En 1936 contaron con dos tablas de náufrago, dos soluciones diferentes para resolver la ecuación de la poesía comprometida.

—Neruda —proponía uno.
—¿Neruda? Ni hablar: Vallejo.
—¡Neruda!
—¡Vallejo!

Los dos poetas andaban yendo y viniendo por Madrid. Neruda vivía en Argüelles, en la Casa de las Flores, con un balcón que daba al azulado Guadarrama. Vallejo aparecía cada cierto tiempo para cobrar una beca de estudios y llegó a instalarse en la calle del Acuerdo, no lejos de la Casa de las Flores.

Neruda parecía una de esas misteriosas estatuas de la isla de Pascua, era coleccionista de palabras y cosas, de enseres y versículos, de enumeraciones, esculturas, vasijas, pipas y restos de naufragios, sobre todo mascarones de proa de buques hundidos.

Vallejo parecía un sacerdote inca, solemne y cejijunto, siempre con cara de poquísimos amigos y vestido con la severidad sencilla de un cobrador de recibos a domicilio. Llevaba en el dedo corazón de la mano izquierda un anillo con un ónice negro de gran tamaño.

Neruda había escrito en 1935:

> Así sea la poesía que buscamos, gastada como por un ácido por los deberes de la mano, penetrada por el sudor y el humo, oliente a orina y azucena, salpicada por las diversas profesiones que se ejercen dentro y fuera de la ley.
>
> Una poesía impura como un traje, como un cuerpo, con manchas de nutrición, y actitudes vergonzosas, con arrugas, observaciones, sueños, vigilia, profecías, declaraciones de amor y de odio, bestias, sacudidas, idilios, creencias políticas, negaciones, dudas, afirmaciones, impuestos.*

Y Vallejo escribió cuando acababa 1937:

> Un hombre pasa con un pan al hombro.
> ¿Voy a escribir, después, sobre mi doble?
>
> Otro se sienta, ráscase; extrae un piojo de su axila, mátalo.
> ¿Con qué valor hablar del psicoanálisis?
>
> Otro ha entrado a mi pecho con un palo en la mano.
> ¿Hablar luego de Sócrates al médico?
>
> Un cojo pasa dando el brazo a un niño.
> ¿Voy, después, a leer a André Breton?

---

* Se trata del célebre «Manifiesto por una poesía impura» que apareció en octubre de 1935 en la revista *Caballo verde para la poesía*.

Otro tiembla de frío, tose, escupe sangre.
¿Cabrá aludir jamás al Yo profundo?
Otro busca en el fango huesos, cáscaras.
¿Cómo escribir, después, del infinito?

Un albañil cae de un techo, muere, y ya no almuerza.
¿Innovar, luego, el tropo, la metáfora?

Un comerciante roba un gramo en el peso a un cliente.
¿Hablar, después, de cuarta dimensión?

Un banquero falsea su balance.
¿Con qué cara llorar en el teatro?

Un paria duerme con el pie a la espalda.
¿Hablar, después, a nadie de Picasso?

Alguien va en un entierro sollozando.
¿Cómo luego ingresar a la Academia?

Alguien limpia un fusil en su cocina.
¿Con qué valor hablar del más allá?

Alguien pasa contando con sus dedos.
¿Cómo hablar del no-yo sin dar un grito?

César Vallejo murió en París, un viernes de la primavera de 1938, el 15 de abril. Era Viernes Santo.

> Me moriré en París con aguacero,
> un día del cual tengo ya el recuerdo.
> Me moriré en París —y no me corro—
> tal vez un jueves, como es hoy, de otoño.

Agonizaba en el hospital y, según dicen, se incorporó de pronto y gritó:
—España... Me voy a España.
En España, el frente de Aragón se desmoronaba: habían caído Belchite y Quinto, luego caerían Alcañiz, Montalbán y Cas-

pe. El 1 de abril los fascistas cruzan el Segre y el 4 ya ocupan Lérida. Neruda está escribiendo *España en el corazón*. El 15 de abril Vallejo muere en París y ese mismo día los fascistas llegan al Mediterráneo en Vinaroz, dividiendo en dos el territorio de la República.

Según la viuda del poeta, sus últimas palabras fueron más inesperadas y enigmáticas, más vallejianas:

—¡Palais Royal! —dice que dijo.

Vallejo ya había escrito: «En suma, no poseo para expresar mi vida, sino mi muerte».

El 13 de marzo, después de comer, se sintió cansado. Tenía fiebre. El 24 lo trasladaron a la clínica Villa Arago.

Los médicos no saben lo que tiene, piensan que no es nada grave.

—Nunca he visto morir a un hombre que solo está cansado —dice uno de ellos.

Tras una agonía desesperada, muere a las nueve y veinte de la mañana, sin otro diagnóstico que el cansancio.*

> César Vallejo ha muerto, le pegaban
> todos sin que él les haga nada;
> le daban duro con un palo y duro
> también con una soga; son testigos
> los días jueves y los huesos húmeros,
> la soledad, la lluvia, los caminos...

El 29 de abril, en el cementerio de Montrouge, había muy pocas personas alrededor de la tumba abierta: Tristán Tzara, Nicolás Guillén, Juan Larrea, André Malraux, Louis Aragon y dos o tres más.

Aragon habló en nombre de la Asociación de Escritores. También habló Gonzalo More, en nombre del Partido Comunista peruano. Entre uno y otro, dijo unas palabras un funcionario en nombre de la República de España. Se llamaba Antonio

---

* Solo más tarde se atribuyó su muerte a un antiguo paludismo.

Ruiz Vilaplana y era secretario de embajada: le había correspondido estar allí, era su trabajo.

Ninguno de los presentes sabía quién era, aunque Vallejo le habría reconocido sin titubear y le habría dado las gracias y un abrazo, sin que Ruiz Vilaplana supiera por qué.

César Vallejo había nacido en 1892, «un día que Dios estuvo enfermo grave», a mil ciento cinco metros de altitud, en Santiago de Chuco. Era el menor de doce hermanos. Sus dos abuelos habían sido sacerdotes españoles; sus dos abuelas, indias chimú. Vallejo quiso estudiar Medicina, pero era demasiado pobre. Trabajó como ayudante de cajero en la hacienda azucarera Roma. Allí, como en las caucherías del Amazonas, se seguía practicando la esclavitud. Los enganchadores atraían a los peones y les vendían alcohol a crédito hasta que acumulaban una deuda que no podrían pagar en toda su vida. Sus hijos recibían esta deuda hereditaria y también eran esclavizados. Años después, en su novela *El tungsteno,* Vallejo describió sus experiencias del mercado laboral capitalista.

Abandona la hacienda y comienza a trabajar como maestro, a la vez que se matricula en Filosofía y Letras. Entre sus alumnos está Ciro Alegría, el que luego escribirá *El mundo es ancho y ajeno*. Alegría, años después, seguiría repitiendo la impresión que le produjo su maestro:

—Mi profesor me recordaba a un peón de la hacienda de la familia. Tenía la cara solemne y triste. Yo no podía apartar de él los ojos. Vallejo tiró el cigarrillo, se apretó la frente, se alisó otra vez la sombría melena y luego volvió a quedarse inmóvil. Contraía la boca en un rictus doloroso. Solo mirarle provocaba inquietud. Irradiaba tristeza.

Su primer amor por Zoila Rosa, a la que él llamaba Mirto, le hace escribir poemas como «El poeta a su amada», que envía a la revista *Variedades:*

> Amada, en esta noche tú te has crucificado
> sobre los dos maderos curvados de mi beso;
> y tu pena me ha dicho que Jesús ha llorado,

y que hay un viernesanto más dulce que ese beso.

En esta noche rara que tanto me has mirado,
la Muerte ha estado alegre y ha cantado en su hueso.
En esta noche de setiembre se ha oficiado
mi segunda caída y el más humano beso.

Amada, moriremos los dos juntos;
se irá secando a pausas nuestra excelsa amargura;
y habrán tocado a sombra nuestros labios difuntos.

Y ya no habrán reproches en tus ojos benditos;
ni volveré a ofenderte. Y en una sepultura
los dos dormiremos, como dos hermanitos.

Aunque el soneto no se publicó, Vallejo recibió una carta alentadora de Clemente Palma (el hijo del famoso Ricardo Palma):*

El trabajo recibido es un adefesio literario... ¿A qué diablos llama usted «los maderos curvados de sus besos»? ¿Cómo hay que entender eso de la crucifixión? Hasta el momento de largar a la canasta su mamarracho, no tenemos de usted otra idea sino la de deshonra de la comunidad trujillana, y de que si descubriera su nombre, el vecindario le echaría lazo y lo amarraría en calidad de durmiente en la línea del ferrocarril.

Después tuvo una relación con Otilia Villanueva, la lavandera que lavaba su traje «en sus venas otilinas, en el chorro de su corazón». Volvió a su pueblo, donde se produjo un altercado. Le acusaron de ser el instigador y se refugió en casa de su amigo Antenor Orrego.

Por la mañana, Antenor le despierta de una violenta pesadilla.

—Acabo de verme en París —le explica Vallejo— con gente desconocida y, a mi lado, una mujer también desconocida. Me-

---

* Ricardo Palma es el conocido autor de las *Tradiciones peruanas*, una colección de estampas de costumbres que retrata, con tono a menudo irónico, la época colonial.

jor dicho, estaba muerto y he visto mi cadáver. Nadie lloraba por mí.

El recuerdo de su propia muerte vista en sueños no se apartó nunca de su vida.

Al final le capturan y es encarcelado. A los veintinueve años, César Vallejo ya había pasado ciento doce días en prisión.

«El momento más grave de mi vida fue mi prisión en una cárcel del Perú», escribió.

Luego se corrigió: «El momento más grave de mi vida no ha llegado todavía».

En la cárcel escribió un libro misterioso y contundente, *Trilce*, que se imprime en los talleres tipográficos de la penitenciaría.

El 17 de junio de 1923 Vallejo embarca en el *Oroya*, que zarpó del Callao rumbo a Europa. Va acompañado de Julio Gálvez, sobrino de Antenor Orrego. Ninguno de los dos volvió al Perú.

Cuando llega a París, el 13 de julio, no sabe francés y no tiene ni un franco. Comprende entonces «la enorme cantidad de dinero que cuesta ser pobre». Solicita una beca de estudios en España. Vive en París con Henriette Maisse, en el hotel Richelieu, en la Rue Molière, y viaja de vez en cuando a Madrid para cobrar su beca y examinarse de asignaturas de Derecho (que suele suspender).

En 1927 se acerca a Georgette Philippart y la invita a un café en Le Carillon. La escena tuvo lugar en la Rue Montpensier, al borde del jardín del Palais Royal («¡Palais Royal!», dice la viuda que dijo Vallejo antes de morir).

A partir de 1929 vivieron juntos. Ambos eran militantes comunistas. Vallejo, por sentido de la responsabilidad, decidió no tener hijos. La pareja vivía concentrada en la actividad política, con escasas sonrisas y evitando cualquier distracción. Su única causa era la revolución universal y apartaban de su camino objetivos tan frívolos como la felicidad personal. Cuando murió la madre de Georgette, en 1929, con la herencia pudieron hacer el primer viaje a la Unión Soviética.

Vallejo, cada día más pobre, contempla un retrato de su padre muerto y piensa:

> Mi padre duerme. Su semblante augusto
> figura un apacible corazón;
> está ahora tan dulce...
> si hay algo en él de amargo, seré yo.

Luego mira la fotografía de su madre muerta y piensa:

> Cuando ya se ha quebrado el propio hogar,
> y el sírvete materno no sale de la
> tumba,
> la cocina a oscuras, la miseria de amor.

Mira a su alrededor: todos han muerto. Murió doña Antonia, la ronca, que hacía pan barato. Murió el cura Santiago. Murió aquella joven rubia, Carlota, dejando un hijito de meses, que luego también murió a los ocho días de la madre. Murió *Rayo*, mi perro. Murió Lucas, mi cuñado. Murió el músico Méndez. Todos han muerto y Vallejo se da cuenta en ese momento:

> Murió mi eternidad y estoy velándola.

¿Era eso la vida, esta vida? ¿Es esto? ¿El largo velatorio de nuestra propia eternidad?

Cuando le detiene la policía francesa, en 1931, la Dirección de Seguridad del Ministerio del Interior dicta un decreto de expulsión. Vallejo se va a Madrid y se afilia al Partido Comunista de España, donde realiza tareas de agitación y propaganda.

Los militares se sublevan, comienza la guerra.

Vallejo escribe:

> El día de mayor exaltación humana que registrará mi vida será el día en que he visto Madrid en armas, defendiendo las libertades del mundo.

En 1936 Antonio Ruiz Vilaplana era secretario del Juzgado de Instrucción en Burgos, la capital de los fascistas. Asustado de la barbarie de la que es testigo, escapa en junio de 1937. En Francia prepara el libro *Doy fe,* donde cuenta lo que vio. El manuscrito, aun antes de editarse, circuló ampliamente entre los soldados republicanos.

En su estremecedor «España, aparta de mí este cáliz», Vallejo escribió:

> Solía escribir con su dedo grande en el aire:
> ¡Viban los compañeros! Pedro Rojas,
> de Miranda de Ebro, padre y hombre,
> padre y más hombre, Pedro y sus dos muertes.
> Papel de viento, lo han matado, ¡pasa!
> Pluma de carne, lo han matado, ¡pasa!
> ¡Abisa a todos los compañeros, pronto!

El poema dice más adelante:

> Registrándole, muerto, sorprendiéronle
> en su cuerpo un gran cuerpo, para
> el alma del mundo,
> y en la chaqueta una cuchara muerta.
> Pedro también solía comer
> entre las criaturas de su carne, asear, pintar
> la mesa y vivir dulcemente
> en representación de todo el mundo.

Y termina con un inolvidable: «Su cadáver estaba lleno de mundo».

Pedro Rojas, sin duda, es todas las víctimas del fascismo en España, sí, igual que había vivido «en representación de todo el mundo», pero ¿dónde lo encontró Vallejo? ¿De dónde sacan, en general, los poetas la materia de sus versos?

En *Doy fe,* Ruiz Vilaplana cuenta el levantamiento del cadáver de un campesino:

> Como ocurría siempre, nadie se atrevía a identificarle; solamente en uno de los bolsillos hallamos un papel rugoso y sucio, en el que escrito a lápiz, torpemente, y con faltas ortográficas, se leía: «Abisa

a todos los compañeros y marchar pronto. Nos dan de palos brutalmente y nos matan».

Los manuscritos de Vallejo prueban sin ningún género de dudas que este campesino fue el origen de Pedro Rojas.* Ahí lo encontró Vallejo.

¿Y la cuchara? ¿De dónde sale la cuchara? Los críticos han aventurado toda clase de hipótesis: la cuchara, cóncava, representa la tumba y la muerte; o un símbolo de la cena eucarística, instrumento fraternal, etcétera.

Es Ruiz Vilaplana quien señala en muchas ocasiones «los cadáveres aparecían con el tenedor, la cuchara y el plato metálico del penal».

Así nos cuenta Ruiz Vilaplana otro levantamiento de otro cadáver y así descubrimos también por qué un muerto estaba «lleno de mundo», por qué era otro «gran cuerpo para el alma del mundo»:

Registrado, se le encontró en los bolsillos el tenedor y la cuchara, reveladores de su procedencia del Penal, unos papeles impresos y una carta con un retrato.

El retrato, manchado de sangre y barro, era de una mujer joven que sostenía en sus brazos una niña delgadita y de mirada triste.

La carta estaba firmada por «Goyita», y en ella aquella pobre mujer consolaba y daba esperanzas al desgraciado, hablándole de su pronta liberación, «ya que nunca has hecho nada».

Al final, algo más emocionante crispó mis nervios: después de la firma de aquella, una mano infantil había trazado torpemente: «Papito mucos vesos y abrazos de tu nenita».

Como dejó dicho Alejo Carpentier: «En España hacía falta mucho más valor para soportar momentos de enternecimiento que para vivir momentos de peligro».**

---

* Esta información sobre Ruiz Vilaplana y el origen del poema la cuentan con todos los detalles Julio Vélez y Antonio Merino en su imprescindible libro: *España en César Vallejo*, vol. 1, Fundamentos, Madrid, 1984.
** *Bajo el signo de la Cibeles*, Nuestra Cultura, Madrid, 1979.

El 29 de abril de 1938, ante la tumba de César Vallejo, después de Louis Aragon, le toca hablar, en representación de la República, al secretario de Embajada, un funcionario, que no es otro que Antonio Ruiz Vilaplana.

Ese día de abril, Ruiz Vilaplana no conocía el poema que Vallejo escribió tomando impulso en su testimonio: el libro aún estaba inédito. Ese día Ruiz Vilaplana no sabía cuánto sentido tenía su presencia ante esa tumba ni por qué le habría dado un abrazo Vallejo.

En realidad, hasta hace poco se creía que la primera edición de Vallejo no llegó a imprimirse o se perdió. Por lo menos eso decía Juan Larrea. Sin embargo, en 1973, un profesor universitario publicó un artículo sobre esa hipotética primera edición del libro del año 1939. Poco tiempo después recibió una carta anónima de un hombre que decía ser un ejecutivo que había leído por casualidad el artículo del profesor. Afirmaba que se le habían llenado los ojos de lágrimas. Decía que fue voluntario de las milicias antifascistas y más tarde comisario político en el Ejército del Este. Después de la derrota, añadía, logró salir adelante «y hoy mi posición profesional ni tan siquiera me permite firmar la carta que le envío. Ya sabe usted lo que es la vida». Concluía la carta asegurando que era falso que el libro de Vallejo fuera destruido: «Le puedo asegurar que terminamos varios ejemplares: yo mismo poseo uno». Al final anunciaba: «Haré que mi copia vaya como donación anónima a alguna biblioteca pública, a pesar de que la guardo como recuerdo de una época heroica de mi vida». Se despide con un rotundo «¡Salud!» y firma como «P. S. A.».

Demasiadas pistas y un enigma demasiado tentador.

Poco tiempo después, Julio Vélez, un investigador privado, decidió dar con la famosa edición y, tras muchas peripecias, lo consiguió.

Resultó que la tenían en su poder los monjes del monasterio de Montserrat. El padre Bernabé Dalmau le mostró a Vélez y a su ayudante, Antonio Merino, cuatro ejemplares, además de una primera edición de *España en el corazón*, de Neruda, y otra de *Cancionero menor para combatientes*, de Emilio Prados.

En la portada del libro de Vallejo se lee:

> Soldados de la República fabricaron el papel,
> compusieron el texto y movieron las máquinas.
> Ediciones Literarias del Comisariado.
> Ejército del Este.
> Guerra de Independencia. Año de 1939

Si España cae...

En el otoño del 36, Federico Belinchón combatía en el Guadarrama hombro con hombro con el capitán Corella. Pepe Ortega permanecía en París, preguntando sin cesar qué decía Unamuno. Le conocía bien y dudaba de que fuera capaz de mantener la misma opinión durante un periodo prolongado de tiempo.

Tenía razón. Como rector, Unamuno debía recibir los informes de la Comisión Provincial. Si en el informe se denunciaba que un maestro de Izquierda Republicana no iba a misa, Unamuno escribía al margen: «Yo tampoco».

Franco se había instalado en el palacio del obispo, en Salamanca, frente a la catedral.

El 12 de octubre se inauguraba el año académico y se celebraba el día de la Raza. Hubo discursos en el paraninfo. Habló primero el catedrático Ramos Loscertales, mientras Unamuno tomaba notas en un misterioso sobre azul.

Cuando terminó de hablar Pemán, Unamuno se puso de pie, aunque no estaba prevista su intervención.

«El gesto de mi padre no me sorprendió. De hecho, lo que me habría sorprendido es que no hubiera hablado, ya que aprovechaba todas las oportunidades para hacerlo», comentaría luego su hija Felisa.*

Dijo que la guerra civil era incivil, que la anti-España estaba

---

* Véase Ronald Fraser, *Recuérdalo tú y recuérdalo a otros. Historia oral de la guerra civil española*, Crítica, Barcelona, 1979.

en los dos bandos, que sin compasión se podía vencer, pero no convencer... y de pronto se puso en pie Millán Astray, dando voces:

—¡Dejadme hablar! ¡Dejadme hablar!

El general demediado tartamudeaba de rabia y temblaba agitando su único brazo, su única pierna y su único ojo. Comenzó a gritar incoherencias, hasta que se le entendió con claridad proclamar:

—¡Mueran los intelectuales! ¡Viva la muerte!

Los oficiales del ejército desenfundaron las pistolas y el guardaespaldas de Millán Astray apuntó a Unamuno con su metralleta.

Todos creyeron que la vida del prestigioso filósofo corría peligro.

Se levantó Carmen Polo, la mujer de Franco, y cogió a Unamuno del brazo, para actuar como escudo. La guardia de Carmen Polo se abrió paso a culatazos, mientras la multitud le gritaba a Unamuno: «¡Rojo! ¡Cabrón!».

El coche oficial de Carmen Polo le llevó a su casa. Después de comer, acudió como de costumbre a la tertulia. Su entrada en el casino fue coreada por gritos de «rojo» y «traidor».

Durante los dos meses y medio que le quedaban de vida, Unamuno se quedó en casa, con un policía de guardia en la puerta: nadie estaba muy seguro de si le protegía o si más bien el filósofo debía considerarse bajo arresto domiciliario.

El casino le dio de baja como socio. El claustro de la Universidad solicitó a Franco un nuevo rector.

Ortega montó en cólera. «Venceréis, pero no convenceréis.» El muy cabrón. Era una frase perdurable, esculpida en piedra. ¡Y esa heroicidad de enfrentarse al majadero de Millán Astray y a sus sádicos legionarios con metralletas! Así que ahora Unamuno iba a quedar como un mártir de la libertad. ¿Y él, el primer filósofo español, el primer exiliado? ¿Qué pasaba con él? ¿Qué le quedaba por hacer? ¿Apoyar acaso a Franco? ¿Volver a España con sus dóciles marquesas y sus conferencias de los jueves a las siete de la tarde? ¿Y su equipo, su formidable equipo literario, esos jóvenes a los que él se había encargado de deshumanizar? García Lorca, fusilado. Los demás, comunistas perdidos, escribiendo poesía comprometida.

En la calle Bordadores, el día 31 de diciembre de 1936 Unamuno ha invitado a una copita al profesor Aragón. Él se ha tomado otra. Confiesa a Aragón que está mejor que nunca y se solaza al calor del brasero. Son las seis de la tarde. De pronto don Miguel se ha quedado silencioso. El profesor Aragón cree que le ha podido hacer mal el humo del brasero y lo aparta de sus pies, pero ve que una zapatilla se estaba quemando sin que Unamuno se diera cuenta.

Con asombro vio que el filósofo había muerto.

Para entonces, todos los poetas estaban escribiendo poesía de guerra, incluso los hermanos Machado, cada uno en un bando. Manuel canta al general Moscardó, el defensor del Alcázar de Toledo:

> General Moscardó: Guzmán el Bueno
> la suprema lealtad el Mundo llama.
> Más hoy tiene la lengua de la fama
> de Guzmán el Mejor el aire lleno.

Mientras tanto, Antonio le escribe poemas al general Miaja:

> Tu nombre, capitán, es para escrito
> en la hoja de una espada
> que brille al sol, para rezado a solas
> en la oración de un alma,
> sin más palabras, como
> se escribe César, o se reza España.

Todos igual: Miguel Hernández, Alberti, Cernuda.

—No es esto, no es esto —repetía Ortega.

A principios de 1937, Teresa le dio la noticia a Federico Belinchón: estaba embarazada.

—¿De quién?

—No lo sé —admitió ella.

—¿Vamos a decirle algo a Fernando?
—Jamás.

En representación de todo el mundo

Tal y como cabía esperar, Federico Belinchón vio morir a muchos en el frente. Vio acciones heroicas y sórdidas, vio la gloria y la infamia, vio extremos de valor y de cobardía.

Lo que no se esperaba, sin embargo, fue que viera a menudo todo aquello en la misma persona.

Llegó a la conclusión de que cada persona era toda la humanidad, capaz de la totalidad de los actos humanos: de traiciones y sacrificios, de bombardear Guernica y de defender la República en alpargatas, de dar la vida por otro y de disparar por la espalda.

Y por supuesto todos nosotros, cada uno de los hombres, capaz de escribir la *Eneida,* la *Divina Comedia, Macbeth.* ¿Para qué ser Virgilio, Dante o Shakespeare? ¿Para qué, si él también era Calígula, Nerón y el general Franco? Podía serlo y, por lo tanto, si podía llegar a serlo, ya lo era de algún modo. Su propia vida abarcaba la totalidad de la experiencia humana, y así él vivía, como Pedro Rojas, en representación de todos. Era la víctima y el verdugo. Era el amante y el amado. Era el que sufre y el que hace daño.

Imaginó que había vivido, quizá sin saberlo, muchas vidas. Imaginó que aún viviría muchas más, hasta haberlo sido todo, hasta haber sido todos.

—Metempsicosis, mi capitán —le confió a Fernando Corella.
—¡Menuda patraña, Belinchón!

Estaban parapetados tras un promontorio de granito, sobre el valle, a pocos metros de los requetés.

—¿Y por qué no, mi capitán? ¿Por qué no íbamos a ser almas errabundas, fugaces, en cuerpos sucesivos? ¿Por qué no vamos a vivir más vidas?

—Pues porque es una gilipollez, camarada. Por eso —respondió Corella—. Y no te pongas cursi, haz el favor.

—¡Moler! Muchas religiones creen en la transmigración: una sola persona que va viviendo vidas sucesivas —explicó Federico.

—¿Una persona pasando de cuerpo en cuerpo sin parar, como una puta en una mancebía? Menuda martingala, Belinchón.

La comparación del capitán Corella le hizo sonrojarse. ¿Cómo podían Teresa y él engañarle así? ¿Cómo eran capaces?

Para no comprometer a Teresa, por supuesto. No era culpa suya, había sido una decisión de ella. Si Teresa había decidido ocultárselo a su marido, ¿con qué derecho podía él dejarla al descubierto? ¿No le debía lealtad a la mujer que amaba? ¿Y a Corella, su capitán, su amigo? Habría podido decirle a Teresa: «O se lo dices a tu marido o lo dejamos». ¿De verdad habría podido? ¿Era capaz de renunciar a ella? ¿Podía apartarla del resto de su vida?

Belinchón se miraba las manos como si fueran recientes.

Llegó Menéndez, el zapador de Oviedo que venía a relevarles. Corella le dio a Belinchón una palmada en el muslo.

—Vamos, camarada —le dijo—. No le des más vueltas, no se pueden pedir peras al olmo.

—La madre que te parió, mi capitán.

Corella se levantó y se dirigió hacia la fuente. Belinchón, aún sentado, contempló su silueta, la anchura de sus hombros, la mano que buscaba el tabaco en el bolsillo del pantalón.

—Somos los que somos —dijo Corella sin volver la cabeza.

Belinchón oyó el tableteo de la ametralladora y vio caer al capitán hacia delante. No tuvo tiempo de sacar la mano del bolsillo y su cara hizo impacto en la roca de granito.

Como solía suceder, tras una ráfaga aislada, cesó el fuego.

Menéndez y Belinchón se acercaron cuerpo a tierra. Al darle la vuelta al cadáver, vieron que Corella aún sonreía.

La guerra ha terminado

Hacía mucho tiempo que la guerra estaba perdida, tal vez tras la campaña del Maestrazgo, pero ninguno de los dos bandos tenía prisa. El gobierno quería ganar tiempo en espera de ayuda internacional. La amenaza nazi era inminente en Europa y Negrín y Álvarez del Vayo aún confiaban en convencer a las democracias de que había que detener ahora al fascismo en España para impedir la destrucción del continente entero. Los republicanos lanzaron la última ofensiva, quizá la batalla más dura de toda la guerra: la del Ebro. Consiguió prolongar la contienda ocho meses, durante los cuales las democracias europeas siguieron mirando para otro lado, incluso a pesar de la crisis de los Sudetes.

Los fascistas sublevados tampoco tenían prisa. Por una parte, solo admitían una rendición incondicional. Por otra parte, habían diseñado una guerra de atrición que les permitiera causar el mayor daño posible y doblegar al país para asegurarse una posguerra de dominio absoluto. Por eso desde el principio de la guerra se entregaron a las tareas de represión: fusilamientos, matanzas, juicios sumarísimos, purgas y otras persecuciones. Por no hablar de la rapiña que acababa de comenzar y duraría cuarenta años.

Sin saber si lo era o no, Federico Belinchón reconoció como suyo al hijo de Teresa, que nació a principios de 1937.

Lo inscribieron como Fernando Belinchón Salas.

Cuando Fernando tenía unos pocos meses, Federico le vio desnudo boca abajo: tenía una mancha en forma de ce en la nalga derecha.

Era hijo suyo, pero no le dijo nada a Teresa.

Después de la muerte de Fernando Corella, no habían vuelto a acostarse. No hablaban de ello, seguían juntos pero no se tocaban, como si tuvieran miedo el uno del otro.

Cuando cayó Madrid, lograron escapar hacia el Mediterráneo. Alicante era la única esperanza.

—En Alicante hay barcos —les había dicho todo el mundo—. Nos llevarán a todos a Francia.

Cuando llegaron, en el puerto de Alicante había ya quince mil personas, hombres, mujeres y niños, que llevaban dos días a la intemperie, sin provisiones, esperando los barcos. Fernando ni siquiera lloraba: con dos años ya había visto demasiadas cosas como para llorar.

La primera noche se acercaron dos buques que, de pronto, viraron en redondo y desaparecieron. Estaban encajonados: el enemigo a dos pasos, avanzando de frente hacia ellos; a sus espaldas, el mar.

Federico pensó que, en realidad, sería mejor que no llegara ningún barco. Quince mil desesperados decididos a subir a bordo sin duda acabarían matándose unos a otros. Sería una carnicería.

Volvió a oír un disparo: otro acababa de suicidarse. Algunos se tiraban al mar, otros se ahorcaban de las farolas y los que encontraban un arma se disparaban metiéndose el cañón en la boca.

Federico había considerado la posibilidad de matarse, pero la había desechado. Su hijo lo vería. Prefería que le viera morir a manos de los fascistas, le parecía más educativo.

Los italianos tomaron posiciones y rodearon el puerto. El general Gambara parlamentó con los representantes de los refugiados y les garantizó que les dejaría marchar. Según les dijo, había tres barcos dispuestos a entrar en el puerto; los capitanes exigían que, antes de embarcar, los refugiados entregasen todas las armas.

Así se hizo y después vieron los tres buques acercándose.

No eran mercantes franceses, sino buques de guerra fascistas. Desde el peñón de Santa Bárbara dispararon una ráfaga de metralleta sobre la multitud. Se produjo una desbandada. El agua del mar se tiñó de rojo con la sangre de los muertos. Luego de amarillo, al caer al agua las cajas de azafrán que había en el puerto.*

Parecía la bandera de los fascistas.

Fernando ocultó la cabeza entre los muslos de su padre.

---

* Véase el libro citado de Fraser.

Después fueron evacuando el puerto en una larga columna de prisioneros.

Teresa, Federico y su hijo fueron conducidos por la carretera de San Juan a un campo de almendros. Iban más de mil cautivos. Les ordenaron rodear el campo con alambre de espino. Era noche cerrada cuando terminaron de construir su propia prisión.

Le preparó la cena a su hijo con corteza de los árboles.

EJERCICIOS PRÁCTICOS

1. Léase con atención *La deshumanización del arte,* de José Ortega y Gasset. Explíquese cuál es la catástrofe que Ortega presiente al final del libro. Búsquense motivos para esa catástrofe en el propio razonamiento de Ortega.
2. Tras la lectura de Ortega, comente el siguiente poema de César Vallejo:

> Todo acto o voz genial viene del pueblo
> y va hacia él, de frente o transmitidos
> por incesantes briznas, por el humo rosado
> de amargas contraseñas sin fortuna.

3. Explíquese en qué sentido el arte revolucionario (vanguardista) puede resultar conservador.
4. Compárese la dislocación sintáctica de César Vallejo con el cubismo de Picasso.
5. Explique el estudiante las razones de la concesión del Premio Nobel a Vicente Aleixandre. Analice qué peso pudo tener entre ellas la siguiente razón: no tener que dárselo a Rafael Alberti.

PARA SABER MÁS

Para acercarse a la guerra civil de 1936, el estudiante debe leer *La forja de un rebelde*, de Arturo Barea, *La plaza del diamante*, de Mercè Rodoreda, y *Días de llamas*, de Juan Iturralde. También deberá conocer en profundidad a Max Aub. Se evitará la lectura de *San Camilo, 1936*. Es indispensable, en cambio, el libro de Ronald Fraser ya citado.

Lea el estudiante todo César Vallejo una y otra vez, así como *Residencia en la tierra*, de Pablo Neruda. No prescinda de los poetas del 27, acérquese a ellos a través de cualquier antología. Léase con especial atención a Miguel Hernández.

Estúdiese *Fabulosas narraciones por historias*, de Antonio Orejudo, para entender el «artefacto literario generación del 27». Léase *Vida secreta de Salvador Dalí*, de Salvador Dalí, *Mi último suspiro*, de Luis Buñuel, y *Buñuel. Novela*, de Max Aub.

Tema 6
Cernícalos de rapiña

La literatura española de la posguerra ha sido pobre y lo seguirá siendo mientras no existan unos cuantos hombres que consuman su tiempo en el ocio y en el cultivo de cosas que no sirven para ganarse la vida. Pero también fue pobre —aunque quizá lo supo disimular con cierta gracia— la literatura anterior a la guerra civil y la de todo el siglo. Y el movimiento literario del 98, ¿acaso no fue en última esencia honrada pobreza?

JUAN BENET

Maldigo la poesía concebida como un lujo cultural.

GABRIEL CELAYA

Años de humo

Fueron trasladados al campo de concentración de Albatera y desde allí a Madrid: Federico a la prisión de Porlier, Teresa a la de Ventas. Margarita Rivas, la madre de Federico, se llevó a su nieto Fernando a Zaragoza.

Federico fue sometido a un consejo de guerra en compañía de otros dieciséis acusados. El juicio duró once minutos. Le sentenciaron a muerte y pasó un año y veintidós días esperando la ejecución.

Cada noche mandaban formar a los reclusos y un funcionario de prisiones leía una lista. A los que estaban en la lista, se los llevaban para fusilarlos. A menudo se despedían, entregaban un mensaje o confesaban un secreto, le contaban al oído a un desconocido lo que habían mantenido en silencio durante toda su vida, lo que no sabían sus mujeres, ni sus hijos, ni sus padres.

Teresa fue condenada a doce años, pero solo cumplió medio año de cárcel. Al salir contrajo matrimonio con el coronel Antonio Muñoz Iniesta, caballero mutilado que había perdido en la guerra la pierna derecha y ganado varias condecoraciones, entre ellas una Laureada de San Fernando.

A Federico le fue conmutada la pena por treinta años de cárcel. Cumplió siete y después fue puesto en libertad, en 1946, el mismo año en que Ortega regresó a España tras recibir una llamada telefónica en la que le dijeron:

—Todas las tortillas de patata son redondas.

—¡Aló, aló! —dijo Pepe Ortega—. Le recibo, *monsieur*, le recibo.

Le explicaron que debía volver: había que tomar posiciones.

—Esto no va a durar, ¿verdad?

—Oiga, Ortega, no se confunda: esto durará mucho, porque nos conviene —le explicó Número 5—. Pero cuando ya no nos interese, también habrá que estar preparados, ¿comprendido?

—*Verstanden,* sí, claro, sin problema —dijo Ortega.

Eso, aquello, duró cuarenta años. Más que el propio Ortega. Cuando el dictador murió, el primer filósofo español ya lo había dejado todo preparado: una Fundación, editoriales, colegios..., un aparato cultural apisonador, los mandarines que iban a garantizar el beneficio del capital simbólico.

Al llegar Federico a Zaragoza, su madre le presentó la cuenta de lo que le debía por el año de atención al nieto, hasta que Teresa se hizo cargo de él: mil ciento cincuenta pesetas.

—Te he descontado la mayor parte, Fede, porque es mi nieto. Y no me importa que sepas que su madre me ayuda con pequeñas cantidades: Teresa no me debe nada.

Teresa vivía en Sevilla, con el coronel Muñoz Iniesta y con el niño.

A Federico su hijo Fernando no le reconoció. Tenía nueve años y no recordaba ni la explosión de los obuses ni el miedo ni aquel campo de almendros en flor en el que se había separado de su padre.

El niño hablaba con acento andaluz.

Teresa se mostró inflexible:

—El niño es feliz. Puedes verlo de vez en cuando, pero tú no tienes nada que ofrecerle. Eres un ex presidiario, Federico. Y además, ni siquiera es seguro que seas su padre.

Federico no dijo nada de la ce en la nalga derecha.

Volvió a Madrid y, a través de antiguos camaradas, consiguió trabajo en una sastrería de la calle Alberto Aguilera.

En España, de pronto, el escritor más conocido era Camilo José Cela, que había publicado, en 1942, *La familia de Pascual Duarte*.

Pascual Duarte es un campesino brutal que está cumpliendo condena en el penal de Chinchilla, pero nada más iniciarse la guerra es puesto en libertad por los republicanos (Chinchilla estaba en zona leal a la República). Era un tópico habitual entre los vencedores: la horda marxista soltó a los delincuentes comunes para unirlos a su causa. Fuera de la cárcel, Pascual vuelve a su pueblo extremeño para asesinar al conde de Torremejía, el cacique local. Además se entrega a una desenfrenada espiral de violencia gratuita que dura lo que duran los republicanos en su pueblo. Cuando las tropas de Franco conquistan Badajoz, restablecen el orden y por fin se termina la pesadilla. Pascual es apresado y ejecutado. Antes de morir, en 1937, dicta las memorias que constituyen la novela, y se las dedica al conde, «quien, al irlo a rematar el autor de este escrito, le llamó Pascualillo, y sonreía».

A Federico le daba náuseas. ¿Qué había querido decir Cela con esa obra? ¿Que las tropas fascistas pusieron fin a la orgía de sangre desatada por los republicanos? ¿Que el golpe militar era necesario y estaba justificado por el desorden criminal que había promovido la República? ¿Que el único personaje positivo es al final el cacique, el rico hereditario, el aristócrata asesinado por el rencoroso Pascual? ¿Que en Badajoz las tropas de Franco ejecutaron a delincuentes comunes, cuando todo el mundo sabía que allí cometieron una de sus más tempranas y brutales matanzas (que, por supuesto, no se menciona en la novela)?

Aquello le parecía pura propaganda franquista: la brutalidad y la violencia de la República justificaban el golpe de Estado y la victoria de los fascistas volvía a restaurar el orden y la paz social. ¿Era eso lo que estaba contando Camilo José Cela?

«Sin ninguna duda», se dijo Federico. Por eso la novela había sido apadrinada por el fascista más furibundo del gremio periodístico: Juan Aparicio.*

---

* Juan Aparicio (1906-1996), fascista español de las JONS (Juntas de Ofensiva Nacional Sindicalista). Fue quien propuso el emblema del yugo y las flechas, la célebre «araña» que colonizó hasta las tapias de los descampados españoles durante cuarenta años. A partir de 1941 ocupó la Dirección General de Prensa y fundó la Escuela de Periodismo.

Federico había conocido a Cela en Madrid, antes de que el escritor se pasara a los fascistas.

Era un tipo alto y delgado, con una cabeza enorme y el gesto permanente del que huele algo desagradable o se prepara para asestar un puñetazo. Parecía un legionario fanfarrón, atraído a partes iguales por la sexualidad (prostibularia) y la destrucción (sangrienta y gratuita), un novio de la muerte dispuesto a comerse el mundo o morir en el intento.

Cela se pasó a los fascistas y se enroló en Logroño, pero consiguió que en muy poco tiempo le declararan inútil total. Entonces se ofreció como delator, ya que él había vivido durante años en la capital. Dirigió una instancia al comisario general de Investigación y Vigilancia, a quien expuso lo siguiente:

> Que queriendo prestar un servicio a la Patria adecuado a su estado físico, a sus conocimientos y a su buen deseo y voluntad, solicita el ingreso en el Cuerpo de Investigación y Vigilancia.
>
> Que habiendo vivido en Madrid y sin interrupción durante los últimos trece años, cree poder prestar datos sobre personas y conductas, que pudieran ser de utilidad.
>
> Que el Glorioso Movimiento Nacional se produjo estando el solicitante en Madrid, de donde se pasó con fecha 5 de octubre de 1937, y que por lo mismo cree conocer la actuación de determinados individuos [...]
>
> Que por todo lo expuesto solicita ser destinado a Madrid, que es donde cree poder prestar servicios de mayor eficacia.

La oferta de Cela de convertirse en delator fue denegada por «menor edad».

En Madrid, al final de la guerra, se pasaba hambre, frío y miedo. No había luz ni combustible ni carbón, tampoco había alimentos ni ropa ni medicinas. Los madrileños comían ramas de acacia cocidas. Desaparecieron todos los perros y los gatos, y una rata llegó a valer veinticinco pesetas: toda una fortuna entonces. Cela, mientras tanto, observaba «la actuación de determinados individuos» y tomaba notas con su caligrafía diminuta y tenaz.

Una vez terminada la guerra, Cela había vuelto a Madrid y,

ante la imposibilidad de convertirse en delator, se hizo censor. Según decía él, solo tenía a su cargo la censura de tres publicaciones periódicas: *Farmacia Nueva*, *El Mensajero del Corazón de Jesús* y el *Boletín del Colegio de Huérfanos de Ferroviarios*.

En sus horas de trabajo en los sindicatos verticales escribió aquella novela que obtuvo un éxito resonante, sobre todo cuando Cela consiguió que la censura (que él conocía bien) prohibiera la segunda edición, lo que multiplicó de inmediato su popularidad. El novelista gallego comenzaba a adiestrarse en el arte de nadar y guardar la ropa.

Se hablaba ya del «tremendismo» como de un movimiento literario inventado por Cela y que consistía sobre todo en hacer el borrico con la mayor truculencia posible.

¿Tremendismo?

—Por paradójico que parezca, es una evasión de la realidad —señaló Aranguren, un profesor universitario.*

Simple evasión de la realidad: era lo mismo que opinaba Federico. Lo tremendo de verdad fue la guerra y la represión, no los crímenes absurdos de un psicópata rural. Eso era violencia caricaturesca que solo encubría la violencia real de la guerra.

Ahora Cela se paseaba por el café Gijón, ensoberbecido y despectivo, decidido a toda costa a triunfar y aumentando de peso. Llegó a alcanzar los ciento veinte kilos.

En el café Gijón se encontró con Ortega.

Cela se acercó a saludarle, pero el filósofo no le reconocía.

—Soy Camilo José Cela —acabó diciendo, molesto.

—Ah, bueno, ahora sí. ¿Usted qué prefiere, que le conozcan por su nombre o por su cara?

Ortega le habló de la Corporación. Había que nadar, sí; pero había que saber guardar la ropa al mismo tiempo, para cuando llegara el momento.

---

* José Luis López-Aranguren (1909-1996) fue expulsado de la Universidad en 1955, junto con Enrique Tierno Galván, Agustín García Calvo y otros, lo que le dio la oportunidad de visitar Estados Unidos, donde se asombró ante el movimiento hippy, leyó a Marcuse y llegó a merendar un pastel de marihuana. En los años setenta gozó de gran popularidad como cristiano progresista.

Cuando nació su hijo, el matrimonio Cela tenía por todo capital siete pesetas, pero Camilo, ya entonces, guardaba en el armario un chaqué, un esmoquin y un frac.

Acabó necesitándolos.

Mi abuelo, Federico Belinchón, consiguió por fin los avales indispensables para el pasaporte y dinero para el viaje. Fue a Sevilla para despedirse de su hijo y se embarcó rumbo a Buenos Aires.

Mientras tanto, en Madrid, Cela escribía en 1949 un artículo que dedicaba a «mi coronel Millán Astray»:

> La guerra no es triste porque da salud —que no se me lleven las manos a la cabeza los timoratos— [...] la guerra no es triste, porque levanta las almas. La guerra no es triste porque nos enseña que fuera de la bandera, nada, ni aun la vida, importa.

Él se consideraba un legionario, al parecer, y se convirtió en el gran escritor del franquismo, en paralelo con el pintor Salvador Dalí. Ambos encarnaban la idea que la clase media creada por Franco (a fuerza del Seat 600, los ingresos por turismo y los Planes de Desarrollo) tenía de un artista, un genio excéntrico, un individuo singular al que se le permitían insólitas (pero inocuas) libertades.

Cela era como «su» coronel Millán Astray, pero sin miembros amputados, aunque al final de su vida casi con el mismo número de condecoraciones. Tenía un humor bronco y cuartelero, decía tacos, se tiraba pedos, se reía de los paralíticos y de los lisiados, se comía doce huevos seguidos, se iba de putas para ahorrar dinero, porque aseguraba entre risotadas que, echando cuentas, eran las mujeres que salían más baratas, y hablaba sin parar de caca, culo, pedo, pis, del cipote de Archidona y de izas, rabizas y colipoterras. Insultaba a quien se le pusiera por delante, pero, como buen «lejía», sentía un respeto reverencial por las instituciones y las abstracciones: incluso ya anciano, cuando se hablaba del rey, de la Constitución o del Nobel, se cuadraba con la misma emoción marcial que un legionario al que le mencionan la patria, su santa madre o la Virgen María.

Introdujo también en la Literatura el espíritu de cuerpo a la manera legionaria: con los amigos, con razón o sin ella. Tras la militarización que impuso Cela, a cualquier escribano que perteneciera al Tercio le bastaba con gritar «¡A mí la Legión!» para recibir de los camaradas de armas socorro, un sillón en la Academia, una cátedra, un premio literario o una crítica favorable.

Y viceversa: al amigo, lo que pida; al enemigo, ni agua, y al indiferente, el estricto cumplimiento del reglamento vigente.

Él mismo se rodeó de una guardia pretoriana, un séquito de cabos furrieles que actuaban (como decía Muñoz Molina) de «costaleros de Cela», llevándole a hombros en las grandes ocasiones, como si fuera un paso procesional.

Desde que tuvo uso de razón se había propuesto una sola cosa: triunfar.

Y lo consiguió, aunque solo él sabía a qué precio.

El día de su entierro, cuando las autoridades del gobierno del Partido Popular (Federico Trillo, Mariano Rajoy, Álvarez Cascos) llevaban a hombros el féretro, Juan Goytisolo cantaba:

> Tres ministros van con el cofre del muerto.
> ¡Ho, ho, ho, la botella de ron!

Según comentó Goytisolo, «el espectáculo de los honores fúnebres del inmortalizado por decreto era a la vez sobrecogedor y esperpéntico».*

Para su familia y amigos, Camilo José había muerto ya mucho antes, en 1988.

Entonces fue cuando le dijo el doctor Barros al hijo de Cela:

—Lo más probable es que tu padre no salga vivo.

Mientras le operaban, el hijo esperó ante la puerta cerrada del quirófano. Una hora más tarde, el médico salió con un tarro de cristal metido en una bolsa de plástico. Contenía muestras de tejido del escritor. En aquel hospital no podían analizarlo, así

---

* No menos esperpéntico que el del propio Goytisolo recibiendo el Premio Cervantes tras haber anunciado antes a bombo y platillo que jamás lo aceptaría.

que el hijo recorrió Madrid bajo la lluvia para llevar la muestra a un gran hospital, mientras su padre permanecía con el vientre abierto sobre la mesa de operaciones.

No había ningún indicio de tumor: Cela obtuvo una segunda oportunidad.

Decidió aprovecharla: se convirtió en Cela.

—Un payaso —decían algunos.

—Una personalidad muy compleja —le disculpaban sus amigos—, muy contradictorio.

Tras el éxito de *La familia de Pascual Duarte*, Cela ya había decidido apostarlo todo al triunfo literario.

Escribió un libro de viajes titulado *Viaje a la Alcarria*, que José María Ridao ha definido así:

> Tontos felices papando moscas, pastores fornicando a la sombra con su ganado, niños defecando en un tejado o trazando una soberana parábola de orina desde un balcón, tartamudos que responden al viajero y provocan una sorna previsible y pueril, lisiados que sobrellevan apodos de vulgar y escalofriante ingenio: con la perspectiva de medio siglo, la descripción de la Alcarria realizada por Camilo José Cela produce a la vez estupor e indignación.*

Para entonces ya conocía la importancia de estar al mismo tiempo en la procesión y repicando, así que consiguió que la censura no le dejara publicar en España la primera edición de *La colmena*, que apareció en 1951 en Buenos Aires, donde la leyó Federico Belinchón.

Federico conocía *Manhattan Transfer*, de John Dos Passos, así que la novela de Cela solo le sorprendió por lo que callaba. Ni el maquis ni la represión ni las cárceles ni los fusilamientos aparecen en ese «pálido reflejo, humilde sombra de la cotidiana, áspera, entrañable y dolorosa realidad».

En el año 53 Cela tuvo un golpe de suerte. Fue a Caracas a dar una conferencia en el Centro Gallego. El dictador del mo-

---

* *El pasajero de Montauban*, Galaxia Gutenberg, Barcelona, 2003.

mento, Pérez Jiménez, le recibió con los honores que merecía. Cela se enteró de que el ministro del Interior, Laureano Vallenilla, tenía el proyecto de encargar una novela sobre Venezuela a un escritor famoso. Había pensado en Albert Camus y en Hemingway, pero la presencia (sin duda imponente) de Cela logró convencerle.

Le ofrecieron tres millones de pesetas, una verdadera fortuna en aquellos tiempos en que un millonario era el que tenía un millón.

Cela volvió exultante a España y lo celebró con la obligatoria paella en Riscal seguida de la correspondiente juerga en Casablanca. Fiel a su carácter legionario, Cela organizó una pelea que produjo destrozos en el local por valor de veinte mil pesetas y en la que recibió un navajazo en la nalga izquierda.

Sentado sobre un flotador, escribió *La catira*, ambientada en Venezuela y que no gustó ni siquiera en Caracas.

Cuando logró cobrar la suma total, se trasladó a Mallorca.

Tras una campaña agotadora en la que escribió cartas y súplicas a todos los académicos, consiguió ingresar en la Academia en 1957. Tenía poco más de cuarenta años. Votaron veinticinco: veintiuno a su favor y cuatro en blanco. Camilo José Cela confeccionó una lista con los nombres. Puso «sí» al lado de aquellos que creía que le habían votado y una interrogación junto al nombre de los cuatro que suponía dudosos. Conservó la lista durante toda su vida y acudió con puntualidad al entierro de los cuatro que tenían al lado de su nombre un signo de interrogación.

El día de su toma de posesión, se fotografió en pelotas en la ducha, enjabonándose la barba, y luego mientras se vestía de gala.

Académico, millonario, instalado en Palma de Mallorca, Cela se consagró a negocios inmobiliarios y editoriales.

En el año 63 le escribe a Manual Fraga con la intención de convertirse otra vez en delator. No lo podía evitar, era una tentación superior a sus fuerzas, así que le envía un informe acusando de comunistas a cuarenta y dos escritores de los ciento dos que habían firmado una protesta contra la represión de la huelga de mineros asturianos. Añade algunas sugerencias. Afirma que muchos de ellos todavía son «recuperables» y se ofrece para llevar a cabo la tarea. Sugiere incentivarles mediante «la publicación de sus obras o mediante sobornos». Aconseja, por ejemplo, que se intente captar a Laín Entralgo, ya que, según él, era de carácter más débil y «medroso».* Cela calculaba que, para mantener bajo control a los plumíferos, mediante premios literarios o la creación de una editorial, bastaría con un presupuesto de unos veinte millones de pesetas.

Poco después funda la editorial Alfaguara, al parecer con dinero de Huarte, el constructor que le había regalado un apartamento en el edificio Torres Blancas de Madrid.

Para obtener la clase de éxito que ambicionaba Cela, había que jugar con todas las cartas de la baraja. Se había ofrecido como delator a los franquistas. Había sido censor y luego espía voluntario. Era académico y al mismo tiempo había conseguido que le censuraran *La colmena* y una reputación de *enfant terrible* y de izquierdas. Con su revista *Papeles de Son Armadans* ayudó a la mayoría de los intelectuales del exilio, sin que ello le provocara la más mínima incomodidad con las autoridades. Era un profesional.

En una ocasión, durante un coloquio, uno de los asistentes citó varios artículos de Cela con posturas contradictorias.

—No querrá usted que yo sea consecuente con mis propias opiniones —le espetó Cela por toda respuesta.

En el 74 le nombran director del Ateneo de Madrid, pero renuncia al cargo como protesta contra la ejecución de Puig Antich.**

---

* Es probable que Cela no se equivocara en su juicio de Pedro Laín Entralgo (1908-2001), médico (psiquiatra) y escritor (irrelevante), fundador de *Cuadernos Hispanoamericanos* y autor de una autobiografía con el título (revelador) de *Descargo de conciencia*, publicada en la (no menos reveladora) fecha de 1976.

** Salvador Puig Antich era un anarquista, militante del Movimiento Ibérico de Liberación, que fue ejecutado en 1974, acusado del asesinato de un subinspector sobre el que disparó cuando intentaban atraparle. Puig Antich tenía entonces veinticinco años. En 1995, Camilo José Cela solicitó a Pascual Sala que el Consejo General

El momento del que le había hablado Ortega había llegado. Tras la restauración monárquica, Cela es nombrado senador por designación real y se convierte *ipso facto* en el más firme defensor de la Corona y de sí mismo. El rey acabó nombrándole marqués.

Sin embargo, sus bravuconadas cada vez tenían menos impacto, lo que le obligó a multiplicarlas y a exagerarlas. Intenta absorber varios litros de agua por el culo, en directo, en televisión, pero se lo impiden en dos ocasiones. Luego anuncia guías de carreteras y suelta palabrotas en cuanto tiene la menor ocasión. Repite su itinerario por la Alcarria, pero en un Rolls-Royce conducido por una modelo negra (a la que él llama Oteliña). Acabó saliendo cada semana en la prensa del corazón, como las tonadilleras, las *top models* y los novios domadores de fieras de Estefanía de Mónaco.

A los ochenta años se casó con una joven periodista. Por la iglesia, como es natural, tras conseguir la anulación de su primer matrimonio. En 1989 recibió el Premio Nobel, luego ganó también el Planeta (aunque fue acusado de plagio) y murió cargado de condecoraciones, doctorados honoríficos y títulos nobiliarios.

Lo había conseguido.

Su lema era: «En España, el que resiste gana».

Especies protegidas, aves rapaces y pájaros solitarios

La historia moderna de los movimientos literarios dio comienzo con el Romanticismo, cuando estaba acabando la correspondiente guerra civil (llamada entonces «guerra carlista»).

Sin depredadores a la vista, los ornitorrincos se multiplicaron a su antojo, depositando sus huevos de mamífero en la Academia, las tertulias y los periódicos. Aparecieron entonces

---

del Poder Judicial le donara el garrote con el que habían ejecutado al anarquista. Quería decorar con él una de las salas de su museo. Allí estuvo hasta que fue retirado en 2002 por presiones de la familia de Puig Antich.

los paquidermos. La pisada de un solo elefante realista podía inmovilizar a cuatro ornitorrincos románticos. Luego el elefante los devoraba con una lenta masticación. Se tragaba sus órganos internos: el sentido del paisaje, los cuadros de costumbres, la prosa de los artículos de Larra, las tramas folletinescas, los símbolos. Las llanuras literarias se poblaron de pacientes paquidermos, que parecían indestructibles hasta que aparecieron los albatros.

Los enormes pájaros se acercaban a tierra y hacían presa en los ornitorrincos cuando estos chapoteaban en los pantanos. Devoraban sus vísceras: la exaltación del sentimiento, la musicalidad, la concepción mística de la poesía. Los albatros también sobrevolaban las manadas de paquidermos dormidos y les arrancaban trozos de carne a picotazos: la observación del detalle, la ambición totalizadora, el habla coloquial.

Solo las devoraciones multitudinarias de las termitas del 98 pudieron hacer frente a la velocidad de vuelo de los albatros. Trabajando en silencio, desde el interior, los insectos ciegos trituraron la carne musical de los pájaros de enormes alas, la cercanía a la realidad de los paquidermos y el sentimiento trágico de los ornitorrincos. En la oscuridad, deglutieron desde dentro el canon literario y colonizaron los libros de texto y el corazón de celulosa de la crítica literaria.

Tras la primera guerra mundial llegó el solsticio de Weimar, la edad del jazz, el paréntesis vanguardista en el que incubaron sus huevos los alciones, para quienes todo era comestible, desde la lírica popular a Góngora, desde el teatro clásico a la novela de Galdós.

El *crack* del 29 anunció el fin del solsticio, tal y como le intentó explicar a Ortega la Corporación.

Más tarde, otra guerra civil y otra guerra mundial exterminaron a los alciones.

Muchos pensaron que se había acabado la cadena trófica y que la Literatura ya no daba más de sí, por lo menos para la novela. Estaban convencidos de que ya no habría más movimientos literarios. Tampoco le atribuyeron demasiada importancia, porque no había pan ni medicinas ni leche ni carbón ni ropa de abrigo: nadie iba a echar tanto en falta generaciones de novelistas.

Seguía habiendo poetas, por supuesto, aunque desde principios del siglo XX la poesía ya solo se presentaba a través de antologías. Tras el éxito de la que hizo Gerardo Diego, los poetas se habían dado cuenta de que no valía la pena escribir otra cosa que antologías generacionales.*

En una guerra civil, ¿dónde está situada la línea del frente? No separa a dos países, sino que atraviesa el interior de las ciudades, de las familias y a menudo hasta de los dormitorios. Por eso la destrucción es incalculable.

Al fin de la batalla (y muerto el combatiente), solo quedaba el páramo sobre el que azotaba el viento. Era el momento de los animales solitarios, las alimañas, los carroñeros, las desesperadas aves rapaces y los grandes depredadores, esos carnívoros melancólicos y hambrientos.

Una especie autóctona de la península ibérica, el cernícalo vulgar, se convirtió entonces en el ave de rapiña más eficaz.

El cernícalo anida en las ruinas, en torreones destruidos o en escombros de edificios y despedazados anfiteatros. Sin adiestramiento, caza ratones, insectos, lagartos y pájaros pequeños. Se cierne en el aire con un grito agudo y estridente, y persigue a sus presas con encarnizamiento. El macho tiene la cabeza, cola y obispillo de color gris azulado; la hembra, pardo rojizo con bandas transversales oscuras.

Los términos que utiliza la cetrería pueden provocar confusión. Hay dos clases de aves de rapiña. Por un lado, las que pueden ser amaestradas y someten su voluntad. Estas se llaman «nobles». Por ejemplo, el cernícalo. Por otro lado, están aquellas a las que ni las privaciones, ni la abundancia, ni el rigor, ni los halagos logran domar y que prefieren dejarse morir de hambre

---

* Y así lo hicieron desde entonces, formando grupos con carnet con foto y celebrando congresos, encuentros y recitales: desde los poetas de la revista *Escorial* a los de la generación del 50, desde los Nueve Novísimos a la Nueva Sentimentalidad.

antes que obedecer. A estas, por extraño que parezca, se las llama «innobles». Por ejemplo, el águila.

Conseguir que un ave abdique de su voluntad no es tarea fácil. El primer paso es mantenerla inmóvil y privada de la luz durante tres días. Durante ese tiempo el halconero la lleva en el puño continuamente, con las patas metidas en unos grillos hechos de correas que terminan en unas campanillas o cascabeles. En tal estado se le impide entregarse al sueño, y si se rebela se le mete la cabeza en agua. Al suplicio de la inmovilidad, de las tinieblas y de la vigilia, se le añade el del hambre; y así vencida el ave por la inanición y el cansancio, se deja encasquetar el capillo. Cuando, después de haberle quitado el capillo, coge la comida que le presentan de cuando en cuando, y enseguida se deja encapillar otra vez con docilidad, se considera que ha renunciado a la libertad y que reconoce por dueño al que le concede el alimento y le permite el sueño.

A fin de hacer al ave más dependiente todavía, se le aumentan sus necesidades; para lo cual se aguija artificialmente su apetito dándole a comer pelotillas de estopa atadas a un hilo, haciéndoselas tragar y sacándolas enseguida tirando del hilo. Esta operación, llamada *curalle*, causa un hambre voraz, la cual se satisface, y la satisfacción que al animal le resulta le adhiere más aún al mismo que le ha atormentado.*

Al aire libre, se le quita el capillo y se le ofrece un trozo de carne. Si para comerlo el animal salta al puño del halconero se considera que está preparado para conocer el señuelo.

Este consiste en una porción de cuero con alas y patas de ave; es una imitación de presa que lleva atado un pedazo de carne, y está destinado a servir de reclamo para hacer bajar al halcón cuando se halle volando. Cuando el ave obedece ya al reclamo, la llevan al campo, donde, atada al fiador (bramante de unos sesenta pies de largo), le quitan el capillo y desde algunos

---

* El paso de la fase de amaestramiento por hambre, fuerza y miedo al adiestramiento mediante la creación de necesidades aumentadas se puede señalar en España hacia 1962, cuando el miembro del Opus Dei Laureano López Rodó se hace cargo de la Comisaría del Plan de Desarrollo.

pasos de distancia le enseñan el señuelo, y si se arroja a él, le dan la carne. Al día siguiente repiten lo mismo a mayor distancia, y cuando se lanza al señuelo desde toda la longitud del hilo, se considera completamente asegurada.

Para completar su adiestramiento es necesario hacerle conocer y manejar la caza especial a que la destinan. Para esto se tienen algunas aves domesticadas. Primeramente se ata alguna a un poste y se suelta encima el rapaz retenido por el fiador; cuando conoce lo vivo, se le suelta del fiador y lo lanzan hacia una presa libre, a la que de antemano han cosido los párpados a fin de impedirle toda defensa.*

Tras la guerra, en el páramo cultural, las aves innobles, las indómitas, habían desaparecido. Se encontraban bajo tierra, con un tiro por la espalda, en cunetas sin cruces ni señales; o en cárceles, o habían emprendido el vuelo y vivían en el exilio.

Campaban las aves nobles, planeando en solitario, hambrientas, feroces y a menudo melancólicas: Carmen Laforet, Camilo José Cela, José María Gironella...

Con el saludo a la romana, brazo en alto, se impuso también el noble pasatiempo de la cetrería: un espectáculo acrobático, sangriento y despiadado, algo muy propio de aristócratas.

Lo más importante es hacer descender a la presa de las alturas inalcanzables en las que sobrevuela. Para la caza del milano, por ejemplo, se solía utilizar un búho. Le pegaban una cola de zorro, para hacerlo más atractivo, y lo dejaban moverse por un prado. El milano lo divisaba y descendía por curiosidad. Entonces se suelta la rapaz adiestrada, que asciende por encima del milano y se deja caer sobre él en picado. Si consigue la presa, se la lleva con docilidad al halconero.

Los cernícalos adiestrados hicieron presa en lo que les señalaban sus halconeros.

—Atrapa *Manhattan Transfer*, de John Dos Passos —le decían a Cela, por ejemplo.

---

* Al menos así describen la cetrería en los manuales correspondientes, como el *Museo de Historia Natural* de M. Boitard (1851).

Y Cela se cernía sobre la novela norteamericana, se lanzaba en vertical para clavarle el pico en la cabeza, la atrapaba y la entregaba malherida al adiestrador.

—*La colmena*, aquí está.

—Muy bien, muy bien. —El adiestrador le daba una palmada en el hombro—. Ahora algo un poco más difícil: ¡a por el monólogo interior!

Cela se elevaba por encima de la obra de Joyce, escudriñaba, se cernía en picado y volvía con la presa entre los dientes.

—Aquí lo tienen, señores: *Mrs. Caldwell habla con su hijo*. Y de propina, *San Camilo, 1936*.

—Buen muchacho. Pero no tenemos suficiente novela experimental. Haz un esfuerzo.

Cela sobrevolaba el *nouveau roman* francés y volvía con la víctima ensangrentada agarrada con el pico.

—*Oficio de tinieblas 5*, ¡ahí queda eso!

Un cáncer secreto

Al sur de Matanzas, en la Ciénaga de Zapata, en la zona de costa que ahora se llamaba Playa Girón, desembarcaron los norteamericanos el 17 de abril de 1961. Dos días antes, mientras la agrupación naval mercenaria navegaba rumbo a Cuba escoltada por buques de la Marina de Guerra de Estados Unidos, ocho bombarderos B-26 pintados con insignias de la Fuerza Aérea cubana bombardearon dos bases de la aviación y un aeropuerto civil. A las 1.30 horas del día 17 comenzó el desembarco de la Brigada 2506, unos 1.500 hombres fuertemente armados, con tanques, artillería de campaña y apoyo aéreo.

Las tropas cubanas estaban integradas por combatientes del Ejército Rebelde y la Policía Nacional Revolucionaria, aunque la mayoría fueron milicianos voluntarios con escasa o ninguna experiencia de combate. En particular los tanquistas y artilleros habían recibido el armamento apenas unas semanas antes.

A las cinco y media de la tarde del 19 de abril, la invasión había sido derrotada, aunque a un elevado coste para los combatientes revolucionarios y la población civil: 176 muertos, 300 heridos y 50 discapacitados.

Entre los muertos estaba un español: Federico Belinchón Rivas, mi abuelo.

Había llegado a Cuba desde Argentina, en 1959, para unirse a la revolución. Allí había trabajado con antiguos camaradas, como Enrique Líster,* en la organización de los Comités de Defensa de la Revolución.

En Bahía de Cochinos recibió un impacto de bala en el pecho. Tardó un día en morir. Dictó una carta para su hijo Fernando, al que le dejó todas sus posesiones: un reloj de oro parado a las siete y media, una calavera humana y una caja de madera repleta de papeles ilegibles.

Fernando Belinchón Salas tenía veinticuatro años cuando se enteró de la muerte de su padre.

Un mes más tarde recibió el paquete: toda su herencia cabía en una caja de pequeño tamaño.

Fernando Belinchón vivía en Madrid, en la casa familiar de Pontejos. Su madre y el ya general Muñoz Iniesta se habían trasladado a Valencia.

Fernando había estudiado Medicina y estaba de residente en el Clínico, donde había conocido a José Miguel Corcuera, compañero de armas en su combate por el Parnaso.

Querían escribir la gran novela del siglo XX, una obra que superara a la Santísima Trinidad Joyce-Kafka-Proust. Sus maestros eran Azorín y Ramón Gómez de la Serna. Se habían propuesto nada menos que «desnudar el alma de Castilla», y luego transfigurar el paisaje por medio de la belleza deslumbrante de una prosa vanguardista, al filo del sentido, como la de Gómez de la Serna.

---

* Enrique Líster, gallego, emigró a Cuba a los once años. Fue el legendario comandante en jefe el Quinto Regimiento durante la guerra civil. Tras la derrota se exilió en la Unión Soviética y combatió a los nazis con el ejército soviético, en el que alcanzó el grado de general. Escribió *Nuestra guerra* y *Memorias de un luchador*.

Aceleraban por Colón en el automóvil de Corcuera, rumbo al café Gijón, en pleno y doloroso anonimato. Eran genios, admitido, pero nadie lo sabía. A simple vista no debía de notarse, así que mientras no terminaran sus obras maestras, el universo podía seguir tratándoles con esa escandalosa falta de respeto que les estaba llevando al límite de su paciencia.

Sufrían.

—Dan ganas de chocarse, ¿verdad? —proponía José Miguel Corcuera señalando el autobús.

—Sí, de puro resentimiento.

Mejor morir que vivir inéditos, se decían, una buena colisión y aquí os quedáis, adiós muy buenas.

Belinchón y Corcuera juraban envidiar a los Jaime Barreta, Juan Escudero y compañía, los otros médicos residentes, que no se consideraban obligados a demostrar nada. Hacían su trabajo y nada más. Vivían sin darse cuenta, como si fueran organismos unicelulares, como protozoos, instalados en el «día a día». Ellos podían vivir para delante, todo seguido. Fernando y José Miguel, en cambio, no tenían más remedio que vivir marcha atrás, como todos los genios.

Hablaban del genio como de una enfermedad que tuvieran sin decirlo, una leucemia, un cáncer de pulmón, el legendario tumor cerebral, en fin, algo que, cuando por fin se supiera, iba a explicarlo todo de golpe, marcha atrás. Entonces se iban a enterar sus conocidos y no tendrían más remedio que rebobinar y tragarse la película de sus vidas otra vez, pero ahora a la luz del nuevo dato definitivo. Aparecería la clave secreta que hasta entonces les había impedido comprender, la pieza que faltaba para completar el puzzle. Es que él ya sabía que tenía un cáncer, pero no se lo había dicho a nadie: «¡Ahora lo comprendo todo, por eso hizo aquello que en su momento parecía un disparate!».

Cuando se hiciera visible, el genio daría una explicación retrospectiva de sus vidas, pasaría a limpio el borrador que habían visto los demás, casi ilegible, lleno de enmiendas, arrepentimientos y rectificaciones. Solo entonces cobraría sentido ese «día a día» que ahora se les hacía tan difícil de soportar.

Entonces más de uno y más de dos tendría que pedir perdón: «¡Si hubiésemos sabido que tenía ese cáncer!».

A simple vista, Fernando y José Miguel parecerían otros cualquiera, igual que Barreta o Escudero, pero mientras iban y volvían de hacer recados, ellos sabían que por dentro no eran como cualquier otro. Ellos eran escritores, auténticos genios hasta cuando iban a comprar bombillas. Aunque parecía que hacían lo mismo que los demás, ir a devolver los cascos a la tienda, comprar tabaco en el estanco o pedir la cuenta en el bar con gesto de escribir en el aire, aunque hicieran lo mismo que otro cualquiera, era muy diferente, porque por dentro eran genios. No era lo mismo mirarse en un probador como un vecino cualquiera que mirarse como un genio que adquiere un par de pantalones. Y aunque de todas formas un dependiente marcara con tiza por dónde había que cortar para meterles los bajos, el hecho de ser genios por dentro compensaba la humillación que sentían.

Algún día el genio se haría visible para todos, y entonces llegaría su momento.

Mientras tanto, tenían que armarse de paciencia.

Casi todas las semanas salían a «hacer anécdotas», a confeccionar futuros recuerdos, a ser posible con testigos.

Iban por el Retiro, por ejemplo, y José Miguel se subía a un árbol.

—Recordadlo —decía ahuecando la voz—. Recordad y repetid: «José Miguel Corcuera se subía a los árboles. Era imprevisible».

A su madre, Belinchón había querido entrenarla. Le había aconsejado lo que tenía que repetir: «De pequeño, Fernando siempre estaba observando». Eso tenía que decir Teresa Salas. «Miraba con asombro las cosas más corrientes. Podía pasarse horas enteras delante de un vaso de agua, de una llave, de un abrigo, como si los contemplara por primera vez en su vida.»

El problema era siempre el mismo: ¿y si luego no era un genio? En ese caso, sintiéndolo mucho, iba a parecer autista o tonto de remate, uno de esos niños problemáticos, repetidores rebotados de varios colegios, ese chaval atontolinado capaz de quedarse una tarde entera mirando una cerradura.

Pero Corcuera y Belinchón tenían confianza.

Iban a escribir novelas vanguardistas y castellanas, a la manera de Azorín y Gómez de la Serna, entre *La voluntad* y *Senos*.

Reunión de pastores

Sin saber qué ropa ponerse, Fernando Belinchón pasó horas revolviendo el armario y al final se fue con un traje gris a su primer encuentro con un grupo de escritores.

La cita era en el Palmeras, en la calle Apodaca, entre la glorieta de Bilbao y la plaza de Barceló.

José Miguel Corcuera no había llegado, así que pidió un chato de vino y examinó a la clientela. Saber mirar era decisivo para un novelista, lo decía Azorín, por eso Fernando se entrenaba intentando adivinar quiénes serían los escritores.

¿Quiénes eran los genios por dentro? ¿En qué podría notarse por fuera, a simple vista?

Le pareció, sin embargo, un *asunto importante*, y como tal lo apuntó en su libreta de «Asuntos importantes»: «¿Son visibles *antes* las señales del genio o solo aparecen *después*? Ejemplo: ¿Picasso tenía esos ojos de Picasso de los que todo el mundo habla antes de ser Picasso? ¿Se dio cuenta alguien cuando no era famoso? ¿Hay pruebas de ello? ¿O solo funciona marcha atrás?».

En la barra había una chica con falda gris y bufanda. No podía ser una escritora: demasiado atractiva y con exceso de maquillaje. Le acompañaba un tipo con flequillo. Tampoco. En una mesa había dos chicos con aspecto de opositores a Notarías, que tenían carpetas de gomas con apuntes encima de la mesa. ¿Por qué no? Pues porque no, porque no podía ser: llevaban un bigote muy cuidado. ¿Dónde se había visto cosa igual? En otra mesa había seis jóvenes, la mayoría con gafas. En la barra un individuo que parecía guardia civil tomaba un carajillo con otro que parecía legionario. También había un cojo. Quizá el cojo. En aquella época Fernando asociaba la genialidad con la presencia de determinados defectos físicos muy manifiestos (estrabismo, tartamudeo y cojera, sobre todo), así que decidió que el de la esquina, que llevaba un zapato ortopédico con una suela de diez centímetros, sin duda sería un sólido novelista, un constructor de mundos imaginarios, sí, pero trazados a escuadra.

José Miguel entró a grandes zancadas, saludó al guardia civil y al legionario y tomó asiento en la mesa del fondo, desde la que hizo una seña. Le siguieron el del flequillo y la de la falda gris, y un par de jóvenes en los que no se había fijado, a pesar de que uno de ellos tenía una oreja vendada con esparadrapo.

Pues menuda capacidad de observación, se lamentó Fernando; necesitaba todavía muchísimo entrenamiento, tendría que dedicar varias horas al día a mirar, para entrenar la pupila, como recomendaba Azorín.

Rafael Sánchez Ferlosio y Carmen Martín Gaite llegaron juntos.

Ana María Matute era la chica demasiado atractiva para ser novelista, a juicio de Belinchón.

Fernando fue saludando a medida que le iban diciendo nombres. Procuraba retener elementos de caracterización para cada uno de ellos.

Ignacio Aldecoa era el del flequillo rebelde. Fernando tomó una anotación mental: Aldecoa, 1) flequillo, 2) ojos brillantes, y 3) manos de dedos cortos. Al, parecer, había escrito novelas sobre la vida del campo: *El fulgor y la sangre,* de 1954, y *Con el viento solano,* de 1956. El guardia civil se llamaba Juan García Hortelano y el legionario era su editor, Carlos Barral, que llevaba la camisa desabrochada y remangada, pantalón de camuflaje y botas de escalador, y tenía una ridícula barba de misionero mormón o de unitario argentino en plena dictadura de Rosas. Había también un par de Lópeces: López Pacheco y López Salinas; Antonio Ferres, Alfonso Grosso, un andaluz refinado; y un tal

Fernández Santos, que traía cara de venir de dar un pésame.* El del esparadrapo era Juan Goytisolo.

—Somos novelistas del realismo social —le explicaron.

Al parecer pretendían reflejar la realidad tal cual era, propósito que sorprendió a Belinchón por su ingenuidad.

Armando López Salinas comenzó a hablar en la mesa del fondo del Palmeras:

—Señores, se abre la sesión. Orden del día, punto primero: admisión de Fernando Belinchón. Habrá que votar, así que se pospone hasta que llegue la Laforet. Punto segundo: elección de líder generacional. Habrá que votar, tres cuartos de lo mismo. Punto tercero: elección de acontecimiento histórico generacional. Más de lo mismo. Punto cuarto: ¿generación o grupo generacional? Ídem de ídem. Punto quinto: ruegos y preguntas. Presido yo mismo. Ana María Matute actuará de secretaria.

—Una cuestión de orden, compañeros —interrumpió Juan Goytisolo.

—Tienes la palabra, compañero.

—Vamos a ver, con el debido respeto, quisiera preguntar: ¿por qué narices la Laforet siempre tiene que llegar tarde?

—¡Hombre, macho, es que viene de Barcelona! —la disculpó Sánchez Ferlosio.

---

* Estos escritores constituyen el núcleo del realismo social español, a menudo descalificado (sin necesidad de leerlo) como «generación de la berza». Armando López Salinas escribió, entre otras novelas, *La mina*. Jesús López Pacheco fue autor de *Central eléctrica* (1958), una pieza clave de la narrativa social, y *El homóvil* (2002, publicado tras su muerte), una espectacular novela experimental de más de seiscientas páginas. Antonio Ferres escribió *Los vencidos,* prohibido por la censura franquista (aunque se editó en varias lenguas europeas). Este grupo, de orientación marxista y partidario del compromiso literario, fue desplazado por el grupo de los Goytisolo, García Hortelano, Sánchez Ferlosio, Aldecoa o Martín Gaite (e incluso Grosso, que disfrutó de un reconocimiento efímero), que ocuparon la totalidad del espacio disponible con una concepción del realismo que evitaba a la clase trabajadora como sujeto narrativo, así como las relaciones laborales como asunto específico. El realismo de los Goytisolo y Cía. se enfocaba más bien hacia los protagonistas de la burguesía y sus dramas íntimos; además, a partir de los años sesenta evolucionaron hacia una concepción más experimental de la novela (a la que denominaron «superación del realismo»). Los vituperios de Juan Benet contra el realismo social (en nombre del genio individual que él mismo se atribuía) remataron la descalificación y expulsión del Parnaso de este grupo de autores.

—Me da lo mismo, Rafa, me da lo mismo, ¡es matemático! ¡Siempre igual!

—¡Orden, compañeros, orden! —dijo López Salinas—. Está en el uso de la palabra el compañero Goytisolo. ¿Tienes alguna moción concreta, compañero?

—Pues, mira, sí. Propongo que la sancionemos. Hay que ser coherentes.

Hubo que votar en el acto. Primero se debatió qué tipo de mayoría era necesaria: mayoría simple, cualificada o absoluta. Se decidió que las sanciones se aprobaban por mayoría simple.

Se sugirieron diferentes sanciones para Carmen Laforet. López Salinas propuso una declaración solemne de arrepentimiento. Se consideró insuficiente. Además, ni que ellos fueran chinos, se burló Ferlosio: ellos no querían «reeducar» a nadie, sino castigar a la compañera, a ver si así escarmentaba. Ferlosio sugirió obligarla a leer una novela de Thomas Mann.

—Entera —puntualizó.

—No creo que debamos administrar castigos corporales, compañeros —se compadeció Aldecoa.

Ana María Matute sugirió que pagara las consumiciones. Inaplicable: todos sabían que Carmen siempre salía de casa con dos pesetas, como mucho tres. García Hortelano propuso que escribiera tres páginas de monólogo interior sin ningún signo de puntuación. Ferlosio se opuso (lo consideraba también castigo corporal), pero al final quedó aprobado con el apoyo decisivo de López Salinas.

En ese momento hizo acto de presencia Carmen Laforet.

Fernando la miraba de hito en hito: Carmen tenía cara de sueño, de recién despertada, ojos navegables y unos muslos largos como tardes de domingo.

—Lo siento, es que me he enredado con una cosa —fueron sus primeras palabras.

—Carmen, tengo que comunicarte que se ha decidido imponerte una sanción por tus repetidos retrasos —informó López Salinas.

—¿Os habéis vuelto locos?

—Perdona, pero ha sido una decisión democrática, compañera. Supongo que respetarás una decisión democrática, ¿o no? —intervino Goytisolo.

Carmen asintió de mala gana y se encogió de hombros.

—Para la próxima sesión tienes que traer un monólogo interior de tres páginas.

—Sin signos de puntuación —añadió Goytisolo visiblemente satisfecho.

Carmen pidió café con leche y López Salinas dio paso al primer punto del orden del día: la admisión de Fernando.

Belinchón expuso su visión de la literatura. Quería escribir una novela que transfigurara la realidad mediante la metáfora, una obra de vanguardia.

—Necesitamos deliberar a puerta cerrada —reclamó Juan Goytisolo, así que le ordenaron que se encerrara en el lavabo y contara hasta cien antes de volver.

En su ausencia, cada miembro tomó un hueso de aceituna y un palillo y López Salinas vació un paquete de tabaco.

Cuando volvió Belinchón, lo volcó sobre la mesa: cinco palillos. Le habían aceptado.

En realidad, todos los miembros contaban con derecho a veto y, de haber aparecido un solo hueso de aceituna, no habría podido formar parte del grupo.

—Esta es una admisión condicional —precisó López Salinas—. Tienes que comprometerte a reflejar la realidad con técnicas objetivistas, ¿de acuerdo?

—Bueno —murmuró Belinchón sin ningún convencimiento.

Esos tipos, los realistas, creían en el compromiso del escritor, y sus novelas pretendían reflejar la realidad. Para ellos, como para los antiguos paquidermos, el individuo era el conjunto de sus relaciones sociales. La novela, para los escritores del Palmeras, era un instrumento de denuncia al servicio de la transformación social.

Después prosiguió Juan Goytisolo:

—Punto segundo: necesitamos un líder, alguien que tome decisiones en una fracción de segundo, una cabeza visible. La disciplina sigue siendo decisiva en este periodo de clandestinidad que atravesamos, compañeros. Más adelante, cuando hayamos llegado, tiempo habrá de hacer cada uno lo que nos dé la gana e incluso a lo mejor entonces negaremos en público que hayamos formado parte de ninguna generación. Igual nos proclamamos todos independientes un día, claro que sí. Ahora mismo, sin embargo, tenemos que ser una piña. Alguien tiene que hacerse obedecer. Hasta ahora nos ha conducido con pulso firme nuestro fundador, López Salinas. Todos le admiramos y agradecemos su labor providencial. Sin embargo, ya se ha sacrificado bastante, compañeros, necesita más tiempo para su propia obra. Él mismo prefiere que alguien ocupe la jefatura a partir de ahora. Hay que saber evolucionar y necesitamos alguien que continúe su labor. Aparte de mí, ¿quién se presenta como candidato?

García Hortelano levantó la mano. Se acordó que cada uno dispondría de cinco minutos para exponer su programa.

López Salinas colocó un reloj de ajedrez sobre la mesa y apretó el botón de una de las esferas.

—Compañeros, una sola palabra resume lo que quiero decir: libertad. Repito: libertad, ese es el quid. Bien entendida, sí, desde luego, pero libertad —comenzó García Hortelano—. ¿Qué quiero decir con esto? Que espero que cada día se respire más libertad, así de simple. Menos reglamentos, menos disciplina, menos órdenes y más espacio para la auténtica creación. Ese es el punto principal de mi programa. Todos reconocemos la labor pionera del compañero López Salinas. Sin él, no estaríamos aquí hoy. También admiramos al compañero Goytisolo, pero, francamente, no creo que necesitemos tantas ataduras como nos propone. Es verdad que seguimos en la clandestinidad, pero corren nuevos tiempos y ahora pedimos una sola cosa: libertad.

Así siguió, prometiendo libertad y denunciando lo que se atrevió a llamar el «yugo Goytisolo», hasta que agotó su tiempo, cronometrado por López Salinas.

Luego Juan Goytisolo se levantó de su silla y López Salinas apretó el botón de la otra esfera:

—Libertad ¿para qué? —Hizo una pausa de efecto teatral—. El compañero ha pronunciado frases bonitas. Lindos sintagmas, qué duda cabe. Conmovedores, vamos. ¿Libertad para vestirnos de existencialistas franceses, tocar guitarritas y escribir novelas sin la letra efe? ¿Es esa nuestra misión en esta encrucijada histórica que nos ha tocado vivir, compañeros? ¿Para eso queremos la libertad? Yo os digo: si tanto queremos ser libres, entonces ¿qué puñetas pintamos aquí? Decídmelo, por favor. ¡Que vaya cada uno por libre y si te he visto, no me acuerdo! ¡Tan amigos! Os voy a recordar algo que el compañero Hortelano parece haber olvidado: lo que queremos es tomar por la fuerza el poder cultural. Así de simple. Precisamente para eso nos constituimos en generación. Queremos arrebatarle a los de siempre el dominio sobre el complejo cultural-editorial. ¿Es que hemos olvidado eso? ¿Queréis que os diga que va a ser fácil? ¿Que va a ser todo muy libre, muy lindo y muy divertido, con canciones de Jacques Brel y gabardinas? ¿Eso esperáis de mí? ¡Negativo! Yo no he venido a traeros la paz, sino la espada. Lo que necesitamos no es una plataforma de hombres libres, con guitarras y florecillas, no queremos una mano tendida; lo que necesitamos es un ariete capaz de abrirse paso en el mundo de las letras: un puño cerrado e implacable, compañeros. ¿Que resulta que preferimos la libertad ahora mismo? Pues entonces no sé qué pintamos aquí en lugar de estar por ahí haciendo el payaso, la verdad. ¿Queremos un puño de hierro que obedezca a una voluntad firme y eche abajo la puerta cerrada de la Literatura? ¿Queremos salir del anonimato, abandonar esta clandestinidad tan amarga y publicar varias ediciones de nuestras obras? ¿Queremos ser estrellas de la resistencia antifranquista en el mismísimo París? Entonces, compañeros, soy vuestro hombre. Lo que yo os propongo es la lucha, el combate, el campo de batalla. Un objetivo estratégico: imponernos como generación literaria. Y para ello unos medios tácticos que requieren, no voy a engañar a nadie, disciplina, valor, correr peligros, grandes sacrificios y muchos malos ratos. Y, por supuesto, escribir lo que menos nos apetece. El compañero dice: libertad ahora. Yo digo: polvo, sudor y hierro ahora, mientras el ciego sol se estrella en las duras aristas de las armas. Y la gloria, tal vez mañana.

—Estás entrando en *Zeitnot*, candidato, apuros de tiempo, te queda menos de un minuto —advirtió López Salinas.

Goytisolo tragó saliva y atravesó de lado a lado la mesa con el índice:

—De este lado —continuó— está el esfuerzo, la obediencia ciega, las calamidades del combate y quizá, solo quizá..., ¡la gloria! De este otro lado —señaló a Hortelano— está el volver a casa sin problemas y seguir escribiendo cada uno por su cuenta, la libertad, en definitiva. Los que quieran, que me sigan.

—¡Cuenta conmigo, mi capitán! —dijo Fernández Santos.

—Un momento, compañeros, hay que votar según procedimiento —recordó López Salinas.

Juan Goytisolo salió elegido líder por mayoría absoluta.

Hortelano, sonriente, pidió un gin tónic.

Ya como presidente, continuó Goytisolo:

—Punto segundo: necesitamos un acontecimiento histórico decisivo, con capacidad para cohesionarnos, no sé si me explico, algo que haya sacudido nuestras conciencias, un aldabonazo. Es evidente que será la guerra y el tirano, pero se admiten propuestas.

Apareció entonces por el local un individuo rechoncho acompañado de un tipo muy alto con cara de pájaro.

—Os presento a Luis Martín Santos* y a Juan Benet —dijo Hortelano.

Goytisolo les explicó los principios básicos del realismo social.

Benet y Martín Santos se reían a carcajadas.

—¿Reflejar la realidad? Oye, ¿tú dónde te has formado? ¿Con los jesuitas? —preguntaba Benet.

—La realidad es mostrenca y prismática —acotaba Martín Santos—. La novela realista no sirve para mirarla: es como intentar matar un elefante con un tirachinas.

---

* Luis Martín Santos publicó en 1962 *Tiempo de silencio*, una novela crítica, pero muy innovadora en el aspecto formal. Se convirtió en la gran esperanza blanca de la literatura española. Al año siguiente murió su mujer, Rocío, a causa de un escape de gas. Un año más tarde murió el propio Luis en un accidente de tráfico.

—Eso —corroboraba Benet—. O matar moscas a cañonazos. Martín Santos acababa de publicar *Tiempo de silencio*.

Aunque ese día Goytisolo casi les pega un mordisco, poco después, en 1966, publicaría *Señas de identidad*, uniéndose a la llamada «superación del realismo social».

Entonces sí que se convirtió en la gran *vedette* de la novela experimental y del antifranquismo. Y en el mismísimo París. Para la renovación del realismo social español fue necesaria (como en tiempos de Rubén Darío, como en tiempos de Vallejo y Neruda) la ayuda americana: fueron las anacondas del boom las que peregrinaron y trajeron la armonía de la sagrada selva. Devoraron a los cernícalos con su abrazo mortal. Les descubrieron el Mediterráneo de la imaginación creadora.

Benet, por su parte, consiguió un prestigio inversamente proporcional al número de sus lectores.

Belinchón no conseguía entenderlo. Años después se dio cuenta de que Juan Benet era igual que una anécdota cómica, el clásico resbalón con una piel de plátano. Había que verlo, había que haber estado allí. Contado, Benet también perdía gracia. En México le seguían diciendo cosas de Benet:

—Nos sentamos todos como en un vagón de tren y Benet, con gorra de revisor, nos pide los billetes. Es increíble.

—¿Y qué pasa luego? —preguntaba Fernando.

—Nada. Eso es todo. ¿A que es genial?

—Sí, claro, pistonudo. Genial con balcones a la calle.

Con los libros de Benet le sucedía lo mismo: era incapaz de leerlos y tampoco conocía a nadie con tanta paciencia, pero todo el mundo le aseguraba que era el verdadero renovador de la narrativa española.

No está probado que Juan Benet fuera el causante de la guerra civil, aunque él así lo creyó:

Recuerdo que durante tres años la guerra la habíamos desatado mi hermano y yo. Mi padre nos había regalado unas pistolas de juguete que se llamaban «Brownie» y que hacían furor en Madrid. Con cincuenta cartuchos cada uno, nos subimos a la terraza del chalet en que vivíamos a pegarnos tiros escondidos detrás de las chimeneas. Esto era en la calle Abascal. Figúrate que habían asesinado a Calvo Sotelo tres días antes; nuestro tiroteo causó una gran conmoción. Llegaron coches de los guardias de asalto y todo el barrio estuvo toda la noche poco menos que en pie de guerra. Dos días después fue el 18 de julio y mi hermano y yo empezamos a reprocharnos y a creernos que aquello lo habíamos armado nosotros. Luego nos llevaron a Italia. Estuvimos tres años convencidos de que habíamos provocado la guerra civil.

Su padre fue fusilado en Madrid por milicianos anarquistas. Benet era ingeniero de caminos, trabajaba en MZOV (más tarde Cubiertas y MZOV) y ganaba mucho dinero, circunstancia insólita entre los novelistas españoles y que le llenó de admiradores. Para Belinchón, esa era la única explicación concebible para la benetolatría que se desató a partir de los setenta: sabía de Ciencias, era rico, atiborraba de whisky a las visitas y se hacía llamar «don Juan». Tenía una casa de campo en Zarzalejos y un chalet de estilo Bauhaus en la calle Pisuerga, en la colonia de El Viso de Madrid. Conducía un Bentley y era lo bastante esnob para referirse a su automóvil en femenino, alegando que así lo hacen los ingleses con barcos y vehículos.

Un día, en 1945, en una librería de la calle San Bernardo, un libro cayó al suelo. Benet lo recogió. Estaba abierto por una página en la que se leía: «Mi madre es un pez».

Acababa de descubrir a Faulkner y decidió hacerse escritor, ya que la construcción de presas le dejaba tiempo de sobra para escribir novelas. El director general de Cubiertas y MZOV era Enrique Pérez Galdós, nieto del novelista. El jefe apreciaba a Benet, a pesar de los gustos literarios del severo novelista, que más bien le hacían gracia. En una ocasión el profesor García Pérez llevaba a Benet y al director general al aeropuerto de Asturias. En el asiento de atrás del coche había un libro que era lectura obligada ese año para los alumnos de García Pérez: *Miau*, de Benito Pérez Galdós. En cuanto lo vio, a la altura de la gasolinera de La Tenderina, Benet lo tiró por la ventanilla, aduciendo que no soportaba la presencia de aquel ejemplar y que cambiaba toda la obra de Galdós por una sola línea de Stevenson.

Tras la muerte de Franco, Juan Benet redactó un proyecto de Constitución con un artículo único: «Todos los españoles tendrán derecho a fracasar».

Él no lo consiguió.

Una vez admitido, Fernando Belinchón no volvió a ninguna reunión de la generación literaria. Le parecía una necedad. ¿La realidad? ¿Escribir sobre la realidad, sobre lo que todos vemos a diario? Eso era una majadería. ¿Para qué escribir *La mina*, habiendo como había minas al alcance de la mano? ¿Qué era la realidad? Si todo estaba compuesto de átomos, ¿no era igual de realista Picasso que Velázquez? Y en definitiva, para Fernando, la novela era una insurrección contra la realidad. Eso del realismo social no iba a cuajar: Belinchón estaba seguro de que los lectores lo rechazarían de plano.

Él y Corcuera, en cambio, iban a renovar la literatura española con su innovadora aleación de casticismo y vanguardia.

Fernando Belinchón, mi padre, se casó con María Antonia Sánchez, la hija de un arquitecto, una mujer hermosa y delicada, mi madre.

Tuvieron un hijo: yo.

Mi padre, en aquellos años, no fue feliz.

Casarse es como irse a vivir a las afueras, decía a menudo: se acaba por no ver a los amigos, se aparta uno de los bares conocidos, ya no se sale por la noche, pero no deja uno de repetirse en voz alta las ventajas, como si se esforzara por convencerse. Al final, el que vive en las afueras o casado acaba diciendo: es lo mejor para los niños. Cuando por fin admite que se ha equivocado y pretende volver al centro, se da cuenta de que ya no se lo puede permitir: el precio del metro cuadrado es demasiado caro.

En lugar de separarse, mis padres se fueron a vivir a México.

Horacio en España

Hacia 1970, Juan Benet se enfrentó a Isaac Montero, un escritor realista, en un debate organizado por la revista *Cuadernos para el Diálogo*. Acabaron prácticamente a sopapo limpio.

¿De qué discutían?

De lo mismo que han discutido siempre los escritores: ¿qué es la Literatura? ¿Cómo se hace? ¿Para qué sirve?

La Historia de la Literatura no es más que un bestiario, un recuento de animales feroces que se devoran unos a otros. El argumento de sus depredaciones lo resumió Horacio en su *Epistula ad Pisones*, donde afirma que un escritor tiene que tomar partido con respecto a tres disyuntivas básicas.

Ars versus ingenium (arte contra genio natural): o bien la literatura es un *ars*, algo que se puede aprender como cualquier otro oficio, con unas reglas definidas, como si se tratara de la cantería, de la electrónica o de la prestidigitación. O bien todo lo contrario: la literatura es fruto del *ingenium*, del genio innato e individual del artista creador, de su inspiración y de su trato con las musas. En otras palabras: ¿qué es un escritor? ¿Nace o se hace? ¿Es alguien que domina un oficio, que ha llevado a cabo un aprendizaje, que conoce ciertas técnicas? ¿O es más bien un genio espontáneo y silvestre, un médium que mantiene relaciones íntimas con las musas y expresa el desorden sagrado de su espíritu, que se emulsiona (¡psssst!) y eyacula su interioridad sobre el papel?

Res versus verba (las cosas contra las palabras): ¿y cuál es el componente esencial de la obra literaria? ¿La *res*, es decir, la cosa, el contenido, lo que dice? ¿O más bien la *verba*, es decir, la forma, las palabras con las que lo dice? ¿Fondo o forma? ¿Es la literatura un vehículo para transmitir ideas, conceptos, visiones del mundo? ¿O se trata de un conjuro abracadabrante en el que lo fundamental es la música verbal, la construcción narrativa, el estilo literario?

Docere versus delectare (enseñar contra divertir): y por último, ¿para qué sirve en realidad la literatura? ¿Qué pretende? ¿Qué se propone el que escribe? ¿*Docere*, es decir, enseñar, adoctrinar, transmitir algún mensaje? ¿O más bien *delectare*, o sea, deleitar, provocar un placer estético? ¿El arte es transitivo o intransitivo? ¿La poesía es belleza o es comunicación?

Cualquiera respondería:

—Oiga usted, ¿por qué narices tengo que elegir? ¿Es que acaso no pueden ser las dos cosas a la vez?

—Pues mire, don Cualquiera, no. No puede ser —habría que decirle—. Le veo venir. Usted me dirá: el artista es el resultado de un talento natural (su *ingenium)*, al que se añade el estudio y el aprendizaje de un *ars*. ¿A que sí? ¿A que le veo venir de lejos? ¿A que van por ahí los tiros?

—¡Nos ha merengao! —dirá don Cualquiera—. Y la forma y el fondo, en realidad, son inseparables...

—Ya, ya... ¡Que le veo venir! Ahora añadirá usted que la literatura cumple una función social, o sea, su poquito de *docere*; pero que al mismo tiempo persigue un placer estético, su ración de *delectare*. ¿A que sí?

—Corriente. Es que salta a la vista.

—Pues mire usted, ¡ni hablar! No se puede andar por ahí templando gaitas, don Cualquiera. Usted es socialdemócrata y eso lo explica todo: ni chicha ni limoná.

Horacio, que escribía a sueldo del emperador Augusto, también intentó templar gaitas, elaborar una poética de compromiso, pura socialdemocracia. Como si Horacio no supiera que eso no cuela, que hay que elegir. De hecho, como aprendí en la Academia Botavara de don Antonio García Berrio, solo hay dos opciones. O se elige *ars, res* y *docere*, por un lado, o se elige *ingenium, verba* y *delectare*, por otro. Esta es la alternativa, no hay más tu tía. O se es dómine o se es médium.

Ese fue el argumento de la discusión entre Juan Benet (médium) e Isaac Montero (dómine). Estas tres disyuntivas han sido el hueso que han intentado roer los plumíferos desde el principio: desde los románticos (mediums) frente a los ilustrados (dómines) hasta la contienda de las Dos Marías, la guerra civil correspondiente a mi generación.

Los dómines escriben literatura clerical, repleta de buenas intenciones, con mensaje, con intención crítica o didáctica, con buenos propósitos y el deseo de cambiar el mundo (a favor de la Iglesia o de la revolución socialista internacional, eso da lo mismo).

Los mediums, en cambio, escriben literatura sibilina, magia verbal con un significado misterioso y alejada de la experiencia cotidiana de los lectores.

Siempre ha sido así. Los ilustrados neoclásicos eran dómines y escribían homilías llenas de intenciones benéficas. Creían en su responsabilidad social como escritores. Los románticos eran mediums, escribían en trance versos oraculares, sin más intención que la de expresarse a sí mismos. Más adelante, los poetas sociales (Neruda o Gabriel Celaya) fueron dómines; en cambio, los poetas puros decidieron ser mediums. Los surrealistas fueron mediums, pero los escritores comprometidos al modo de Sartre o Camus se hicieron dómines. Juan Goytisolo ha sido entre nosotros el penúltimo dómine; su compinche Julián Ríos, en cambio, se convirtió en médium.

El movimiento romántico entendió enseguida que esta era la almendra de la cuestión. Atacaron de frente. Si los ilustrados eran dómines hasta las cachas, los románticos se dibujaron a sí mismos por oposición convirtiéndose en mediums. Los ilustrados creían que la literatura era susceptible de aprendizaje, que estaba sometida a reglas (las famosas preceptivas literarias). De buena fe pensaban que tenían un mensaje que transmitir al universo, algo importante que decir para mejorar la vida de los demás. Por eso mismo no dudaban de su responsabilidad social como escritores, su misión pedagógica, esa enseñanza a la que se consideraban obligados.

¿Qué hicieron los románticos? Ver, estudiar la situación y decir: ¿de qué se trata, que me opongo?

Para ellos el artista tenía que ser un genio inspirado, un individuo singular, ajeno a reglas y preceptivas. Apostaron hasta su último centavo a la belleza formal, a la musicalidad, al efecto emocional. Y ni que decir tiene: lo suyo era el arte por el arte, sin ningún propósito de utilidad social.

Tras salir del Palmeras, mi padre, Fernando Belinchón, confirmó su deseo de escribir novelas ramonianas y azorinianas, sin compromiso social, tal y como las escribiría un médium: en trance, con sintaxis sibilina y sentido inaccesible, titubeante.*

Esta discusión sin respuesta posible se prolongó a lo largo de dos siglos, hasta desembocar en la feroz contienda fratricida del año 2000, la guerra de las Dos Marías.

---

* Fue Paul Valéry quien definió el poema como «una prolongada vacilación entre sonido y sentido».

EJERCICIOS PRÁCTICOS

1. Si Cela es, en Literatura, el paralelo de Dalí, ¿quién es el Picasso de Cela? Pistas: ¿López Salinas? ¿Juan Goytisolo? ¿Acaso Gabriel García Márquez?
2. Intente resumir en un folio y medio el argumento de *Tiempo de silencio*. Cuente la historia en tercera persona y anote solo lo que hacen los personajes, nunca lo que piensan. Escriba solo lo que pasa *por fuera*, no lo que pasa *por dentro*. Ahora anote en otro folio las primeras tres razones que se le ocurran para contar esa historia de una manera diferente. Pistas: ¿vanidad? ¿Orgullo? ¿Exhibición impúdica? ¿Superación del realismo?
3. Lea algunas páginas (las que resista) de *Saúl ante Samuel*, de Juan Benet. Conjeture qué razón pudo impulsar al autor a perpetrar semejante novela. Pistas: ¿promesa a la Virgen? ¿Sadismo extremo (no exento de masoquismo)? ¿Espíritu burlón? ¿Apuesta con camaradas de armas?
4. Lea diez o doce páginas de *Oficio de tinieblas 5*. Dispone de quince minutos para escribir ocho páginas semejantes. Introdúzcalas intercaladas en el libro; nadie notará la diferencia.
5. Explique por qué podemos considerar a Goytisolo un epígono de la generación del 98. Pistas: su visión moral del paisaje, su concepción mística del escritor, su lectura de los clásicos y la catequesis a que somete a sus lectores.

PARA SABER MÁS

Conviene leer *La colmena,* de Camilo José Cela. Para comprender la llamada literatura realista y la llamada novela experimental, léase la trilogía *Los gozos y las sombras,* de Gonzalo Torrente Ballester; y a continuación *La saga/fuga de J. B.,* del mismo autor. Es indispensable conocer la narrativa de Juan Marsé, y un buen título (tal vez el mejor) para acercarse a ella es *Un día volveré. Últimas tardes con Teresa* sirve de complemento idóneo. Obsérvese cómo Marsé, en esta última novela, le retuerce el cuello a la radionovela sentimental, igual que hizo en su día Galdós con el folletín decimonónico o Cervantes con la novela de caballerías. *El gran momento de Mary Tribune,* de Juan García Hortelano, es la mejor manera de comprender la realidad social del final del franquismo y la llamada Transición. ¿Es necesario leer a Juan Goytisolo? En caso afirmativo, quizá deba el estudiante empezar por leer *Reivindicación del conde don Julián,* una aguda sátira de la generación del 98, y a continuación *La saga de los Marx.*

Lea con atención la poesía de Claudio Rodríguez. Evite la de José Ángel Valente, pero acérquese a la de Blas de Otero.

Tema 7
El abrazo de las anacondas

Cuando la mierda valga dinero, los pobres nacerán sin culo.

GABRIEL GARCÍA MÁRQUEZ

> *

Carretera de México a Acapulco, PK 130,700
Jueves, 15 de enero de 1965
4.30 pm

El frenazo repentino despertó a los dos niños. La mujer apoyó las manos en el salpicadero. Olía a neumático quemado contra el asfalto.

—¡Carajo, la anaconda! —exclamó el conductor llevándose las manos a la cabeza.

Acababa de sentir un cataclismo intenso y arrasador.

En el asiento de atrás, Rodrigo y Gonzalo comenzaron a llorar.

—¿Es que no sabe usted hacer callar a estos pelaos? —susurró el hombre sin abrir los ojos.

Tenía las manos engarabitadas en el volante, temblaba y había roto a sudar.

La mujer tranquilizó a los niños y luego acarició el hombro de su marido.

Tras el frenazo, el Opel se había quedado atravesado en mitad de la carretera. Era un coche nuevo que Gabriel había comprado con los tres mil dólares del premio Esso a *La mala hora*.

—Ya pasó todo, Gabito, tranquilo —le tranquilizaba la mujer.

Entonces el conductor abrió los ojos. Miró el horizonte, pestañeó, contempló a sus hijos por el espejo retrovisor y abrazó a su mujer.

—La vi, Mercedes —le dijo—. Vi la anaconda entera. El animal completo. Salió del agua y se quedó inmóvil delante de mí. ¡Me miraba con sus ojos sin párpados!

—¿Y qué se hace ahora, Gabo? Dímelo, ¿qué hacemos?

—¡Nos regresamos!

—¿Ya no vamos a la playa? —protestaron los niños.

—¡Nos regresamos ahorita mismo! —repitió Gabriel irritado.

Maniobró y aceleró en dirección contraria, de vuelta a Ciudad de México, al apartamento alquilado por doscientos dólares al mes en las lomas de San Ángel Inn.

—Este es el plan —resumió Gabriel—: vendemos el coche, nos morimos de hambre, pero escribo el libro.

Los niños comenzaron a hacer pucheros: no querían morirse, aunque fuera de hambre.

Interstate 25, PK 212,600
Entre Albuquerque (NM) y El Paso (TX)
Jueves, 22 de agosto de 1960
12.33 pm

El hombre del bigote y el pelo engominado conducía hacia el sur. Se llamaba Carlos y era un tipo irritable que apretaba el volante como si se hubiera propuesto deshacerlo o partirlo en dos. ¿El motivo de su ira? Acababa de darse cuenta de que ya no podía quitarse la chaqueta, había sobrepasado lo que él llamaba el *point of no return* y ahora ya tendría visibles manchas de sudor en la camisa.

Era muy presumido.

«¡Híjole con el saco de la gran chingada», debió de pensar.

Entonces vio el cartel que anunciaba «ACME General Store».

Dio un volantazo.

Era un almacén destartalado, mezcla de ferretería, bar y almoneda. Tras el mostrador descubrió a una atractiva gringa.

—*Good morning, darling* —dijo Carlos, que se jactaba de hablar un inglés excelente—. *Have you got any good shirts? Brooks Brothers maybe?*

Con gesto de perplejidad, la chica le señaló una estantería.

«No está mal la güerita», pensó, y le dedicó una de sus legendarias sonrisas de seductor mexicano, aunque nacido en Panamá.

—*Can I have a coffee, honey?* —preguntó.

Mientras la rubia servía el café, Carlos examinó las camisas: todas eran de leñador, a cuadros rojos y negros. Se le revolvieron las tripas. ¿Áspera franela sobre su pecho habituado al tacto de la seda? ¡Inconcebible! Le escocería y era probable que le saliera un sarpullido; prefería su propio sudor.

Curioseó por el local. Sobre una mesa había cartuchos de dinamita, relojes, detonadores y varios metros de hilo de cobre.

—*Booouuuum!* —dijo mirando a la chica—. *Ha, ha... boom!*

—*Ha, ha* —respondió ella sin sonreír—. *Here's your coffee, sir.*

En un armario había banderas norteamericanas de varios tamaños, antiguos uniformes confederados, sillas plegables, cafeteras y gafas graduadas con monturas de alambre. En el suelo encontró una caja de cartón con una etiqueta: «W. Faulkner. Oxford, MS».

—*What's this, honey?* —preguntó Carlos.

—*Mostly garbage. Comes from a yard-sale.*

Carlos abrió la caja. Contenía recursos literarios en buen estado: monólogo interior, símbolos usados, territorios míticos, ruptura de la cronología, puntos de vista contrapuestos, uso de primera, segunda y tercera persona para el mismo personaje, en fin, un poco de todo.

—*How much do you ask for this... uh... garbage?*

—*Wouldn't know... Two bucks altogether?*

—*Deal. By the way, my name is Carlos. Carlos Fuentes, mexican author. Remember me!*

En el último momento, Carlos decidió llevarse también un cartucho de TNT y un detonador.

Terminó el café, pagó y salió sonriente de la tienda con la caja de cartón, que depositó en el maletero.

«Una explosión», se dijo. «¡Boom! Eso es lo que nos está haciendo falta: explotar de una vez.»

Aracataca, Colombia
Oficina de Telégrafos
Martes, 6 de marzo de 1930
10.30 am

Muchos años después, frente al rey de Suecia, el escritor colombiano había de recordar aquella tarde remota en que su padre le advirtió:

—Pase lo que pase, Gabito, usted nunca olvide que no es más que uno de los once hijos del telegrafista de Aracataca.

—El Gabo contará la verdad —afirmó su madre.

El niño tenía tres años y en la casa todavía se hablaba sin cesar de la matanza de la estación.

Había ocurrido en diciembre de 1928. Diez mil trabajadores de la United Fruit Company llevaban un mes de huelga. Entonces corrió el rumor de que el gobernador se entrevistaría con ellos en la estación de Ciénaga. Cuando ya se impacientaban, aparecieron los soldados.

—Señoras y señores —dijo el capitán con una voz baja, lenta, un poco cansada—, tienen cinco minutos para retirarse.

La rechifla y los gritos redoblados ahogaron el toque de clarín que anunció el principio del plazo. Nadie se movió.

—Han pasado cuatro minutos —dijo el capitán con el mismo tono—. Un minuto más y se hará fuego.

—¡Cabrones! —gritó alguien entre la multitud—. Les regalamos el minuto que falta.

El capitán dio la orden de fuego y catorce nidos de ametralladoras le respondieron en el acto.

Mataron a tres mil: todos los que había en la estación.

Cargaron a los muertos en el tren bananero que partió de noche, con casi doscientos vagones y sin luces. Encima de los vagones se veían los bultos oscuros de los soldados con las ametralladoras emplazadas.

Arrojaron los cadáveres al mar.

Luego escogieron a su gusto el número oficial de muertos: nueve.

No quedó ningún testigo y la matanza desapareció de la historia, como si nunca hubiera existido, y pasó a formar parte de la leyenda.

—¡Aquí no pasó nada! —se quejó el padre—. Es un embuste, no murió nadie.

—Los mataron a todos, más de tres mil. Gabito se lo contará al mundo —insistió la madre—. El impedirá que desaparezcan para siempre.

Apartamento 4 B
Avenida de Mayo, 152
Buenos Aires
Sábado, 12 de marzo de 1932
9.30 pm

El hombre mira por la ventana y oye ruido de pasos al otro lado de la pared. Imagina la vida en el apartamento de al lado, imagina a una mujer y a su amante. Acaba imaginando también una ciudad entera en la que transcurre esa otra vida: Santa María.

Piensa que, si fuera capaz de imaginarla completa, con todos los detalles, podría entrar en esa otra vida.

Entonces sería como un dios, se dice: un dios agotado, sin ningún entusiasmo, un dios al que compadecer.

Se sirve otro vaso de whisky.

Recuerda que fue un niño conversador, lector y organizador de guerrillas a pedradas en su barrio. Recuerda que sus padres estaban enamorados. Se le humedecen los ojos. Su padre, Carlos Onetti, era un caballero; su madre, Honoria Borges, una dama esclavista del sur de Brasil.

Hace dos años Juan Carlos se casó con su prima hermana María Amelia Onetti, y acaban de tener un hijo, Jorge.

La venta de tabaco estaba entonces prohibida en Buenos Aires los sábados y domingos. Ayer, viernes, Juan Carlos se olvidó de hacer acopio. Ahora está desesperado. Sin fumar, ni siquiera siente ganas de seguir bebiendo. Podría tirarse por la ventana, podría matar a alguien, podría dar un grito.

O podría llamar a la puerta del apartamento de al lado y entrar en esa otra vida, si consiguiera imaginarla entera, con la suficiente fuerza y precisión.

Se sienta a la mesa del comedor y se pone a teclear en la máquina de escribir.

Cuando se va a dormir ha escrito treinta y dos folios: el primer borrador de *El pozo*.

Así, por culpa del tabaco, Onetti decidió convertirse en escritor.

Terminó una novela titulada *Tiempo de abrazar*. Le llevó el manuscrito a Roberto Arlt, el gran escritor argentino.*

Arlt contempló a Onetti en silencio hasta que consiguió asignarlo a alguno de sus caprichosos casilleros personales. Luego abrió el manuscrito y comenzó a leer saltándose páginas a menudo, de cinco en cinco o de diez en diez.

«Demoré un año en escribirlo», pensaba Onetti sin rencor, con resignada tristeza.

Cuando Arlt dio por terminada la lectura, afirmó:

—Si yo no he publicado nada este año, entonces esta es la mejor novela que se escribió en Buenos Aires este año.

Sin embargo, la novela permaneció inédita.

En 1939 publicó *El pozo*, esa breve novela que escribió sin fumar: la modernidad acababa de entrar en la literatura latinoamericana. La ciudad, la soledad en compañía, el paisaje sin horizonte, la épica diminutiva y desoladora.

---

* Autor de *El juguete rabioso* y de las dos novelas relacionadas *Los siete locos* y *Los lanzallamas*.

Calle Renán, 12, piso 7.° Apartamento C
Colonia Anzures
Ciudad de México
Lunes, 5 de abril de 1962
7.45 pm

Gabriel había llegado a México en un atardecer malva, junto con su mujer y su hijo Rodrigo y con los últimos veinte dólares que tenía la familia. Fue el mismo día en que Hemingway se pegó un tiro, el 2 de julio de 1961, en Ketchum, Ohio.

En el apartamento había un colchón en el suelo, una cuna, una sola mesa y dos sillas. Gabriel tenía treinta y dos años, había vivido tres en París y ocho meses en Nueva York, había publicado una novela, *La hojarasca*, y tenía otros tres libros inéditos: *El coronel no tiene quien le escriba*, *La mala hora* y *Los funerales de la Mamá Grande*.

Fumaba cuarenta cigarrillos diarios, adelgazaba y se le habían quedado ojos tristes y absortos como de huérfano; una mirada que hacía pensar en árboles desarraigados, en aguaceros o en matrimonios que ya no tienen nada que decirse.

Como todas las primaveras, a Gabriel se le habían llenado las axilas de golondrinos muy dolorosos.

Lo peor, sin embargo, era que no podía escribir.

Como novelista se sentía metido en un callejón sin salida, y estaba buscando por todos lados una brecha para escapar. Conocía bien a los autores buenos y malos que hubieran podido enseñarle el camino, y sin embargo se sentía girando en círculos concéntricos. No se consideraba agotado. Al contrario: sentía que su gran obra aún estaba por escribir, pero no concebía un modo convincente y poético de escribirla, y tampoco había logrado ver todavía al animal entero.

Era una anaconda inmensa, de más de quince metros, de la que solo había contemplado distintos trozos, su reflejo fugaz bajo el agua, el brillo aterrador de alguno de sus anillos.

De pronto se oyó un ruido como de estampida de elefantes.

Sin duda era su amigo Álvaro Mutis,* que subía, como siempre al trote, los siete pisos.

Gabo le recibió con el gesto desesperado de escritor incapaz de escribir.

Álvaro traía un paquete de libros. Separó el más pequeño y lo catapultó contra el pecho de Gabo.

—¡Lea esa vaina, carajo, para que aprenda!

Era *Pedro Páramo*, y esa misma noche lo leyó dos veces. Luego leyó toda la obra de Juan Rulfo y admitió:

—Su obra completa no son más de trescientas páginas. Pero son casi tantas, y tan perdurables, como las que conocemos de Sófocles.

Ya había encontrado el modo convincente y poético que estaba buscando.

Ahora necesitaba más que nunca ver al animal entero, que la anaconda saliera del agua y él pudiera contemplar su desmesurada extensión de sueño demoledor y zigzagueante.

Residencia de Carlos Fuentes
San Ángel Inn
Ciudad de México
Jueves, 6 de noviembre de 1961
5.05 pm

Carlos está sentado ante la máquina de escribir. La luz le entra por su derecha, a través de un amplio ventanal. A sus pies

---

* Escritor colombiano que goza de prestigio en virtud de su amistad con García Márquez. En 2001 Mutis firmó una carta pública, dirigida al presidente del gobierno español, José María Aznar, en la que afirmaba que jamás volvería a pisar España mientras se exigiera visado de entrada a los ciudadanos colombianos. La firmaron también García Márquez, Fernando Botero y otros personajes públicos de Colombia, que cumplieron su promesa. Sin embargo, Álvaro Mutis debió de haber añadido un codicilo secreto a su firma, ya que al año siguiente le concedieron el Premio Príncipe de Asturias y no tuvo ningún empacho en presentarse a recogerlo. A los colombianos, por supuesto, les seguían exigiendo visado de entrada.

tiene abierta la caja con sus tesoros y la bomba que ha confeccionado con el cartucho de TNT y el detonador.

De vez en cuando saca de la caja alguno de los recursos de segunda mano y lo aplica a la novela que está escribiendo, *La muerte de Artemio Cruz*.

«Je, je, je..., voy a romper la cronología con esto, ahora sí se jodieron», se dice, por ejemplo, con risa malévola. O más adelante: «Ahora lo pongo en segunda persona, como un hipnotizador, wey».

Suena el teléfono y se apresura a responder Rita, para no perturbar la intensa concentración del novelista.

Era la Gaba.

—¿Qué hubo, Rita?

—Bien no más, Mercedes. Carlos es el que no se siente bueno, ahora está con leucemia...

—Ni te preocupes. Gabito acaba de tener cáncer a la cabeza la semana pasada, pero ya está mucho mejor...*

—¡Ya dejen de cotorrear! —interrumpió Carlos con un alarido—. Dame con el Gabo... ¡Ahorita!

Rita le pasó el teléfono.

—¿Tú has leído a Onetti, Gabo? ¿A Borges? ¿A Lezama Lima?

Gabriel confesó que no.

—Mire, wey, esa es la vaina: usted leyó a Kafka, pero no a Borges. ¿Por qué? ¿Por qué no nos leemos ni siquiera entre nosotros? ¿Quiere saber por qué? Pues yo se lo digo: ¡porque no somos internacionales, loco, por eso! Necesitamos un boom. Es lo único que nos está faltando, mano.

—¿Una explosión?

—Exacto. Que todo encaje. Lo tengo muy bien pensado, manito...

—Mire, m'hijo, yo ya acabo de sufrir un tumor cerebral.

Los dos hipocondriacos se pusieron a hablar de sus respectivas enfermedades y Carlos Fuentes le hizo una recomendación:

---

* Una conversación casi idéntica refiere la mujer de José Donoso en el libro de su marido *Historia personal del boom*. Por desgracia, años después, García Márquez sufrió de verdad un cáncer.

—Haz que te vea el doctor Belinchón, un gallego; es el mejor.
—¿Cómo así? ¿El pendejo es oncólogo o qué?
—Lo está quitando del trago a Rulfo, va a conseguir que deje de beber.
—Pero entonces eso no es un médico, m'hijo, ¡eso es un hechicero!

Consulta del Dr. Belinchón
Barrio de Cerro Alto
México D.F.
Viernes, 30 de septiembre de 1970
5.25 pm

La mujer hacía esfuerzos por contener las lágrimas o quizá el rencor. El hombre hablaba despacio, con el mismo tono con el que se consuela a un niño que llora. Sonó el timbre y la mujer se levantó de mala gana a abrir.
—El señor Donoso.* Otra emergencia —dijo al volver.
—¿Qué tripa se le habrá roto? Lo siento, Luisa, luego seguimos hablando.
José Donoso venía desencajado, con profundas ojeras y semblante, más que funeral, casi póstumo.
—Malaria, doctor. Tengo la malaria —afirmó con gravedad.
—¿Malaria? —Belinchón no pudo disimular su asombro.
—¡Sí, seguro! Yo lo atribuyo a la picadura letal de un mosquito de Calaceite.
Belinchón le había sugerido una vida retirada en el pueblo de Teruel para cuidar su verdadera úlcera y la multitud de enfermedades que no paraba de imaginar el incansable novelista.
Le tomó el pulso y le reconoció.

---

* José Donoso fue un escritor chileno, autor de *El obsceno pájaro de la noche*. Vivió unos años en Calaceite, adonde arrastró a sus amigos explosivos, todos miembros del boom latinoamericano.

—Siento decirlo, Pepe, pero sí que parece malaria. Tienes razón.
—¡Lo sabía! Moriré devorado por la fiebre, entre horrorosas pesadillas y convulsiones...
—Solo es un diagnóstico preliminar.
—¿Me hará usted análisis, radiografías, cultivos...? —preguntó, ilusionado, el narrador chileno.
—Todo eso. Y más cosas. Me temo que es indispensable.

Fernando Belinchón se consideraba médico «hipocondrista». Se había especializado en enfermos imaginarios: siempre les daba la razón. Luego los sometía a pruebas dolorosas e innecesarias, les pautaba dietas estrictas y les administraba medicamentos tan amenazadores como inocuos. Sin que ellos se dieran cuenta, también intentaba curarles de las escasas dolencias reales que excepcionalmente pudieran sufrir: bronquitis, hígado graso, golondrinos y pinzamientos de vértebras, por lo general.

Había tratado la presunta epilepsia de Borges, los cánceres conjeturales de Gabo, las quiméricas infecciones de Vargas Llosa, la diabetes improvisada de Alejo Carpentier, los ficticios pólipos de Onetti, la sífilis imaginada de Rulfo, los divertículos inventados de Cortázar, los aneurismas fantásticos de Cabrera Infante, las oníricas leucemias de Carlos Fuentes y los legendarios papilomas repentinos de Ernesto Sábato.

Se había hecho muy rico, pero estaba hasta la coronilla. Fernando Belinchón también era novelista, aunque inédito, y detestaba a sus pacientes. ¿Por qué no podían contar las cosas por su orden, según iban pasando? ¿Para qué poner personajes que vuelan, que viven más de un siglo o que copulan con caimanes en hamacas? ¿Qué interés tiene una novela que sucede en un pueblo donde todos están ya muertos desde la primera página?

Belinchón quería escribir como el maestro Azorín. Una novela pegada a la realidad, a ras de suelo, en contacto con la vida diaria. Un castellano preciso, rural, trinitario. Una prosa pluvial, insistente, monótona. Un argumento tenue, trémulo, titubeante. Personajes fidedignos, mínimos, adormecedores. Eso era escribir la verdad. El resto era hacer trampa: juegos malabares, prestidigitación, conejos en la chistera y ases en la manga.

Tranquilizó a Donoso, le prometió exhaustivas pruebas clínicas y le deseó suerte con su obra maestra.

Entonces se enfrentó a su problema más acuciante: Luisa Oquendo.

El doctor Belinchón había dejado embarazada a su recepcionista.

Ella se había negado a abortar. Se consideraba una mujer independiente y quería tener el niño sola.

Fernando se disponía a regresar a España, con su mujer y su hijo, para escribir la gran novela que retratara el alma del austero paisaje mesetario.

—Te enviaré dinero todos los meses —ofreció.

—Quinientos dólares —dijo Luisa sin titubear.

—¡Qué barbaridad! —Belinchón hacía cálculos de cabeza—. Bueno, de acuerdo, lo que necesites. El niño vendrá a España de vez en cuando.

¿Habría suficientes plumíferos hipocondriacos en España o necesitaría pluriemplearse para conseguir el dinero de Luisa?

—O la niña —dijo Luisa.

—Eso, lo que sea. Yo le pago el viaje.

Ciudad de México
Oficina de Correos de San Ángel Inn
Viernes, 10 de agosto de 1966
4.30 pm

—Son ochenta y dos pesos —dijo el empleado.

Acababa de pesar el manuscrito de *Cien años de soledad:* quinientas noventa hojas a máquina a doble espacio. Iba dirigido al director literario de la editorial Sudamericana, Francisco Porrúa.

—Nos jodimos, Gabo: solo tenemos cincuenta y tres pesos.

La única solución fue enviar la mitad ese viernes y buscar el resto del dinero para enviar la otra mitad el lunes.

Empeñaron un calentador y una batidora y el lunes mandaron el segundo paquete.

—Lo único que falta ahora es que la novela sea mala —dijo Mercedes.

Desde que Gabriel vio la anaconda completa, en la carretera de Acapulco, habían pasado dieciocho meses: quinientos sesenta días sentado a la máquina de escribir.

Gabriel escribía con un mono de obrero porque decía que era un invento diabólico del capitalismo: te lo pones y te entran ganas de trabajar.

—El de Gabo será un mono de Yves Saint-Laurent —comentó Alfredo Bryce Echenique cuando se enteró.*

En primavera a Gabo le salieron de nuevo los torturantes golondrinos, hasta que un día dijo:

—Voy a joder a uno de los Buendía: le van a salir a él los golondrinos en Macondo. A ver qué pasa.

Por increíble que parezca, lo que pasó fue que Gabriel García Márquez no volvió a tener golondrinos. Su personaje, en cambio, aún sigue sintiendo el dolor agudo de los abscesos cada vez que alguien lee la novela, hasta el fin de los tiempos.

Una noche Gabriel se metió llorando en la cama y le dijo a Mercedes:

—Acabo de matar al coronel Buendía.

Estuvo despierto hasta el amanecer, sollozando despacio, sin hacer ruido, sin oleaje, como los ríos más profundos.

Al año, Mercedes intentaba tranquilizar por teléfono al casero, al que ya le debían tres meses de alquiler. Tapó el auricular con la mano para preguntarle a Gabriel cuándo iba a acabar el libro. Su marido respondió que en medio año más.

—Le pagaremos todo junto dentro de seis meses —le ofreció Mercedes al propietario de la casa.

---

* A las acusaciones periódicas por su forma de vida, García Márquez solía responder: «Sí, soy rico, pero todo lo que tengo lo gané tecleando en mi Olivetti».

—¿Se da cuenta de que entonces será una suma enorme? —respondió el casero.

—Me doy cuenta —dijo Mercedes impasible—, pero entonces lo tendremos todo resuelto. Esté tranquilo.

Al propietario tampoco le tembló la voz para contestar:

—Muy bien, señora, con su palabra me basta. La espero el siete de septiembre.

En agosto Gabriel se levantó de la mesa y le entregó a Mercedes un voluminoso mazo de hojas: la novela terminada. A cambio, Mercedes le entregó a Gabriel un mazo de papeles del mismo volumen: las facturas pendientes y las papeletas del Monte de Piedad acumuladas en dieciocho meses.

El cheque por derechos de autor con el que por fin pudieron pagar el alquiler llegó tres días antes de lo previsto por el propietario, el 4 de septiembre.

Al final, la novela, *Cien años de soledad*, no era mala, como había temido Mercedes.

Era, como dijo Pablo Neruda, el *Quijote* de América Latina.

I Congreso Internacional de Escritores de Lengua Española
Las Palmas de Gran Canaria
1979

El congreso lo preside Juan Carlos Onetti, que se niega a participar en los actos, por lo que le llaman el «presidente en el exilio». Han llegado hasta la isla todos los latinoamericanos, las anacondas de la Literatura, las serpientes más grandes del mundo, con su abrazo asfixiante y su mirada cristalina.

La anaconda, la *Eunectes murinus,* solo existe en la selva tropical. Puede llegar a medir casi quince metros de longitud, con un diámetro de más de treinta centímetros y un peso de dos toneladas. Son excelentes nadadoras (es lo que significa *eunectes)* y recorren el río con los ojos y la nariz fuera del agua. Son carnívoras, pero no tienen veneno. Atrapan a su presa y la abrazan hasta estrangularla con sus temibles anillos. La tragan completa; la digestión puede prolongarse durante más de quince días. No tienen depredadores; nadie puede enfrentarse a ellas.

En España las aves rapaces, los cernícalos y halcones, habían reconocido su derrota. En ese año de 1979, ni los escritores realistas utilizaban ya técnicas realistas. Hasta Juan Goytisolo llevaba tiempo escribiendo sin puntos ni comas, alterando la secuencia cronológica y taraceando el texto de monólogos interiores. Lo mismo había hecho Luis Martín Santos y todos los demás. Se hablaba de la «superación del realismo».

Las anacondas se alimentan de grandes roedores y reptiles, de ratas, de venados, de peces, de pájaros o de cocodrilos enteros. Se lo comen todo. Habían devorado la literatura moderna: todo Joyce, todo Faulkner, todo Kafka, todo Proust. Tras una digestión difícil y prolongada, habían decidido adaptar la modernidad literaria a un continente virgen, utilizar técnicas realistas para acercarse a una realidad desaforada, descomunal, inverosímil.

El resultado había sido hipnótico.

A Fernando Belinchón le daban ganas de llorar.

Hacía años, los últimos jueves de octubre se percibía una gran agitación nerviosa entre las serpientes. ¿Quién recibiría la llamada de Estocolmo? En las quinielas para el Nobel siempre figuraban García Márquez, Vargas Llosa o Carlos Fuentes. Y por supuesto Borges, que insistía en que había una «antigua tradición escandinava» de no concederle el Nobel a Borges.

Belinchón se había hecho una firme promesa: si le daban el Nobel a cualquiera de ellos, él dejaría de escribir. Palabra de aragonés. ¿Para qué? ¿Para quién?

Seguía enviando cada mes el dinero a México, y casi todos los años su hija Fátima venía a pasar el verano o las navidades con ellos.

¿Sabía su mujer que Fátima era su hija y no su sobrina, como pretendía? Fernando prefería no indagar. María Antonia callaba y aceptaba a la niña quince días al año. Yo, el único hijo, creía que era mi prima.

En Canarias estaban casi todos sus pacientes americanos. El exceso de retórica y de alcohol multiplicaba la hipocondría y Fernando trabajaba sin descanso: cólicos, epilepsias, urticarias, alergias, lipotimias y terrores nocturnos.

Los únicos que parecían mantenerse a salvo eran los abstemios congénitos (Vargas Llosa) o conversos (Rulfo).

Después de las comidas, cuando todos dormían la siesta, se oía el teclear constante de la máquina de Vargas Llosa, el escritor disciplinado y flaubertiano.

En cuanto empezaban las sesiones, Belinchón se iba al bar del hotel a leer a Azorín.

El presidente en el exilio también solía buscar asilo en el bar, donde mantenía largas reuniones con Juan Rulfo. Se sentaban uno enfrente del otro. El mexicano con su Coca-Cola eterna, el uruguayo con su eterno whisky.

—¿Qué tal, Juan? —preguntaba Onetti.
—Aquí andamos, Juan.
—¿Hay *Cordillera*, Juan?
—No hay *Cordillera*.

Y no decían una palabra más, pero pasaban la tarde juntos, bebiendo en silencio.

Al día siguiente repetían la misma operación.

La cordillera era la novela que Juan Rulfo decía estar escribiendo. No había vuelto a publicar nada después de *El llano en llamas* y *Pedro Páramo*. Como dijo Eliot de E.M. Forster, su fama aumentaba con cada libro que no escribía. Rulfo dedicaba su tiempo y su energía creadora a inventar para periodistas y curiosos explicaciones de su silencio: «Se murió mi tío Celedonio, que era el que me contaba las historias». «¿Escribir? No, eso ya se hizo.» «No tengo plata para escribir, la familia come todos los días y hay que cambiar de zapatos.» «Es que solo se me ocurren desgracias y no quiero escribir de cosas tristes...»

Murió en 1986 y seguía sin haber *Cordillera*.

Residencia de García Márquez
México D.F.
21 de octubre de 1982
6.05 am

Gabriel se ha levantado a las cinco de la mañana para esperar una llamada telefónica de Suecia. Ayer miércoles recibió otra: le habían concedido el Premio Nobel de Literatura. Le quedan sesenta días para escribir las quince páginas más difíciles de su vida: el discurso de aceptación.

—Te llaman de Estocolmo —dijo Mercedes medio dormida.

La noticia ya era oficial.

Sintió pánico. A media mañana se convenció de que se trataba de los primeros síntomas de la enfermedad de Parkinson. Mercedes consiguió ponerle al habla con su médico.

El doctor Belinchón se había retirado y ahora vivía en Zaragoza. Felicitó a Gabo y le tranquilizó: los síntomas que le describía correspondían, en efecto, al Parkinson, no había duda. Sin embargo, habría que hacer pruebas neurológicas, un escáner y radiografías de contraste.

—Tenga siempre algo en la mano para evitar el temblor. Y vigile su peso, es decisivo.

En diciembre, Gabriel pasó frío en Estocolmo, vestido con el liquilique del coronel Aureliano Buendía y sujetando en la mano una rosa amarilla.

Comenzó hablando de la «crónica rigurosa» de Pigafetta, que

> contó que había visto cerdos con el ombligo en el lomo, y unos pájaros sin patas cuyas hembras empollaban en las espaldas del macho, y otros como alcatraces sin lengua cuyos picos parecían una cuchara. Contó que había visto un engendro animal con cabeza y orejas de mula, cuerpo de camello, patas de ciervo y relincho de caballo. Contó que al primer nativo que encontraron en la Patagonia le pusieron enfrente un espejo, y que aquel gigante enardecido perdió el uso de la razón por el pavor de su propia imagen.

La realidad descomunal de América continuó durante la colonia y después. Gabo mencionó, entre otros prodigios, a aquel general que «hizo enterrar con funerales magníficos la pierna derecha que había perdido en la llamada Guerra de los Pasteles».

Enseguida, sin embargo, recordó a todos los presentes cuál era, en América Latina, la verdadera realidad inverosímil, prodigiosa, difícil de creer: veinte millones de niños latinoamericanos morían antes de cumplir los dos años; los desaparecidos por causa de la represión sumaban más de ciento veinte mil; millones de latinoamericanos se veían empujados cada año al exilio.

Entonces señaló la responsabilidad de los países ricos: no bastaba con leer novelas latinoamericanas, era necesario que se comprometieran a favor de la justicia:

> La solidaridad con nuestros sueños no nos hará sentir menos solos, mientras no se concrete con actos de respaldo legítimo a los pueblos que asuman la ilusión de tener una vida propia en el reparto del mundo [...]. ¿Por qué la originalidad que se nos admite sin reservas en la literatura se nos niega con toda clase de suspicacias en nuestras tentativas tan difíciles de cambio social? ¿Por qué pensar que la justicia social que los europeos de avanzada tratan de imponer en sus países no puede ser también un objetivo latinoamericano con métodos distintos en condiciones diferentes?

Después citó a Faulkner: «Me niego a creer en el fin del hombre», y terminó con un emocionante llamamiento a la utopía:

> Una nueva y arrasadora utopía de la vida, donde nadie pueda decidir por otros hasta la forma de morir, donde de veras sea cierto el amor y sea posible la felicidad, y donde las estirpes condenadas a cien años de soledad tengan por fin y para siempre una segunda oportunidad sobre la Tierra.

EJERCICIOS PRÁCTICOS

1. Lea el caníbal *Cien años de soledad* como exponente de novela naturalista a lo Zola. Fíjese de modo especial en el determinismo biológico y ambiental, en el carácter experimental, en la intención político-social y en la utilización de símbolos. Apréciese la noción de «entropía», tan habitual en la literatura cientifista del XIX. La entropía es la medida del desorden de un sistema y uno de los principios básicos de la física es el aumento constante de entropía o, en otras palabras, que siempre vamos de mal en peor hasta la nada final.
2. Conjeture el caníbal los motivos que indujeron a Juan Carlos Onetti a pasar los últimos años de su vida en la cama. Como material auxiliar, lea estos tres libros: *El extranjero*, de Albert Camus, *El pozo*, de Onetti, y *El túnel*, de Sábato. Refunda los tres en una sola narración con los elementos esenciales de cada uno de ellos.
3. Reescríbanse al menos seis cuentos de Julio Cortázar, con una pequeña variación: desvele el final en el primer párrafo.
4. Clasifíquese a los autores del boom de acuerdo con su aspecto. Hágase un primer desbroce entre los que casi siempre van con corbata (Carlos Fuentes, Octavio Paz, Vargas Llosa, etcétera) y los que casi nunca van con corbata (García Márquez, Julio Cortázar, Roa Bastos, etcétera). Sígase con otros rasgos (presencia o no de bigote o gafas, estatura, tendencia a sonreír en las fotos, etcétera). Escójase un rasgo distintivo de cada autor y, con todo ello, elabórese un retrato robot del superescritor latinoamericano. Imagine la obra de ese autor. ¿A quién se parece? ¿Le compraría usted a ese hombre un automóvil de segunda mano?

5. Léase *Los Sangurimas*, de José de la Cuadra. Se trata de una saga familiar llena de violencia y sexo. Pregúntese el caníbal por qué no se conocen casi las raíces latinoamericanas del boom mientras todo el mundo habla de la dudosa influencia de Faulkner.

PARA SABER MÁS

Comience el caníbal por leer (o releer) *Cien años de soledad*. De inmediato lea *Pedro Páramo* y *El llano en llamas*. Relea alguno de los cuentos de este último libro en voz alta.

A continuación debe leer *El siglo de las luces*, de Alejo Carpentier, así como los cuentos del mismo autor contenidos en el volumen *Guerra del tiempo*.

Leídos estos relatos, es el momento de releer a Borges y Cortázar. Lea *Los cachorros*, *La ciudad y los perros* y *La tía Julia y el escribidor*, de Mario Vargas Llosa. De este mismo autor, devórese el libro *La orgía perpetua: Flaubert y Madame Bovary*. Evite en lo posible la obra de Carlos Fuentes.

Lea el caníbal los cuentos de Adolfo Bioy Casares, no le defraudará su sabor.

Para adquirir una visión de conjunto de la literatura argentina y, sobre todo, para hacerse una idea de las posibilidades de la Literatura después de una explosión, lea el caníbal *Respiración artificial*, de Ricardo Piglia.

Tema 8
Las criaturas monstruosas

—Novelas, novelas —dijo el príncipe a media voz, como si hablara para sí—. ¡La soledad, los sueños y la lectura de novelas!

F. Dostoievski, *Humillados y ofendidos*

Las zorras tienen madrigueras y los pájaros del cielo nidos; en cambio, el hijo del hombre no tiene dónde apoyar la cabeza.

Mateo 8, 20

Ninguna época se equivoca.

Dámaso Alonso

El soliloquio del marino

Como he pasado la mayor parte de mi vida en alta mar, siempre llevo sombrero. En invierno, un fedora gris; en verano, un panamá flexible. El ala de un sombrero parece un horizonte y así me siento protegido, como si aún estuviera a bordo, a salvo de mí mismo.

¿Qué he hecho yo de mi vida?

Más me habría valido quedarme en mi pueblo, Zaragoza, acostándome temprano, comiendo a mis horas y haciendo crucigramas, pero no me lo consintieron mis ganas de lanzarme a descubrir las ocultas verdades de la existencia. Por alguna razón me había formado la idea de que, para dar con ellas, necesitaba desplazarme por lo menos a Madrid o Barcelona, como si en Zaragoza mismo no estuvieran igual de a la vista o de veladas que en el resto del universo.

En cuanto pude, cogí el portante y me lancé a correr mundo. Tenía quince años.

¿Y qué he sacado en limpio?

Pues que me encuentro solo, sin dentadura, leyendo hasta que acabe mi vida y, conmigo, la cadena de los Belinchones.

¿Y esas ocultas verdades de la existencia? Pues ahí andarán, muertas de risa y tan a salvo de mí (y de los demás) como lo han estado siempre.

Mi padre ya me lo decía. Parece que le estoy viendo, con su reloj de oro y su media sonrisa:

—Todos los males vienen de no ser capaz la persona de quedarse en su propia casa.

Era médico, pero ya no ejercía. Pasaba las horas acostado leyendo novelas de Azorín y Gómez de la Serna.

—La primera obligación de cada quien es aprender a entretenerse solo —corroboraba mi madre.

Hacía los canelones más ricos del planeta.

Vivía tranquilo en Zaragoza. A veces íbamos a Madrid, a la casa de la calle Pontejos. En verano viajábamos a Ribadesella y venía a vernos mi prima mexicana, Fátima.

No me faltaba nada, pero un buen día, al filo del amanecer, salí sin hacer ruido, recorrí la ciudad a sombra de tejado y crucé el Puente de Piedra para llegar al muelle.

Nunca volví a ver a mis padres.

Llevaba una muda, el corazón cubierto de escarcha y mis ilusiones intactas, apretadas en el puño como una moneda.

Sin preguntar el rumbo, me enrolé de grumete en el primer barco que zarpaba.

Resultó ser el *Mare de Déu dels Desamparats*, un tres palos que cubría la línea del *Tortosa Shuttle*.

Desde el castillo de popa contemplé la imponente fábrica de la basílica hasta que se convirtió en un punto negro, no mayor que el mosquito estampado contra el parabrisas. Escupí a barlovento, hacia la ciudad de mi infancia.

Me salpicó en la cara. Lo interpreté como un presagio.

Después de baldear la cubierta y cenar un mendrugo de pan ablandado por mis lágrimas, me quedé dormido dentro de un barril de manzanas, tal y como habría leído en alguna novela, hasta que me despertó el frío del amanecer.

Entre dos luces, avistamos unas cúpulas cubiertas de andamios y coronadas por soberbias grúas rectilíneas.

—¡Tortosa! —me anunció el subteniente Fajardo, apuntando con el dedo índice—. Otrora la gran cosmópolis de los tartesios. Hoy en día son sus garrapiñados los que tienen justa fama.

—¡A la orden de usía!

—Rompan filas, mozalbete. ¿Qué planes tienes tú formados para cuando toquemos puerto?

Le confié mi enigmático deseo de alcanzar Barcelona o, en su defecto, Madrid.

—Qué lástima —chasqueó la lengua el lobo de mar.

Me refirió que él se embarcaba al siguiente día en el *Cumbres de Guadarrama*, un carguero estibado con diez mil bombas para inflar neumáticos, con destino a las costas italianas.

—Son para el Giro —añadió Fajardo, confidencial y tentador.

Un carrusel de sensaciones arrebató mi espíritu y los oídos comenzaron a zumbarme al ritmo de la tonada «Sapore di mare, sapore di sale». Ante mis retinas impresionables centelleaban imágenes instantáneas como descargas eléctricas: ¡Italia! ¡Eddy Merckx! ¡Amor a Roma! *Mamma mia!* ¡El festival de San Remo! ¡El Sumo Pontífice!

Fajardo era un hombretón con la mandíbula rectangular, el cuello muy corto y la cabeza rasurada, en la cual tenía tatuadas estas palabras que pude leer desde lo alto del palo de mesana: «Tokio ha caído». Además, llevaba unas gafas de aviador en forma de pera, con montura dorada y cristal verdoso.

—Mi subteniente... —balbucí azorado.

—Desembucha, mozalbete.

—¿Me aceptarían tal vez a bordo del *Cumbres de Guadarrama*? Se lo suplico.

—¡Conque queremos ver la Italia, ¿eh?! —Rió de buena gana, me palmeó el hombro y me propinó un pescozón—. Puede arreglarse, tú déjalo en manos del viejo Andrés Fajardo.

Me citó a la hora de la merienda en la Comandancia de Marina y, en efecto, me dijo que había conseguido arreglarlo.

Esa noche nos hospedamos mi subteniente y yo en una pensión llamada La Turolense, donde cenamos sopa de fideos y empanadillas de huevo duro con tomate.

Compartíamos habitación y, cuando volví del baño, que se hallaba al fondo del pasillo, me encontré a mi subteniente sin otra indumentaria que sus gafas de comandante de la nave.

Nos yacimos el uno al otro. Me emulsioné tres veces; Fajardo, cinco.

Después dormí ese sueño de piedra que es imagen de la muerte.

Me despertó el estrépito de un martillo neumático. Estaba solo, avergonzado y en posición de presenten armas.

Doña Remedios, la patrona, irrumpió sin llamar.

Era una mujer obesa, con labio leporino y pies tan grandes que siempre llevaba su calzado en chancleta, incluso los zapatos de tacón.

—Es la nueva alcantarilla. —Doña Reme extendió el índice hacia la zanja abierta en la acera por unos hombres en camiseta de tirantes—. Va a parar todo al padre Ebro, como antes, pero ahora es más automático.

Luego, sin mediar palabra, bajó la persiana y se llevó las manos a la nuca para quitarse las horquillas del moño. Cabeceó agitando una grasienta cabellera en la que relampaguearon varias canas.

—¡Uy, uy, uy, pero qué dispuesto está tu osito! Vamos a ver si quiere jugar con mami.

Nos yacimos, no siempre a favor de natura. Me emulsioné tres veces consecutivas; doña Reme, otras tantas, simultáneas.

Me dio un pellizco en la nalga derecha y me prometió para desayunar jamón del bueno y un vaso de vino tinto.

—Para que críes sangre, pillín.

Cuando le dije que contaba con embarcarme en el *Cumbres de Guadarrama*, soltó una risa hueca.

—Zarpó hace tres horas —me informó—. Aquí estaréis la mar de bien tú y tu osito, ya verás. Don Andrés Fajardo dejó pagada esta noche y luego ya nos apañaremos tú y yo, ¿verdad que sí?

Al otro día me anunció la visita de un caballero respetable.

—Pórtate bien, corazón, y sobre todo tú no te signifiques. Déjale jugar con tu osito y te compraré un Cinexín. ¿A que te hace ilusión?

La verdad era que sí, me hacía ilusión, ¿para qué vamos a negarlo? Podría proyectar películas del Pato Donald incluso marcha atrás.

Don Mauricio Sotero Saravia era un general de división retirado que me recitó de carrerilla el *Testamento político* del Caudillo. El heroico excombatiente me enseñó un trabalenguas. ¿Valía que él lanzaba determinados gritos de rigor a los que yo debía responder con una especie de santo y seña?

Le dije que sí, que valía, que lo probaríamos.

—¡España! —vociferaba el general.

—¡Una! —respondía yo.

—¡España!

—¡¡Grande!!

—¡España!

—¡¡¡Libre!!!

Y entonces nos sincronizamos ambos a voz en cuello:

—¡Arriba España!

Aquel trabalenguas desperezaba su masculinidad. Al sonido de la voz «Arriba» correspondía una tumefacción automática, y con la voz «España» se producía el derramamiento de un líquido viscoso con olor a limpiacristales.

—¡Vivan los redaños! —se felicitó el exhausto general.

Antes de irse, me dejó dicho que íbamos a volver al 36, que hacía falta conservar el legado del Generalísimo y que los españoles aún no estábamos maduros para la democracia.

El segundo caballero respetable vestía hábito y se hacía llamar don Josemaría López Riera y de la Gándara. Dobló con mucho cuidado su sotana y la colgó del respaldo de la silla. La prenda llevaba por dentro una etiqueta de Christian Dior. Los calzoncillos eran de seda (ponía Calvin Klein en la goma elástica de la cintura) y utilizaba ligas negras para sujetar los calcetines a unas pantorrillas hirsutas y lechosas.

Se presentó a sí mismo como quinto marqués de Casa-Riera.

—Como aquí estamos en un *petit comité*, no hace falta que me llames señor marqués, eso son vanidades mundanas, hijo mío, *pulvis eris*. Con que me llames señorito Josemari será suficiente.

Me instó a desvestirme aduciendo lo que denominó la «santa desvergüenza» y manipuló mi bauprés con modales refinados, sosteniéndolo en vilo con la punta de los dedos índice y pulgar y con el meñique muy estirado.

Con la otra mano descubrió su propia masculinidad diminutiva.

Cuando nos hubimos yacido, me advirtió que la democracia no era ni buena ni mala, sino inevitable, puesto que era una función matemática del desarrollo económico.

Después me entregó cinco duros, aconsejándome que los invirtiera en Bolsa y, más en concreto, en una cartera mixta, con predominio de valores defensivos (eléctricas, todas las que pudiera), pero sin desdeñar cierto grado de exposición a valores de alto riesgo: nuevas tecnologías, ahí estaba el futuro, según me indicó.

—Al que pueda ser rico no le perdonamos que no lo sea —me advirtió como despedida.

Otro día apareció un padre de la patria, don Jaime de Echagüe, industrial maderero y diputado de la UCD.

—Que si reforma o que si ruptura, que si Constitución y que si Ley Electoral, me tienen hasta los cataplines —se sinceró, abrumado—. Esto se acaba, fíjate lo que te digo, chaval, pero a mí no me van a pillar con el culo al aire. Anda, hazme un trabajo fino, que vengo derrengado.

Cual atlante abatido por el peso de la responsabilidad patriótica, el prohombre se dejó caer sobre la cama, resopló, se aflojó la corbata, apoyó la cabeza en la almohada y se desabrochó los pantalones.

Nos yacimos por la llamada vía rápida y la vía lenta, por el artículo 154 y por el 152, y al final se emulsionó contra el cielo de mi paladar, con un estertor sibilante y los labios contraídos en un rictus de placer que parecía muy doloroso, como si le diera corriente eléctrica.

—Tú sí que sabes, campeón —me felicitó—. Te digo una cosa: el día menos pensado me lío la manta a la cabeza. Ya va siendo hora de que lo que es normal a nivel de calle sea normal a nivel político.

Y así todos los días: respetables militares condecorados, sacerdotes, capitanes de empresa, en fin, la intemerata, lo que luego se ha llamado «la Transición española a la democracia».

Pero del Cinexín, ni rastro.

Tuve que anudar la sábana de arriba a la de abajo y a la funda de la almohada para descolgarme por la ventana, ya que doña

Reme cerraba la casa con una llave que llevaba colgada al cuello y remetida en el canalillo, entre sus dos bombonas de butano.

Caí en la zanja, chapuzándome en aguas fecales.

Recorrí a tientas la tiniebla húmeda de Tortosa hasta que di con el embarcadero.

No había combinación para Barcelona o Madrid: solo zarpaban el *shuttle* fluvial de vuelta a Zaragoza y un petrolero en el que decidí embarcarme, el *Irréversibilité*, que ostentaba bandera de conveniencia, creo que panameña.

Así fue como pasé cinco años embarcado, sin comerlo ni beberlo, oyendo desde el sollado la pata de palo del capitán Zancajo, que paseaba durante toda la noche de proa a popa.

Zancajo, el capitán, era uno de esos catalanes universales, emprendedores y laringectomizados que aún resulta fácil encontrar en el Ampurdán, parapetados en la soledad de sus masías. En su camareta tenía tres corazones de mujer embotellados. Daba las órdenes con esa voz metálica que salía de un orificio practicado en su cuello. Costaba entenderle, pero se le obedecía sin rechistar, pues en caso contrario era implacable. Vi cercenar dedos a los que se dormían en las guardias, pasar por la quilla a los que robaban comida y azotar a los que apostaban.

«Hay que ser coherentes», era el estribillo con el que justificaba su severidad.

Zancajo me permitió matricularme por correspondencia en la «Academia Botavara. Especialidad en alumnado marítimo-fluvial. Homologada Almirantazgo». Allí cursé las asignaturas de Cultura Indispensable, Ingeniería Financiera, Metafísica Recreativa, Interiorismo, Literatura Antropófaga e Historia Autonómica del Estado español. Rendí examen final en morse, con la ayuda del radiotelegrafista, y obtuve la calificación de «Apto cum laude».

Este título acreditativo del grado de bachiller naval (expedido por el director de Botavara, don Antonio García Berrio, y sin ninguna validez administrativa) es el único que poseo y el mismo que en estos momentos amarillea a la cabecera de mi cama, junto a la carta náutica del mar de los Sargazos.

Leía con voracidad de caníbal. Quería convertirme en escritor, nada menos que en el Flaubert o el Baudelaire de mi siglo.

Tal y como yo lo veía, las aves de rapiña del franquismo habían intentado, primero, escribir novelas de realismo social. Más adelante decidieron superar el realismo mediante la incorporación de nuevas técnicas narrativas, la mayoría imitadas de las anacondas latinoamericanas. Eso les había conducido a un callejón sin salida: se escribían novelas contadas desde el punto de vista de una percha colgada en el interior del armario cerrado, monólogos interiores en tercera persona y voz pasiva, descripciones de personajes a través de la transcripción de todos los recibos de la luz y el agua. Al final se había convertido en un solipsismo exhibicionista, semejante al del niño que monta en bicicleta y se dirige a su madre sin parar: «Mira, mamá, ¡ahora sin manos! Mamá, mírame, mira cómo hago caballito. Mira, mira, ¡ahora voy a derrapar! Mamá, mamá..., sin dientes».

El exceso experimental provocó el desinterés de los lectores. Para restablecer el contacto con el público, los escritores más jóvenes comenzaron a adoptar varias estrategias: la recuperación de la novela de género (fue el gran momento de las policiacas), el costumbrismo juvenil (con novelas protagonizadas por réplicas de los supuestos lectores y ambientadas en dos o tres bares), el humor, el erotismo o la confesión.

Algunos eran mejores que otros, pero yo no descubría entre ellos ni al Flaubert ni al Baudelaire de mi siglo.

Hay escritores que dominan un largo periodo de tiempo, como los dinosaurios, y de pronto se extinguen por causas que luego ya solo podemos adivinar. Por el impacto de un aerolito, porque resulta que eran herbívoros, porque hubo un cambio de clima. En Francia, a finales del siglo XIX, los escritores leídos y respetados, los que recibían la Legión de Honor y tenían su sillón en la Academia, no eran Flaubert o Baudelaire, sino individuos tan olvidados como Maxime Du Camp.

A los Maxime Du Camp de mi época los conocía de sobra: salían sin parar en la radio de a bordo y en los suplementos literarios, y nos contaban su vida aunque nadie les preguntara. Pero

¿dónde estaban nuestros Baudelaire y nuestros Flaubert, los que permanecerían cuando ya se hubieran extinguido estos dinosaurios? ¿Quién había visto a Flaubert en una oscura provincia, con un anorak inverosímil, con riñonera, calzado con zapatos de rejilla y viendo la tele en el bar? ¿Tal vez alguien se ha cruzado con Baudelaire en una estación de tren? ¿Alguien ha reconocido el filo negro de sus uñas, su calva, el andar vacilante, pero entusiasta, del que ya empieza a estar un poco borracho?

Por más que leía, no aparecían.

Debían de estar en paradero desconocido, fuera de cobertura, trabajando en silencio y sin llamar la atención: pero ellos serían los que derribarían el aparatoso mueble del prestigio literario, su labor solitaria reduciría a polvo la inmensa fábrica de los premios, las universidades de verano, los institutos Cervantes, las listas de más vendidos y los ingresos en la Academia. Cuando ya solo queden fósiles de los dinosaurios en bibliotecas y tesis doctorales, las obras de estos invisibles seguirán ahí: sus *Flores del mal*, sus *Madame Bovary*.

Como decía Vladimir Nabokov, está muy bien que alguien escriba la obra maestra del siglo. Cómo no. Es necesario. Alguien tiene que hacerlo, ¿no?

Sí, de acuerdo, pero todos preferiríamos que no fuera nuestro vecino del segundo, ese tipo al que saludamos de mala gana cuando le vemos bajar la basura con zapatillas calzadas en chancleta.

Quizá por eso me costaba tanto reconocerlos.

Seguía leyendo y recordando a Cervantes.

Cervantes era un hombre muy mayor (sobre todo para aquella época) cuando se sentó a escribir el *Quijote*. Llevaba años casi sin escribir: se dedicaba a otras cosas, no siempre legales. Ya había intentado, sin ningún éxito, hacerse por todos los medios un nombre en la literatura y había escrito al dictado de las modas novelas tan infumables como *La Galatea*. Había sido soldado, adúltero, presidiario, recaudador de impuestos, excomulgado, padre de una hija y otras muchas cosas, no todas como para andar presumiendo de ellas. Era un escritor acabado. Bien poco podía esperar ya de su pluma a esas alturas.

Entonces fue cuando dio un buen portazo. Decidió cerrar esa puerta que daba a «la crema de la intelectualidad», a los suplementos literarios, a las editoriales, a los críticos, a la Academia, a la fama, a las listas de más vendidos, a los codiciados galardones, a las entrevistas y a los pesebres institucionales como el Instituto Cervantes o los múltiples centenarios del *Quijote*. Separado de todo eso, con la puerta bien atrancada con dos vueltas de llave, Cervantes por fin pudo sentarse a escribir a gusto y con la ventana abierta. Esa ventana que da a la calle y que da a la vida. Así fue como logró el *Quijote*. Tuvo éxito popular,* pero el *establishment* intelectual (español) de su época lo desdeñó, por supuesto, porque era un libro que hacía reír y que encima se vendía bien: los dos mayores pecados de lesa literatura, algo tan intolerable entonces como ahora. En vida de Cervantes, sin ninguna duda, el Premio Cervantes se lo habrían dado siempre a Lope de Vega.

A Cervantes le salvó ese magnífico portazo que dio y con el que hizo saltar los goznes de la Historia de la Literatura. Ese es el mensaje que envía a través del tiempo a todos los escritores: dad un buen portazo y abrid la ventana de par en par, compañeros, que así no vais a ninguna parte. Atreveos a escribir a puerta cerrada, sin oír esas voces en el pasillo, pero con la ventana abierta a la vida.

En eso pensaba, y me proponía, en cuanto tocara puerto, poner patas arriba la Historia de la Literatura.

Mientras tanto me concentraba en la lectura. Mis compañeros, en el pañol de popa, se esparcían conforme a su índole.

Zancajo tenía prohibidas las apuestas bajo pena de azotes, pero ellos no podían evitarlo: apostaban sin tregua, con esa pasión suicida que caracteriza a los embarcados, los convictos y los funcionarios de las administraciones públicas. Se jugaban cuanto tenían: sueldos, mujeres, pertenencias, turnos de guardia, ar-

---

* Durante mucho tiempo, su novela se leyó como una obra cómica. Cuando llegaron los ornitorrincos románticos, impusieron su propia lectura en los términos que a ellos más les convenían: un drama sobre la oposición entre idealismo y realismo.

mónicas, mascotas, amuletos, el alma inmortal y la vida misma, esta vida nuestra, valga lo que valiere, y aunque no sea más que el humo tenue y breve que despide la llama eterna de la vida verdadera.

Siempre había uno a favor y otro en contra de cualquier posibilidad concebible. «¿Qué te juegas a que llueve antes de las diez cuarenta y cinco?» «¿Van mil pavos a que llevo un condón puesto ahora mismo?» «Doble contra sencillo a que Saturno tiene cinco satélites.» «¿Vale que si la raíz cuadrada de 52 es 15 me das diez machacantes, y si no me arranco el meñique de un mordisco?»

Así todo el rato, salvo el que dedicaban a las corporalidades, en las que no era insólito que reclamaran mi concurso. Me apodaban «la Madelón».

Solían comenzar echando carreras a ver quién se emulsionaba antes, con las consiguientes apuestas. Luego, por turnos, con bulliciosa camaradería, me iban yaciendo sobre el maderamen o en lo alto de la cofa del palo mayor. A menudo compartíamos esos pasatiempos náuticos intraducibles que en *patois* se denominan *triqui-triqui, frotty-glup, cumming-à-trois* o *wet-fist*.

Así pasaron, hasta sumar años, mis días a bordo, en una acogedora monotonía, de plataforma en plataforma, llenando los depósitos de oro negro. Por la radio de a bordo me enteré de la transformación de mi país y luego del estallido de otra guerra civil, la de las Dos Marías.

Poca novedad: en mi país se mantenía una guerra civil intermitente desde la guerra de Independencia contra los franceses.

Una mañana, el vigía anunció desde la cofa la aproximación de un navío.

—¡Barco a la vistaaaaaa!

El capitán Zancajo, acodado en la amura de babor, sacó el catalejo.

—¡Izad la mayor! ¡Virad en redondo! ¡A toda vela!

Vano fue nuestro intento de poner pies en polvorosa. El buque enemigo, una cañonera acorazada, acortaba distancias.

—¡Son los piratas verdes! —El rumor se extendió como la pólvora entre la aterrorizada tripulación.

Ya estaban a una pedrada de nosotros.

Suspendidos de las jarcias, con navajas del ejército suizo apretadas entre los dientes, los ecopiratas nos increpaban con carcajadas sombrías y ademanes obscenos.

—¡Ah, hideputas contaminadores, rezad lo que sepáis! ¡Petrocabrones, oleogilipollas, chapapoteros!

La *Greenpeace III* maniobró para ponerse a nuestro costado.

—¡Al abordaje! —gritó la ronca voz del capitán de aquellos corsarios verdes, el terror de la marina mercante y azote de las rutas comerciales.

Visto y no visto, un infierno de llamas, llanto, aullidos y filo de navajas Acerinox se materializó sobre cubierta.

—¡Kamikaze! ¡Kamikaze! ¡La tempestad que solo pueden desatar los dioses!

Los verdes caían sobre nosotros cual estampida de murciélagos, rebanando pescuezos de un solo tajo.

La cresta de las olas se teñía de sangre, los tiburones nadaban en círculo alrededor de los cadáveres que caían por la borda, el maderamen crujía, el casco daba bandazos y los muchachos luchaban a puñaladas, a puñetazos y a mordiscos.

Uno de los verdes sacó de su mochila dos cartuchos con la inscripción «TNT», encendió las mechas y los lanzó sobre el depósito.

—¡Trinitrotolueno, todos al agua! —Se dio la alarma.

Saltamos a las lanchas inflables.

El *Irréversibilité* explotó y se fue a pique.

—¡Contaminadores! ¡Mira lo que habéis hecho con el ecosistema marino! —acusó el capitán del *Greenpeace III*.

—¡Perros cínicos! —redargüía Zancajo.

—¿Os rendís?

Lo hicimos. En la refriega habían muerto diez de los nuestros. A los supervivientes nos trasladaron a bordo del *Greenpeace III*, desde cuya cubierta vi irse al fondo el *Irréversibilité*, dejando tras de sí unos hilillos de plastilina negros.

Nos encadenaron en el sollado, pero al capitán enemigo se le antojó yacerme, así que me llevaron maniatado a su camarote.

Urruticoechea, que así se llamaba, era un tipo escuchimizado, barbilampiño y con una capacidad sobrenatural para acertar la hora exacta sin consultar el reloj.

—Es innato, me viene de familia. ¿Qué te apuestas a que son las ocho y unos pocos minutos ahora mismo? —me decía, por ejemplo.

—¡Es asombroso, mi capitán! —le respondía tras la oportuna verificación en mi reloj de pulsera—. ¡Las ocho y cinco!

—Por el culo te la hinco.

Y lo llevaba a efecto entre chanzas y chirigotas.

Emulsionábase Urruticoechea con un silbido bronquítico y los ojos cerrados, tras de lo cual se quedaba roque, siempre boca abajo, como si quisiera impedir que se le viera la cara.

En esta muelle rutina transcurrieron semanas, que aprovechó Urruticoechea para adoctrinarme acerca del concepto «nave espacial Tierra».

Mis únicas tareas eran los yacimientos a las y cinco de cada hora y el cuidado de las macetas del capitán.

A bordo del *Greenpeace III* eran herbívoros, cada uno comía lo que cultivaba y ni siquiera había barriles de ron.

De resultas de esta peregrina práctica se produjo la catástrofe inevitable. Cayó pedrisco y echó a perder toda la cosecha de a bordo. Sobrevino la hambruna.

La tripulación, desesperada, propuso comer peces.

Urruticoechea se negó en redondo. Sentado a horcajadas en el bauprés, lanzó una arenga a sus muchachos. Habló con exaltación de los peces y sus benéficas existencias. Sus palabras hicieron aflorar tibias lágrimas en aquellos aguerridos lobos de mar. Quién se daba arrepentidos y retumbantes puñetazos en su propia caja torácica. Quién se rasgaba las vestiduras. Quién se retorcía las manos, cual si las sintiese tintas de esa sangre de pez, tan fría y pastosa que hace costra de inmediato y luego no sale ni con agua caliente. Quién se azotaba las asentaderas con un *knut*.

El capitán peroraba, satisfecho del efecto:

—Ictícidas, carroñeros, ventajistas. ¿Pretendéis abusar de estas criaturas que ni siquiera tienen piernas para huir ni brazos para pelear? ¿Es acaso preferible vuestra supervivencia a la de los hermanos peces? ¡Cuánta soberbia! ¡Qué antropocentrismo, colegas! Pues ni hablar del peluquín, ya me habéis oído, así que... ¡ojo al parche!

La marinería intercambió miradas cómplices y señas de inteligencia y, tras algunos codazos y titubeos, el contramaestre Crespo dio un paso al frente:

—Creo expresar el sentir de todos al decir que estamos arrepentidos. Vale, no comeremos peces, capitán, nos ha convencido —expuso—. Sin embargo, habrá que comer, ¡no te jode! ¿Que la vida de los peces es demasiado valiosa? De acuerdo. Pero entonces, ¿de qué vida podríamos prescindir, camaradas?

Un semicírculo de marinos hambrientos se fue estrechando en torno al capitán Urruticoechea, que iba reculando a lo largo del bauprés, hasta que alcanzó el extremo del palo.

A su espalda, el mar abierto, del que sobresalían las aletas de los tiburones. Al frente, su amotinada tripulación.

Zanjó la alternativa un salto del contramaestre Crespo, que agarró al capitán por un tobillo y tiró de él.

—No seáis caníbales —fueron las últimas palabras del capitán.

Lo devoraron allí mismo, tal y como estaba, crudo y de uniforme, con la gorra de lana que le había regalado el comandante Cousteau en persona.

Primero lo desollaron con las navajas suizas y le partieron el esternón a golpes de remo, para ganar acceso a sus más preciados órganos internos. El contramaestre Crespo se comió a bocados el corazón. La oficialidad se repartió los pulmones, mientras la marinería masticaba el hígado y el paquete intestinal, antes que nada, y luego los músculos y la carne, hasta que solo quedó de Urruticoechea un esqueleto de huesos mondos y lirondos con el que confeccionaron abalorios de artesanía.

A mí me reservaron en una escudilla los esternocleidomastoideos, que apenas probé, por aprensión y cautela.

Fue suficiente, sin embargo, para no olvidar jamás el sabor de la carne humana.

Tras los regüeldos de ordenanza, se tendieron en las literas dispuestos a conciliar una siesta reparadora.

Los primeros síntomas de demencia se declararon esa misma noche.

Con los ojos desorbitados, ululando cual lechuzas y a cuatro patas, me arrinconaron contra la amura de estribor.

La carne humana enloquece, es cosa muy sabida, y uno de los muchos alicientes del canibalismo.

¿Qué iba a hacer? Salté por la borda y me alejé nadando a *crawl* de aquella siniestra nave a la deriva en la que quedó sepultada mi niñez, así como mis compañeros del *Irréversibilité*, aherrojados en el sollado y a merced de los insaciables caníbales.

Logré esquivar a los tiburones y perder de vista el *Greenpeace III*.

Halleme solo en alta mar, desnudo y fuera de las rutas habituales de navegación.

No obstante saberme perdido, me mantuve a flote hasta agotar mis fuerzas y mis esperanzas.

Era una noche sin luna y sin estrellas. La mar estaba arbolada; yo, exhausto; los tiburones, cada vez más cerca.

Recordé a mis padres, a mi prima Fátima y mi habitación de la casa de Zaragoza.

Entonces me di por vencido y me dejé hundir hacia el fondo.

Una segunda oportunidad sobre el mar

Cuál no sería mi sorpresa al ver que hacía pie. El océano me cubría hasta el pecho.

Pensé si no sería aquel ese bajío desde el que hay que tomar impulso para lanzarse a la eternidad.

Pues no, me equivocaba: era el puente de mando de un submarino que estaba emergiendo. Se abrió una escotilla de la que salieron dos individuos con sendas gorras de plato y gabardinas azules con las solapas subidas. Me dirigieron la palabra en un *patois* iracundo y anticuado, de lo que deduje que habían permanecido meses en inmersión.

—*Achtung, que est-ce que c'est fucking capullo, anon?* —me interrogaron.

—Belinchón, Belinchón —me identifiqué—. *Ich bin espagnolo, from Saragossa, grumete Belinchón is the name.*

—*Beling Chown? Boat people? Sans papeles?* —repetían, atornillándose un dedo en la sien, como si pusieran en entredicho mis facultades mentales.

—*No papeles. Papeles sub water, perdidos kaputt. Ich bin grumete náufrago, tantum ergo, pietà, condottiero, pietà, tantum ergo...*

Así suplicaba cuando oí una sirena.

—¡Inmersión! ¡Inmersión! —chillaron ambos, y se pusieron a empujarme para que descendiera por la escotilla.

Era un submarino secreto norteamericano que funcionaba con hidrógeno, según me explicó el capitán Murray.

Me advirtió que tenían que asegurarse de que yo no fuera «compañero de viaje», «tonto útil», «enano infiltrado» o incluso comunista propiamente dicho.

—¡Pero si soy mañico, del mismo Zaragoza! —alegué.

—Tranquilo, muchacho, si dices la verdad, muy pronto disfrutarás de una Coca-Cola y un *whopper* —me ofreció el marinero que hacía de policía bueno.

—¿Con queso fundido? —pregunté.

—Con queso —concedió Murray, que hacía de policía malo—. Ahora bien, si se te ocurre intentar engañarnos...

Me sometí al interrogatorio y debí de contestar a su satisfacción, porque me admitieron como grumete. Pasé tres años a las órdenes del capitán Cipriano Murray, hasta que tocamos un puerto español.

Desembarqué en Valencia en 2010 y tardé dos días en llegar a Zaragoza.

Mis padres ya estaban enterrados. Habían muerto en un accidente de tráfico, cuando se dirigían a Madrid.

Demetrio Laverón, el notario, se había encargado de todo y

había avisado a mi prima Fátima, la mexicana, que era la heredera de una parte de los bienes.

—Supongo que siempre has sabido que no es tu prima —me dijo Laverón.

Ante mi gesto de perplejidad, me explicó que Fátima Oquendo era mi hermana. Mi padre había tenido una amante en México, una tal Luisa Oquendo, la madre de Fátima.

Según Laverón, mi madre había mostrado durante más de treinta años la elegancia de no querer saber lo que ya sabía sin que nadie se lo dijera.

—¿Fátima sabe ya quién es?

—Ella lo ha sabido siempre, Benito.

Por la noche bebí sentado en el sillón de orejas de mi padre.

El último verano, como todos, había sido novio de mi prima Fátima. Duraba lo que nos duraban las calcomanías en los brazos. Luego ella desaparecía al otro lado de un océano. La primera vez que la besé, aún le faltaban algunos dientes, podía meter la punta de la lengua por los agujeros: era como tocar el otro lado de la vida, por detrás de la raya del horizonte.

A los dos nos gustaba escupir cáscaras de pipas lo más lejos posible, colorear dibujos de paisajes y bucear en la piscina municipal.

¿Ella ya sabía entonces que era mi hermana, como afirmaba Laverón?

Me despertó el taxi que la traía del aeropuerto.

Era tan atractiva que dolía, así que repartimos los bienes y salí corriendo.

Me correspondieron la casa madrileña de Pontejos, el Longines de oro de mi padre (que estaba parado a las siete y media), una calavera y una caja con llave, llena de pergaminos indescifrables.

Así que me instalé en Madrid con el propósito de escribir una novela: iba a ser el Flaubert de mi siglo.

Como a mi padre, a mi abuelo, a mi bisabuelo, a mi tatarabuelo y a todos los Belinchones desde que Agustín Belinchón Cerralbo aprendió a leer y escribir, también a mí me había atacado el virus insensato y febril de la literatura.

Por las noches, en la mesa camilla hereditaria, tecleaba en mi

Underwood 18, sin calefacción y con fe ciega, con la puerta cerrada y la ventana abierta.

A los tres años terminé mi novela: *Cuento y no acabo*.

Gracias a una recomendación del capitán Murray, conseguí que me recibiera el editor Constantino Bértolo en su despacho de las torres KIO.

—Me sorprende mucho, ahora que te conozco, pero Cipri confía en ti.

Bértolo se definía a sí mismo como «estalinista librepensador».

—Nosotros primero te fusilamos, pero luego te explicamos por qué, somos librepensadores —decía.

Se me quedó mirando con un pestañeo de bombilla que se funde y además desafiante.

Le entregué mi manuscrito.

—Pero, alma de cántaro, ¿adónde vas tú con eso? —se escandalizó—. ¿Es que no te has enterado de nada? Si ya no se escriben libros.

—¿Cómo que no se escriben libros?

—Eso es, no se escriben libros. Nadie. Desde que acabó la guerra.

—No entiendo —admití.

Aquel despacho estaba lleno de libros; él era editor; yo, autor (aunque inédito); sobre la mesa estaba la novela que había venido leyendo en el metro, *La bóveda templaria*, de Javier Sierra, publicada ese mismo año... En fin, que no entendía nada.

—Los libros se *producen* —me explicó.

—Claro, pero alguien los escribe, ¿no? —aduje señalando la foto de Javier Sierra.

—Ven conmigo.

Le acompañé a una sala adyacente.

Javier Sierra estaba sentado y leía con atención unos papeles. Le reconocí por la foto de la contraportada. A los demás también. Estaban Leopoldo Panero, Lucía Etxebarria y Matilde Asensi.

—¿Cómo va la cosa? —preguntó Bértolo.

—Bien, jefe, pan comido —respondió Javier Sierra.

Los demás asintieron.

—No quiero fallos, ¿entendido?

Se despidió de ellos y, cuando volvimos a su despacho, me dijo:

—Todos esos son actores.

—¿Actores?

—No son escritores, Belinchón, es evidente. Sierra era un protésico dental, en realidad se llama Nemesio Albán. Es perfecto para su papel: joven investigador de enigmas históricos y fenómenos OVNI, sonriente, siempre recién duchado.

Y así todos. Al que hacía del poeta Leopoldo Panero le habían encontrado a la entrada de un supermercado DIA; les abría la puerta a las señoras, que a veces le daban algo de calderilla. A Lucía y a Matilde las habían seleccionado entre el público de un concurso de televisión. Los cuatro estaban estudiando las respuestas a entrevistas que iban a conceder esa misma tarde.

—Pero, entonces, ¿quién escribe todas las novelas? —pregunté.

—Trabajo de equipo, producción en cadena —me explicó Bértolo—. ¿Tú qué te has creído? ¿Un cosmonauta en órbita? ¿Un pionero? Estas cosas ya no las hace un tipo por su cuenta, en su casa, con el pijama puesto... ¡Seamos serios, Belinchón!

En ese instante salí del sueño en que como niño dormía.

Para consolarme, Bértolo me prometió un trabajo en los estudios LiberTotal, la productora literaria más importante del país.

La guerra de las Dos Marías

Todo se olvida, todo se desfigura. Tuve que visitar la hemeroteca para enterarme de alguna noticia verosímil sobre nuestra última contienda civil, la llamada «guerra de las Dos Marías», el enfrentamiento que terminó con la literatura tal y como hasta entonces se había conocido, hecha a mano, por un hombre solo, en pijama y en su propio domicilio.

Me enteré de que incluso el término «las Dos Marías» es una

invención popular. En realidad, la guerra no debe su nombre a ninguna mujer, sino a dos escritores (entonces bastante conocidos) que se apellidaban Marías: Fernando y Javier.

El que alcanzó más reconocimiento, hacia los años ochenta, fue Javier. Sus fotos, siempre en posturas muy estudiadas, ocupaban más de media página en los suplementos literarios. Sus novelas eran aclamadas por la crema de la intelectualidad.

—¡Es el heredero de Benet! —proclamaban los críticos alborozados como colegiales.

—Bueno, ¿y qué? —oponía el inevitable escéptico—. Total, nadie ha podido leer jamás una novela de Benet entera.

Eso no tenía importancia. Benet era, por decisión unánime de los mandarines, el novelista español más influyente de los últimos cincuenta años (a contar siempre desde la fecha de pronunciación de la frase).

—Por favor, se lo suplico, póngame un ejemplo de algo escrito bajo el poderoso influjo de Benet. Uno solo, el que le dé la gana, aunque sea el prospecto de algún medicamento —les solicitaba el escéptico a los mandarines, que se veían así puestos en un verdadero brete.

Hasta que apareció Javier Marías.

—Marías, amigo mío, Javier Marías —decían como quien exclama «¡La gallina!» en respuesta a una adivinanza—. Sin ir más lejos, Marías.

El propio Javier hacía lo que podía.

—Padre y maestro mágico, liróforo celeste —decía cada vez que se mencionaba a Benet en su presencia y, acto seguido, genuflexo, prorrumpía en sollozos de agradecimiento admirativo.

Una vez nombrado «heredero de Benet», el joven Marías se envalentonó. Cada año escribía ladrillos más contundentes, en varios tomos de trescientas páginas, fárragos perifrásticos llenos de digresiones, circunloquios y etimologías improvisadas.

Entonces sucedió lo que nadie esperaba, salvo el interesado: Javier Marías fue coronado rey de Redonda. En un gesto característico, se hizo llamar Xavier I, con equis, letra a su parecer sonora y significativa.

La mayoría de los marinos conocemos Redonda: es un islote en el océano atlántico, latitud 16° 56' N, longitud 62° 21' E. Tiene una extensión de tres kilómetros cuadrados y solo está habitado por alcatraces, lagartos, ratas, gaviotas y cabras.

S.M. Xavier I nombró enseguida una corte: hizo a Pedro Almodóvar Duke of Trémula; a Eduardo Mendoza, Duke of Isla Larga; a Francisco Rico, Duke of Parezzo; a Fernando Savater, Duke of Caronte; a Luis Antonio de Villena, Duke of Malmundo, etcétera.

Tenía, además, sus embajadores y otros cargos que iban desde Canciller del Sello Real hasta jefe del Servicio Secreto; desde un Maestro de la Real Música a un Seleccionador de Fútbol; desde un Médico de la Real Psique a un Real Prisionero de Zenda.

Encargó a Javier Mariscal el diseño de una bandera y también emitió pasaporte, moneda y bonos del Tesoro.

Mientras tanto, el otro Marías, Fernando, también había escrito novelas y había ido obteniendo un reconocimiento de signo opuesto al de Javier. Los libros de Fernando tenían muchos lectores, pero no recibía las bendiciones de los mandarines.

—Demasiado complacientes, muy fáciles de leer. Pasan muchas cosas. No le exige nada al lector —sentenciaban.

Esto agradaba a S.M. Xavier I, aunque la existencia de numerosos lectores de «el otro Marías» le impacientaba.

En su palacio de la plaza de la Villa, comenzó a irritarse. Cuentan que las noches de luna llena, con su agilidad de antiguo volatinero, trepaba a la torre de los Lujanes y aullaba sin consuelo:

—¡No hay más Marías que yo! ¡No hay más tu tía!

Al amanecer regresaba a su recámara, algo más apaciguado, y escribía uno de sus artículos adversativos: contra el ruido, contra los alpinistas, contra la exhibición de michelines en las playas, contra el doblaje de películas... Daba igual, había decidido convertirse en un cascarrabias, como un Evelyn Waugh o un Kingsley Amis, pero con mucha menos gracia y además siempre mucho más abstemio que cualquiera de los dos británicos.

S.M. Xavier I tenía hermanos, entre ellos uno llamado Fernando, y un día tomó por fin la sublime decisión.

—Le vamos a meter un paquete —le dijo a su hermano Fernando.

—Vale, Javi, pero ¿por qué? No digo que no se lo merezca, eh, que conste; pero, en concreto ¿a santo de qué?

—¿A ti te parece bonito que utilice nuestro apellido para crear confusión?

—Hombre, Javi, no sé. Es que también es el suyo. ¿No había que ser tolerantes? Al fin y al cabo, tampoco es que nos apellidemos Schgrówniâstophsky, por ejemplo, ¿no?

—¿Schgrówniâstophsky? —se asombró S.M. Xavier I—. ¿Tú has bebido? ¿Es que te parece acaso que Schgrówniâstophsky es mejor linaje que Marías, hermanito?

—No, hombre, no, ni mucho menos... No quería insinuar eso.

—¡Marías! Retumba, refulge, reluce... Es nombre de filósofos antifranquistas, de campeones de la narrativa, de implacables críticos de cine, de historiadores... y ahora, por fin, de reyes. Como debe ser. Repito: de reyes. ¡Reyes! ¿Te sitúas?

—Vale, vale, pero tú tranquilo, Javi, siéntate, anda, toma un Kleenex.

Su Majestad se limpió el mentón, empapado de espuma.

—Le voy a empapelar. Busca un abogado. Ese plebeyo no puede usar el apellido real.

—Lo que tú digas, Javi.

Al día siguiente sonó el telefonillo en casa del novelista Fernando Marías, en la calle Echegaray.

—Diga.

—Cartero.

—¿Comercial?

—Certificado de Correos.

Era un requerimiento formal instándole a cambiar de apellido. Aducía razones como la «preexistencia de mi representado», pues en efecto el infante Fernando Marías era de mayor edad que el novelista Fernando Marías.

Fue entonces cuando Fernando, animado por Juan Bas, decidió proclamar la República de Cuadrada y realizar los primeros nombramientos.

Juan Bas, otro novelista,* fue designado embajador ante el Reino de Redonda.

Bas era de Bilbao y quizá esto explica que la presentación de credenciales ante S.M. Xavier I acabara a puñetazo limpio (con algún mordisco de añadidura).

Apenas establecidas, hubo una ruptura de relaciones diplomáticas.

La monarquía redondina aglutinó a los partidarios de la «literatura más exigente», la que no hace concesiones al lector ni se propone divertirle. En la república de Cuadrada militaban en cambio los partidarios de «contar una historia», con el bronco legionario Arturo Pérez Reverte al frente, tras haberse concedido a sí mismo un ascenso a comandante.

La guerra parecía inminente. Los políticos apuraban las últimas horas para intentar llegar a un acuerdo, pero las posturas eran irreconciliables.

Los monárquicos detestaban el argumento. Les parecía chabacano, algo propio de las novelas rosa o de las novelas del Oeste. Los republicanos, en cambio, no toleraban las novelas en las que «no pasa nada».

Ya el olímpico Flaubert tenía como ideal escribir un *livre sur rien*, un libro que no tratara de nada, que se sujetara a sí mismo en el vacío, sostenido en vilo por la fuerza interna de la forma, igual que los planetas se sostienen en el espacio sin punto de apoyo.

Entre los españoles, tal vez fue Miguel de Unamuno el que más despotricó contra el deseo de seguir leyendo una novela para saber cómo termina. Le parecía una intolerable frivolidad folletinesca. De hecho, la obra inmortal del *nivolista* bilbaíno, más que para saber *cómo* acaba, a menudo se lee para ver *cuándo* acaba de una vez.

Al escritor que utilizaba el anzuelo del argumento los monárquicos le miraban como a la chica que se desabrocha otro botón del escote antes de entrar en una fiesta o igual que al mu-

---

* Autor de *Alacranes en su tinta*.

chacho que se mete una jabonera de La Toja en el calzoncillo para marcar paquete. Decían: «¡Hace falta ser superficial!». Para los redondistas, estos infelices no se proponían otra cosa que excitar los más bajos instintos de esos «lectores menos exigentes». El auténtico escritor lúcido era el que se resistía a que le quisieran por su cuerpo: lo de menos es cómo termina la historia («¡Yo no soy solo una cara bonita! ¡Estudio interpretación por las tardes! ¡He leído el método Estanislao!»). La Literatura tenía que ser amor del bueno, comunión de las almas, no un simple revolcón para ver (y tocar) lo que hay debajo de la ropa.

Las buenas novelas no se leen, se releen, repetían los súbditos de S.M. Xavier I cada vez que les entrevistaban (antes de jurar que odiaban las entrevistas y justo después de afirmar que estaban releyendo a algún enigmático autor austrohúngaro).

A los republicanos el *livre sur rien* ese les parecía una auténtica mamarrachada platónica y un razonamiento análogo al de la paloma de Kant, que pensaba que volaría mucho mejor en el vacío, sin la resistencia del aire. El amor puro, la Literatura en bruto, debía de ser muy linda, bien chévere y la leche en tetrabrik, pero ellos querían que hubiera dónde agarrar o una historia que les agarrara, con un argumento que no les soltara en toda la noche y les mantuviera despiertos, entre sus muslos, hasta el amanecer. Citaban a John Donne: «Los misterios del amor son del alma, pero es un cuerpo el libro en que se leen».* El argumento era lo que le daba cuerpo a una novela y solo por eso valía la pena llevársela a la cama.

Los mandarines literarios, en su mayoría monárquicos, creían que el argumento no era más que un *truco*, o algo mucho peor todavía: un *truco de oficio*. Como el del fontanero que hace una chapuza con dos alambres, estopa y un poco de esparadrapo. Te ahorras unos duros, vale, pero ¿cuánto va a durar? ¿Resistirá acaso la prueba del nueve de la relectura? El autor ventajista, como él sí que conoce el final, oculta información al lector y luego la

---

* «*Love's mysteries in soules doe grow, / But yet the body is his booke*», escribió Donne, pero los republicanos citaban la traducción de Jaime Gil.

hace aparecer cuando más le conviene, se saca el as de la manga y lo aclara todo de repente. Más grave aún: no solo esconde hechos decisivos, sino que lleva a cabo maniobras de distracción y manipulaciones dudosas, acumula falsas pistas sobre los más inocentes, se sirve de coincidencias y casualidades traídas por los pelos, en el último capítulo pone a los personajes a dar engorrosas explicaciones retrospectivas. En fin, infames trucos de trilero con su mesa plegable y sus vertiginosos cubiletes de colores. Los «lectores más exigentes» y esos implacables críticos de los suplementos, en cuanto veían un argumento, salían gritando escandalizados: «¡Lesa *literaturnost!* ¡Lesa *literaturnost!* No es esto, sin trampa ni cartón».

Los republicanos pensaban que el primer motivo para leer una novela era saber cómo termina. Para ellos, el suspense no era un truco ni una chapuza de tente-mientras-cobro. Afirmaban que la narración debía tener un desenlace diferido, el sentido debía hacerse esperar hasta el final. Para ellos era como la vida misma. En general no somos demasiado partidarios de morirnos, pero los republicanos sostenían que la razón principal era que siempre hay que salir del cine antes de que se acabe la película. Nos perdemos el final. Y este era para ellos el origen del verdadero suspense en la narración, el hilo de todo argumento, más allá de las (legítimas y santas) ganas de averiguar quién puso el cianuro en el té de la señorita Pinkerton. ¿Cómo acaba la película? Es decir, ¿cómo se verá esto desde el otro lado, cuando aparezcan en pantalla los títulos de crédito de nuestro epitafio? ¿Cuál es el panorama desde la muerte? Eso es lo único que de verdad queremos saber: cómo se ve nuestra vida desde fuera de ella, desde la muerte.

Eso decían, y citaban a Walter Benjamin, que decía que leemos para «vivir la experiencia de la muerte», puesto que «lo que atrae al lector a la novela es la esperanza de calentar su vida helada al fuego de una muerte, de la que lee».

En general, las novelas se escriben desde el final (el autor sabe cómo acaba), pero se leen desde el principio (el lector, no). La vida, para que tenga sentido, habría que leerla también desde el final. Los republicanos recordaban la observación de Heimann de que un hombre que muere a los treinta y cinco años es, hacia atrás, en cada momento de su vida, un hombre que muere a los treinta y cinco años. La muerte pasa la vida a limpio a partir del final. Y ese es el motor del argumento, el suspense que nos impulsa a seguir leyendo, a seguir viviendo: ¿cómo será mi vida cuando acabe, vista desde el otro lado? ¿Soy ahora ya, sin saberlo, ese hombre que morirá sin cumplir los treinta y cinco?

Por eso los republicanos también citaban al contradictorio Unamuno: «Todo lector que leyendo una novela se preocupa de saber cómo acabarán los personajes de ella sin preocuparse de saber cómo acabará él, no merece que se satisfaga su curiosidad».

Como era previsible, las negociaciones diplomáticas fracasaron.

Al amanecer del día 2 de enero de 2000, con viento fuerte de levante, se declararon las hostilidades.

La batalla del Argumento fue una de las primeras y más brutales de aquella guerra fratricida.

Las tropas republicanas bloqueaban en el Guadarrama el acceso a la capital desde el norte. Los redondistas lanzaron su ofensiva en uno de los pasos de Somosierra, el monte Argumento, el punto más débil de la línea defensiva, situado en la cota 1.275.

Los monárquicos contaban con carros de combate Benet y apoyo aéreo de la brigada Vila-Matas, una escuadrilla austriaca de cazas ligeros. Los republicanos habían construido un cinturón defensivo con nidos de ametralladoras Galdós y obuses Baroja.

Tras tres días de lucha, la superioridad aérea de los redondistas decidió el combate.

Una vez rota la línea defensiva en el monte Argumento, la batalla se trasladó a la capital.

Allí la situación era parecida a la que había en todas las grandes ciudades (Barcelona, Valencia y Sevilla, sobre todo). Los republicanos contaban con apoyo incondicional en los barrios periféricos y en las grandes superficies, mientras que los monárquicos lograron ocupar enseguida los centros neurálgicos (emisoras de radio, aeropuertos, editoriales, ateneos y suplementos literarios). En Barcelona y Madrid la lucha fue encarnizada.

En Barcelona la guerra urbana se decidió en el legendario combate de las Ramblas.

El coronel Marsé atacó durante meses las posiciones monárquicas, bombardeando con el despectivo «literatura sonajero». Así calificaba a las novelas en las que predominaba la orteguiana «voluntad de estilo», por encima de lo único a lo que los republicanos atribuían importancia decisiva: tener una buena historia que contar. Para el coronel eran como un sonajero con el que solo se entretiene un niño pequeño, encantado de haberse conocido y de la música de su propia prosa. Marsé era un viejo combatiente de numerosas batallas perdidas y heroicas. Había padecido en su infancia la áspera posguerra civil y se convirtió en su juventud en la gran esperanza blanca de la *gauche divine*, un auténtico escritor obrero, autodidacta, que había sido empleado de un taller de joyería, un verdadero proletario que enseñar a las visitas. Más adelante había ganado el Planeta y se había presentado vestido de sahariana a recoger el «preciado galardón» de manos de un escandalizado Tarradellas.

En Barcelona, los monárquicos se habían atrincherado en los despachos de las superagentes literarias y en las oficinas de las editoriales más prestigiosas. El coronel Herralde dirigió la defensa.

Al ejército regular de la brigada Anagrama, los republicanos opusieron los caóticos batallones populares al mando del coronel Marsé. Eran voluntarios sin entrenamiento militar, andaluces y murcianos, *xarnegos* idealistas, antiguos maquis, milicianas sin sujetador y hasta represaliados republicanos que habían escrito cientos de novelas del Oeste con pseudónimos de apariencia norteamericana.

Como admiten los historiadores, en la batalla de las Ramblas hubo excesos en los dos bandos. Julián Ríos, un fanático monárquico, llegó a escribir un ladrillo de casi mil páginas confeccionado en su totalidad con juegos de palabras, chascarrillos y palíndromos.* Impresionaba. El efecto en los (muy escasos) lectores era indescriptible e inmediato: desorientación, vértigo, mareos, ganas vehementes de rascarse a la vez dos partes del cuerpo muy alejadas una de la otra, náuseas, somnolencia incontrolable y, en los pacientes más sensibles, imposibilidad de manejar maquinaria pesada. En el bando republicano, en menos de veinte días, se publicaron 739 novelas sobre la conspiración (ya no tan oculta) de los templarios.

Hubo que llegar en las ciudades al combate casa a casa y cuerpo a cuerpo, con bayoneta calada y también a puñetazo limpio.

Al final de la batalla, el monárquico Vila-Matas, de la brigada Herralde, apoyado por los capitanes Cercas y Bolaño, lanzó un ataque relámpago con una de las nuevas y terribles *Wunderwaffen:* la llamada «autoficción», novelas que trataban del propio autor escribiendo la novela (o peor todavía: novelas que trataban del escritor que no escribía).

Los republicanos de Cuadrada también desarrollaron sus propias armas de destrucción masiva: la novela histórica, la de conspiraciones e incluso munición química y bacteriológica (a despecho de la convención de Ginebra): el realismo sucio de los jóvenes a lo Kronen, el agente naranja del comandante Pérez Reverte y la brigada Panzer del capitán Ruiz Zafón.

A pesar de las barricadas del capitán Jesús Ferrero, los monárquicos tomaron la ciudad al mando de los coroneles Gándara y Guelbenzu. La derrota republicana en Barcelona trasladó el epicentro de la guerra a Madrid.

La situación era semejante. Los monárquicos de Redonda se habían hecho fuertes en el eje Gran Vía-Universitaria: Casa de América, Círculo de Bellas Artes, la Fnac de Callao, plaza de España y todo Princesa hasta la Complutense. Los republicanos de Cuadrada intentaron encerrarlos en una tenaza con dos frentes: el ejército del Sur, al mando del coronel Juan Madrid, que presionaba desde Carabanchel; y el batallón Sureste, bajo las órde-

---

* Se trata de la novela *Larva*.

nes del coronel Lorenzo Silva, «el tigre de Getafe», que contaba con efectivos en Vallecas y Moratalaz.

La maniobra republicana tenía como objetivo romper la línea de comunicación entre las dos zonas redondistas: el eje Gran Vía-Universitaria y los indómitos reductos del norte (Residencia de Estudiantes, Aravaca, Pozuelo, Ciudad de los Periodistas).

La batalla duró treinta días. La ciudad quedó destruida. Por la Castellana corría un arroyo de sangre que arrastraba cadáveres, neumáticos, maletas, colchones y un número exagerado de triciclos de niño.

A finales de marzo, un obús Benet, lanzado por las tropas del capitán Goytisolo, hizo impacto en el cuartel general republicano, emplazado en los cines Verdi, cerca de la glorieta de Quevedo.

Entre las ruinas humeantes solo quedaron con vida dos sargentos, que intentaron restablecer la comunicación con sus mandos.

No quedaban oficiales: la República de Cuadrada había sido destruida.

—¿Nos rendimos? —propuso el sargento Aramburu.

—Sí, vale, pero ¿a quién nos rendimos?

El cuartel general monárquico, en el Círculo de Bellas Artes, también había sido reducido a escombros por la artillería del coronel Marsé. Habían sobrevivido un sargento y un cabo y se habían hecho la misma pregunta:

—¿Nos rendimos? —había propuesto el sargento Fernández Mallo.

—¿Y a quién podemos rendirnos, mi sargento?

Las máximas autoridades del Reino de Redonda y de la República de Cuadrada (cabos y sargentos) consiguieron reunirse en un terreno neutral.

La guerra de las Dos Marías tuvo un final único en la historia: dos sargentos firmaron un «Protocolo de Rendición Incondicional Recíproca», fechado el 2 de mayo de 2008.

En el día de hoy, desarmados y vencidos ambos ejércitos, hemos alcanzado los últimos objetivos militares de todos los combatientes. La guerra ha terminado.

Dos cabalgan juntos

Tras el armisticio se creó la CECA, Comunidad Española de la Creatividad y el Argumento, con el objetivo de unir la producción literaria nacional, tanto de los partidarios de la creación pura y exigente, como a los defensores de contar una historia. La hipótesis del funcionalismo suponía que la creación de intereses editoriales comunes crearía la unión política y social en el devastado continente novelesco. La unión de las explotaciones del carbón de Redonda y del acero de Cuadrada se selló en El Escorial, entre el caballero legionario Pérez Reverte y S.M. Xavier I. El negro carbón benetiano, los bosques petrificados de hipotaxis y autoficción se unieron así al acero templado de aventuras y personajes inolvidables.

Dio tan buen resultado que, contra todo pronóstico, Arturo y Javier se hicieron uña y carne. Una amistad íntima, pero varonil, propia de cuartel o de fuego de campamento. A ambos se les proporcionaron confortables sillones académicos y una provisión de corbatas para que se las anudaran con nudo Windsor, así como sendas columnas semanales en la prensa para que se citaran el uno al otro, felices como chiquillos, y relataran sus correrías y trapisondas denunciando la grosería de los inmigrantes, los michelines de las señoras, la ignorancia de los jóvenes, el reciclaje de las basuras y todas aquellas cosas que a ambos les sacaban de su quicio, desde el gitano de la cabra a la música en los ascensores, sin olvidar internet y los teléfonos móviles.

La paz parecía garantizada, hasta que estallaron los inevitables celos.

Poco a poco, S.M. Xavier I pretendía que sus novelas también tenían acción trepidante y personajes inolvidables (e incluso en algunos casos distintos de sí mismo). El legionario Pérez, por su parte, presumía de escribir lúcidas, desgarradoras y profundas reflexiones sobre el alma humana.

La tragedia se desencadenó el día en que S.M. Xavier I publicó una novela. En Alfaguara se ponen a tocar el tam-tam. Los tambores de guerra retumban en Miguel Yuste 40, sede de *El País*.

—Hay que darlo todo —ordena el director—. Prisa espera que cada hombre (y cada mujer) cumpla con su deber.

Y empieza el bombardeo de entrevistas a Javier Marías en todos los suplementos, *Bobelia*, *Tontaciones*, en *EPS*, en el de *Moda* («Las corbatas de un autor»), en el de motor («Un escritor peatón»), en las páginas de Economía («La cartera de valores del autor español más leído en Alemania»), en el de Cocina («"Almuerzo un sencillo emparedado", confiesa Marías») y hasta en las páginas de Nuevas Tecnologías («Abomino de los ordenadores, ¿qué pasa?»). Se fotografía a Javier Marías en todas las posturas concebibles (la mayoría de ellas, bastante forzadas), se encarta con el diario un capítulo de la novela y, a la semana siguiente, como obsequio, una maquinilla de afeitar del propio Marías. Llueven Marías a cántaros, como capuchinos de punta, qué le vamos a hacer. ¿A quién le importa?

En realidad, a todo el mundo le da lo mismo.

¿A todos? ¿A todos-todos?

¡No! ¡Ni hablar! ¡Nunca jamás! Hay un irreductible galo que se resiste ahora y siempre al protagonismo de Marías.

Mientras come un jabalí, que ha cazado con sus propias manos, el irreductible, vestido con chaleco de pescador de truchas, examina el periódico y siente el hervor de su propia sangre que le hincha la yugular. La envidia le reconcome. Prueba a degollar dos delfines para tranquilizarse, pero sin éxito. Escabecha un oso panda. Nada le tranquiliza: él no puede consentir que Marías salga tanto en la prensa. ¿Y él? ¿Es que él ya no existe? ¿Él, que vende más que nadie? ¿Para esto ha hecho una guerra?

Pero no está dispuesto a dejarse robar plano.

En Miguel Yuste 40, en su despacho alicatado hasta el techo de fotos abrazado a premios Nobel, Juan Cruz pasea nervioso. Tiene un presentimiento: le van a regañar. Algo le dice que se la va a cargar.

Suena uno de sus siete móviles.

Al descolgar, oye oleaje, silbidos de balas, gemidos de placer de mujeres de todas las edades y entrechocar de espadas. Lo que Juan Cruz se temía.

—¡Juanito! —grita una voz de trueno.

Es el *Übermensch* de las Letras, el Protomacho plumífero, el Megavendedor de novelas.

—Dime, Arturo, dime, te oigo mal, parece que no hay demasiada cobertura —explica Juan con voz deferente.

—Me cago en todo. Estoy en alta mar. Coño. Joder. Mierda. Cojones. A mí no me sacáis tanto como a Marías, mi amigo Marías, mira que me cisco en todo.

—No te pongas así, Arturo, es que Javier acaba de publicar una novela.

—¡Qué novela ni qué ocho cuartos, Juanito, no me toques los cojones!

—No, claro, no, tú tranquilo, Alatriste. Lo vamos a arreglar, pierde cuidado.

Dicho y hecho. Al día siguiente una página y media de entrevista a Pérez-Reverte, con sus dos fotos, dos, sin venir demasiado a cuento, con la mínima percha de una edición en bolsillo.

Juan Cruz, trémulo y admirativo, se pregunta en el titular: «¿Cómo se siente un escritor así?».*

¿Que Marías reflexiona e intelectualiza? Arturo no se queda atrás. Dice de un libro suyo:

Fue un acto de reflexión, intenso y agotador. Es de las novelas que me han dejado más exhausto en cuanto a intensidad. Y eso que es relativamente corta.

Formidable, dos soberbios ejemplares entrechocando los cuernos para demostrar ante la manada quién reflexiona más y con más cansancio.

Resulta que ahora Pérez-Reverte escribe libros con: «Duras

---

* La entrevista se publicó el domingo 30 de septiembre de 2007 en *El País*, y de ella proceden todas las citas.

conclusiones. Amargas, descarnadas. Un libro muy fuerte y muy duro».

Luego añade:

Yo era un cazador; podría haber cazado animales, obras de arte, pero lo que cazaba eran imágenes. Yo sabía cazar la vida.

¡Guau!, se asombraban los padres de familia, mientras las madres se llevaban a los más pequeños, que habían empezado a hacer pucheros.

Después habla Pérez Reverte de *El Club Dumas*, con la humildad que le caracteriza:

El libro surge como un desafío, en un tiempo en que no se hablaba de clubes ni de nada de esto: fui un pionero. Fue una apuesta, y es el libro más agresivo que he hecho en plan desafío a lo que se estilaba en ese momento. Una declaración de principios. Estaba más solo que la una. Es un libro con una estructura complejísima [...] Pero sobre todo fue una patada en los cojones a los que tenían secuestrada la literatura en ese momento.

¡Guau, guau, guau!, se estremecían los padres; los niños lloraban ya a lágrima viva. Cuánta testosterona, literatura que procede directamente de los testículos, escrita con «los cojones del alma», que diría Miguel Hernández.

Menos mal que, cada vez que la literatura está en peligro, secuestrada por malvados, viene Alatriste al rescate, como el Séptimo de Caballería.

Cuidado, amigos, no estamos ante un inculto, nuestro hombre es académico, igual que S.M. Xavier I: «Cada semana sigo leyendo al azar a Virgilio, a Homero, a Chateaubriand, a Conrad».

¡Toma ya! ¡Y dos huevos duros!

De *La Reina del Sur* presume Pérez Reverte que «hasta los narcos la han leído, en México». Es una «novela musical», afirma. En las obras de Pérez-Reverte hay de todo, como en Saldos Arias: reflexión, acción, desgarramientos, intensidad, estructuras metálicas, música, oportunidades, rebajas y además se hacen arreglos a la ropa y se da la vuelta a los abrigos.

Y así hasta la extenuación y el momento en que Juan Cruz pone un titular con su declaración más importante y delatora del motivo de la entrevista: «Soy un lector todo el tiempo, no soy un escritor, no soy Javier Marías».

Mensaje recibido, de eso se trataba.

Al final, la entrevista se convierte en un formidable delirio paranoico. Al parecer, a Pérez-Reverte le persiguen unos malvados para acabar con su vida. ¿Será el profesor Bacterio, los pieles rojas o Fumanchú?

> No voy a dejarme matar. [...] Si un día me echan de este país, me voy a Francia, escribo allí, o en Italia o en Argentina. [...] Hay que morir matando.

Estremecedor, a los padres se les pone toda la carne de gallina, pero no hay quien calme a esos niños que no paran de llorar. Es probable que esta noche se orinen en la cama, con terroríficas pesadillas.

Cuando los celos aparecen incluso en las parejas más unidas, no hay nada que hacer: la CECA pasó a mejor vida y el gran proyecto de la Unión Literaria se fue al garete.

—Es que así no vamos a ninguna parte —dijo Juan Cruz.
—La literatura es demasiado importante para dejarla en manos de escritores —sentenció Bértolo.

De este modo fue como empezó la producción de libros.

La fatiga de los materiales

Mi trabajo en LiberTotal era de cursivista, en el equipo de Carlos Pujol.* En cierta clase de novelas, a la manera de Javier

---

* El autor de *Jardín inglés*, una versión de la Pimpinela Escarlata situada en la guerra civil española y contada por P.G. Wodehouse.

Marías, el monarca de Redonda, nosotros añadíamos palabras en cursiva y farragosas explicaciones etimológicas. El maestro Pujol apreciaba mi familiaridad con el *patois-sur-mer* y otra docena de lenguas marítimas y exóticas.

Nos llegaba el texto y le aplicábamos las cursivas necesarias antes de entregárselo al equipo de notas al pie.

Los estudios funcionaban como una cadena de montaje dirigida por Antonio Maqueda, el legendario productor de novelas que contaba con dos premios Nobel, tres Planetas, un Nadal y dos premios de la Crítica.

El proceso se desencadenaba con un primer tratamiento: un esbozo en dos folios del argumento de la novela.

El tratamiento se pasaba a los argumentistas, que trabajaban encerrados en un sótano con las paredes forradas de pizarras en las que iban trazando con tiza destinos opcionales, senderos que se bifurcan como el árbol de las venas. De cada personaje salían tres flechas. Por ejemplo, para la señorita Overmars, de la novela *Ventajas de viajar en tren*, después del asesinato de su cuñado, dudaban entre:

a) su propio hijo la embaraza *in vitro* por correspondencia;
b) se va a Camerún con una ONG que es una tapadera de la narcoguerrilla;
c) al despertar se descubre una cicatriz en el abdomen: le han robado un órgano para trasplantes clandestinos.

De cada una de estas tres posibilidades partían otras tres ramas, y así iban tejiendo una telaraña infinita, de la que seleccionaban el argumento definitivo.

—¡Mata a un niño! —les aconsejaba Eduardo Mendoza cuando se quedaban atascados—. O por lo menos pégale un buen sopapo.

El veterano Eduardo Mendoza era el director general de Argumentos y había formado un equipo con los mejores «fabuladores natos» disponibles en el mercado: Antonio Orejudo, Luis Landero, Juan Madrid, Martín Casariego, Almudena Grandes, Javier Azpeitia y José Avello, entre otros.

Cuando terminaban el argumento, Javier Reverte se encargaba de las localizaciones. Recorrían el planeta, si era necesario, para encontrar la ambientación adecuada. Se trabajaba entonces sobre todo con novelas sobre la última o la penúltima guerra civil, novelas de intriga internacional y novelas urbanas.

Para las bélicas, se montaban en un Land Rover Javier Cercas, Julio Llamazares y Martínez de Pisón y recorrían paisajes yermos, pueblos en ruinas o anegados por embalses y hasta esas llanuras kársticas que siempre salían en las novelas de Juan Benet.

Las conspiraciones planetarias requerían viajes en avión, automóvil, helicóptero y hasta en esas lanchas rápidas a las que llaman «planeadoras». El equipo de Pérez Reverte y Vázquez Figueroa iba sin parar de Roma a Nueva York o de Moscú a Caracas.

Las novelas urbanas exigían complicados transbordos de metro y un horario agotador: Ray Loriga, Pablo Tusset, Javier Calvo, José Ángel Mañas, Imma Turbau, Marta Sanz, Antonio Álamo y los otros se pasaban noches enteras sin dormir, buscando bares y discotecas, esquinas con farola y neón, apartamentos amueblados y plazas con estatua. El equipo de Luis Magrinyà les proporcionaba asesoramiento químico.

El Departamento de Casting trabajaba en paralelo con los localizadores para crear «personajes inolvidables» o «de gran complejidad», según el caso. Tenían que proporcionarles un rostro, indumentaria, costumbres, algunos tics, recuerdos de infancia, ambiciones y remordimientos. Había psicólogos freudianos y lacanianos (como Millás), peluqueros (la vilipendiada Mari Pau Janer), sastres (Ángeles Caso), astrólogos (Sánchez Dragó) y bioquímicos especializados en ADN (como Miquel de Palol). Trabajaban a las órdenes de Miguel Tomás, un hombre amable, pero inflexible.

—Me sigue pareciendo plano —decía sin alterarse—. No lo veo, no lo veo: es puro cartón piedra.

El equipo volvía a sentarse con el estereoscopio hasta conseguir darle al personaje relieve en tres dimensiones.

Cuando terminaban la localización y el casting, intervenía el equipo de descriptores. Eran más de cien en plantilla, sentados en pupitres en un hangar y cada uno encargado a menudo de una sola descripción. En una novela cualquiera podían intervenir cincuenta o sesenta: Luis Mateo Díez hacía un paisaje; Juan Pedro Aparicio, un interior; Muñoz Molina, una ventana de Nueva York; José Ovejero, las aceras de sombra; Manuel Longares, los muebles de caoba; Ricardo Gómez, los muebles y toda la carpintería; Carlos Pérez Merinero, las armas de fuego; Manuel Vicent se encargaba siempre del aceite de oliva, los amaneceres en el litoral mediterráneo y los espectáculos taurinos; Ángela Vallvey hacía prendas de ropa y gestos repentinos; Marcos Giralt Torrente se ocupaba de los estados de ánimo; David Torres y Javier Pérez Andújar, de los barrios periféricos, y a Juan Manuel de Prada le encomendaban casi todos los animales domésticos. No se reparaba en gastos: si Maqueda consideraba necesaria la descripción de una gabardina, hacía venir desde Canarias en helicóptero a Juan Cruz, el mejor descriptor de gabardinas del planeta.

Los descriptores eran insaciables, no podían evitar extenderse, pero luego Maqueda recortaba sin piedad su trabajo en la sala de montaje.

Con todo el material, los fabuladores natos preparaban un segundo tratamiento al que había que dar elaboración literaria, según el estilo que hubiera decidido Maqueda. La mayoría de los estilistas fumaban, no sé por qué razón, y los tenían apartados en una campana de poliuretano con bóveda extractora de humos: Eloy Tizón, Justo Navarro, Montero Glez, Luisgé Martín, Ismael Grasa, Fernández Mallo y Luisa Castro, entre otros, y sin contar con las colaboraciones intermitentes del anciano Umbral.

En este punto del proceso era donde interveníamos Carlos Pujol y yo, para aquellas novelas que necesitaran cursivas. Al mismo tiempo entraban en acción, entre otros, los dialoguistas, los sentimentalizadores, los accionistas, las feminizadoras, los exclamadores, los politizadores y los equipos históricos.

Los dialoguistas trabajaban de una forma peculiar: a cada uno de ellos se le asignaba un personaje y ese escribía solamente lo que decía su personaje, a menudo sin conocer la réplica del interlocutor (de la que se encargaba otro novelista).

Los demás intervenían a medida que Maqueda lo iba exigiendo:

—¡Más sentimiento! —decía dando un puñetazo en la mesa—. Esto necesita pasiones humanas, hay que conmover.

Entonces recurría al equipo de Rosa Montero, al de Antonio Soler, al de Álvaro Pombo, al de Eugenia Rico o al de Benjamín Prado.

—¡Acción, coño! Esto duerme a las piedras. —Y acudían los chicos de Andreu Martín y Félix Romeo.

Si quería un punto de vista femenino, se lo pasaba a Elia Barceló, Ana María Moix, Marta Rivera de la Cruz, Paula Izquierdo o Lucía Etxebarria. Si necesitaba exclamaciones rotundas o insultos contundentes, ponía a trabajar al equipo de Rafael Reig. Cuando necesitaba trasfondo político y social, llamaba a Isaac Rosa, a María Toledano, a Belén Gopegui, a Marta Sanz o a Alfons Cervera. Los equipos históricos estaban divididos por periodos. El de Pérez Henares y Juan Eslava Galán hacía la prehistoria. Ana María Matute y Paloma Díaz-Mas se encargaban del de la Edad Media, aunque había una sección especializada en templarios, a cargo de Javier Sierra. Fernando Royuela, Renacimiento y Barroco. Félix de Azúa llevaba la Ilustración. Manuel García Rubio y Ramón Pernas, el siglo XIX. Había un equipo especializado en la guerra civil de 1936, a cargo de Rafael Chirbes. Manuel Longares llevaba el franquismo. Nicolás Casariego se ocupaba de la ciencia ficción.

Si había que hacer una versión autonómica, intervenían los responsables locales: Manuel Rivas, Xuan Bello, Iban Zaldua, Javier Pascual, Ferran Torrent, Emili Rosales, Felipe Benítez Reyes y Javier Tomeo.

Maqueda era discípulo de Foucault y creía que es el texto el que crea al autor. Solo cuando la novela estaba terminada se seleccionaba al actor que iba a representar al autor. Le ponían un nombre, fabricaban una biografía, le proporcionaban obsesiones, ideas políticas, influencias literarias, opiniones, ropa y rasgos de carácter.

Durante los dos años que trabajé en LiberTotal participé en

seis novelas, todas ellas de gran éxito comercial, cuando ese era el objetivo, o de indiscutible calidad literaria, en los dos casos en los que así se lo propuso Maqueda.

Entonces fue cuando apareció Fátima Oquendo.

—Hola, antropófago —me saludó.

Trabajaba en la sastrería, con Ángeles Caso, seleccionando el guardarropa de la nueva autora feminista que iba a ganar el Premio Planeta.

Acababa de llegar a Madrid y no tenía dónde quedarse. Le ofrecí que se viniera a mi casa, mientras encontraba un apartamento.

Seré breve: al tercer día nos acostamos.

Lo primero que hice al verla desnuda fue buscar la ce en su nalga derecha.

Allí estaba: era mi hermana. Era tan Belinchona como yo.

No existía la posibilidad de engañarme a mí mismo, como había hecho hasta entonces, diciéndome que quizá, después de todo, solo fuera mi prima.

Era mi hermana y la amaba.

Cuando se quedó embarazada, cortamos el hilo que nos unía al resto de los mortales, los dos abandonamos el trabajo y nos encerramos en la casa de Pontejos, con las persianas bajadas.

Fátima tejía una manta de lana; yo intentaba descifrar los pergaminos de aquella caja que había pertenecido a la familia desde el pasado más remoto.

Un domingo, a las seis de la tarde, Fátima sintió dolores de parto y llamó a una comadrona que conocía.

Oí el llanto de mi hijo al otro lado de la pared.

La comadrona se despidió, cerré la puerta de la calle y entré en la habitación.

Fátima sonreía con el niño en brazos. Estaba muy pálida.

—Es todo un antropófago —dijo—. Se llamará Rodrigo.

—No —la contradije—. Se llamará Casimiro y nunca aprenderá a leer ni a escribir.

Lo levanté en brazos, de espaldas a mí, desnudo.

Tenía la ce en la nalga derecha.

Tenía también algo más que el resto de los hombres: una cola de cerdo.

Ni Fátima ni yo dijimos una palabra. Quizá los dos pensamos que podríamos cortársela algún día o que se desprendería ella sola a medida que el niño fuera creciendo.

Después ya no tuvimos ocasión de hablar.

Demasiado tarde me di cuenta de que Fátima se estaba desangrando. Murió entre mis brazos, pocas horas después, afilada como el pétalo de una rosa, inalterable; instantánea y eterna como una burbuja en el mármol.

Besé los labios del cadáver.

En aquel instante prodigioso se me revelaron las claves definitivas de Melquíades y leí sin dificultad: «Ninguno de los dos en los extremos sabe leer: ni el primero de la estirpe ni el último, que ha dejado de respirar».

Corrí a buscar al niño, que estaba inmóvil, asfixiado en la cuna, con la piel de color malva y los dedos rígidos.

A la luz del flexo, en la mesa camilla hereditaria, leí los pergaminos, que ya no me oponían ninguna dificultad. Era la historia de mi familia, escrita por Melquíades, con todos los detalles. Era un engranaje de repeticiones irreparables, una rueda giratoria que hubiera seguido dando vueltas hasta la eternidad, de no haber sido por el desgaste progresivo e irremediable del eje. La había escrito en *patois*, transliterado en sánscrito, y la había cifrado con un algoritmo que ahora me parecía transparente.

Leí con impaciencia, sin darme cuenta de que al llegar al final leería mi propia muerte.

Vi a Agustín Belinchón separando las manos para sujetar el hilo y que su mujer pudiera hacer un ovillo. Vi la cabeza de mi tatarabuelo Alfonso, rodando con los ojos abiertos, sobre las cenizas de la hoguera, mientras su cuerpo temblaba boca abajo sobre la arena. Vi a mi bisabuelo, José Nepomuceno, que se abrazaba las rodillas contra el pecho. Vi a mi abuelo Federico caer en Playa Girón, en el mismo sitio donde había rodado la cabeza cortada de su abuelo. Toqué la calavera que estaba sobre la mesa camilla. Vi a mi padre escuchando con el fonendoscopio el corazón de todos los escritores, desde Homero a García Márquez.

Entonces vi a mis sueños alzar el vuelo en desbandada, a contraluz, aleteando hacia poniente, hacia el pasado cárdeno y oscuro. Eran sueños de juventud hereditarios, inservibles y dolorosos: sueños de gloria literaria.

Estaba tan abstraído que no sentí la aceleración insensata de mis latidos. Cuando me golpeó el dolor en el pecho, comencé a saltarme páginas para averiguar la fecha de mi muerte.

Eran las siete y media en punto en el reloj de pared, igual que en el Longines parado de mi familia. En el momento de leer la última línea, comprendí que con ella se detendría mi corazón: ahora mismo, aquí.

MAXI
TUSQUETS
EDITORES

www.tusquetseditores.com

www.planetadelibros.com